P9-DND-595

La vida es sueño

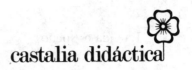

castalia didáctica

Director:
Pedro Álvarez de Miranda

Colaboradores de los primeros volúmenes:
Óscar Barrero, Ángel Basanta, Manuel Camarero, Antonio Carreira, Carmen Díaz Castañón, José Enrique Martínez, Mercedes Etreros, José Luis García Barrientos, M.ª Cruz García de Enterría, José María García Martín, Miguel García-Posada, José Luis Girón, Fernando Gómez Redondo, Esteban Gutiérrez Díaz-Bernardo, M.ª Teresa López García-Berdoy, Abraham Madroñal Durán, Juan M.ª Marín Martínez, Juan B. Montes Bordajandi, Ana Navarro, Juan Manuel Oliver Cabañes, Felipe B. Pedraza, Ángel L. Prieto de Paula, Arturo Ramoneda, Antonio Rey Hazas, Josefina Ribalta, Rafael Rodríguez Marín, Joaquín Rubio Tovar, Vicente Tusón.

PEDRO CALDERÓN DE LA BARCA

La vida es sueño

*Con cuadros cronológicos,
introducción, bibliografía, notas y
llamadas de atención,
documentos y orientaciones
para el estudio
a cargo de*

José María García Martín

EDITORIAL CASTALIA

A mis padres

Queda prohibida la reproducción total o parcial de este libro, su inclusión en un sistema informático, su transmisión en cualquier forma o por cualquier medio, ya sea electrónico, mecánico, por fotocopia, registro u otros métodos, sin el permiso previo y por escrito de los titulares del Copyright.

© Editorial Castalia, 1984
Zurbano, 39 - 28010 Madrid - Tel. 319 89 40
Cubierta de Víctor Sanz
Impreso en España. Printed in Spain
Unigraf, S. A. Móstoles (Madrid)
I.S.B.N.: 84-7039-411-8
Depósito legal: M. 20440-1993

SUMARIO

Año	Acontecimientos históricos	Vida cultural y artística
1600	Felipe III, que reina desde 1598, con la privanza del duque de Lerma, traslada la corte a Valladolid.	Giordano Bruno muere en la hoguera por orden de la Inquisición. Caravaggio, *Vocación de San Mateo*.
1601		Shakespeare, *Hamlet*. Nacen Baltasar Gracián y Alonso Cano.
1602		Mateo Alemán, *Guzmán de Alfarache* (2.ª parte). Shakespeare, *Julio César*.
1605		Cervantes, *Don Quijote* (1.ª parte). Shakespeare, *El rey Lear* y *Macbeth*. Caravaggio, *La muerte de la Virgen*.
1606	La corte vuelve a Madrid.	Montañés, *Cristo de los Cálices*. Nacen Corneille y Rembrandt.
1607	Bancarrota del Estado.	Monteverdi, *Orfeo*. Nace Rojas Zorrilla.
1608		Muere Tomás Luis de Victoria. Lope de Vega, *El acero de Madrid*. Shakespeare, *Coriolano*. Nace Milton.
1609	Tregua de los Doce Años en los Países Bajos. Derrota naval de La Goleta. Expulsión de los moriscos.	Lope, *Arte nuevo de hacer comedias*. Shakespeare, *Sonetos*. Kepler, *Astronomia Nova*.
1610	Asesinato de Enrique IV de Francia. María de Medici, regente de su hijo Luis XIII.	Muere Caravaggio. Lope, *Peribáñez*. Rubens, *El descendimiento de la cruz*. Monteverdi, *Vísperas*.
1613		Góngora, *Soledades*. Cervantes, *Novelas ejemplares*. El Greco, *Inmaculada Concepción*.

Vida y obra de Calderón de la Barca
Nace en Madrid el 17 de enero, hijo de don Diego Calderón, secretario del Consejo de Hacienda, y de doña Ana María de Henao. La familia se desplaza a Valladolid con la corte.
Nace su hermano José en Valladolid.
La familia regresa a Madrid con la corte.
Ingresa en el Colegio Imperial de los jesuitas.
Muere su madre, doña Ana María de Henao.

Año	Acontecimientos históricos	Vida cultural y artística
1614		Muerte del Greco. Lope, *Rimas sacras*. Avellaneda, *Quijote*. Gregorio Fernández, *Cristo del Pardo*.
1615		Cervantes, *Don Quijote* (2.ª parte). Harvey descubre la circulación de la sangre.
1616		Cervantes, *Pèrsiles*. Muertes de Cervantes y Shakespeare.
1617	Convenio de Pavía. Tratado de Praga: se reconocen los derechos de Felipe III a la Alsacia habsbúrgica.	Gregorio Fernández, *Piedad*. Muere Francisco Suárez.
1618	Segunda defenestración de Praga: comienza la Guerra de los Treinta Años. Privanza del duque de Uceda.	Espinel, *Marcos de Obregón*. Guillén de Castro, *Las mocedades del Cid*. Alarcón, *Las paredes oyen*. La Iglesia condena el sistema de Copérnico. Nacen Moreto y Murillo.
1620	Los protestantes son derrotados en la batalla de la Montaña Blanca.	Alarcón, *Los pechos privilegiados*. Bacon, *Novum Organum*. Boehme, *Escritos*. Rubens, *Predicación de San Francisco Javier*. Bernini, *Apolo y Dafne*.
1621	Empieza el reinado de Felipe IV, que se extenderá hasta 1665. El Conde-Duque de Olivares, valido.	Lope de Vega, *El mejor alcalde, el rey*. Tirso de Molina, *Cigarrales de Toledo*. Monteverdi, *El combate de Tancredo y de Clorinda*.
1622	España apoya al emperador Fernando II en la guerra: triunfos católicos de Spínola (Breda, 1625) y Tilly, que conquista Bohemia y el Palatinado.	Valdivielso, *Doce autos sacramentales y dos comedias divinas*. Nace Molière,
1623	Urbano VIII es elegido Papa.	Velázquez, pintor de cámara. Bernini, el *Baldaquino* de San Pedro. Nace Pascal. Marino, *Adonis*. Schütz, *Historia de la Resurrección de Cristo*.

Vida y obra de Calderón de la Barca
Ingresa en la Universidad de Alcalá de Henares, en donde estudiará Retórica y Lógica. Su padre casa con doña Juana Freyle Caldera.
Muerte del padre del dramaturgo.
Calderón y sus hermanos, bajo la tutela de un tío, don Andrés Jerónimo González de Henao, secretario de Hacienda.
Se matricula en la Universidad de Salamanca, en donde cursará estudios de Historia, Filosofía, Teología y Derecho (canónico y civil).
Acuerdo entre doña Juana y sus hijastros en el pleito que mantenían sobre la herencia de don Diego Calderón por el que los hijos del finado pagarán a la viuda 2.700 reales y le entregarán ciertos bienes muebles.
Abandona la carrera eclesiástica (tras haber obtenido el título de bachiller en Derecho Canónico) y vuelve a Madrid. Obtiene un premio en el certamen poético por la beatificación de San Isidro Labrador.
Los hermanos Calderón hacen declaración oficial de penuria económica. Son acusados del homicidio de Nicolás Velasco, hijo de un criado del condestable de Castilla, al que deberán indemnizar.
Consigue el tercer premio en el concurso poético por la canonización de San Isidro, Santa Teresa de Jesús, San Francisco Javier y San Felipe Neri. Su hermano Diego se desposa con doña Beatriz Núñez de Alarcón (lo confirmará en 1623).
Primera comedia, *Amor, honor y poder*. Comienzan quizá ahora sus viajes por Italia y Flandes, que acabarán en 1625. Nace su sobrino José Antonio Calderón, hijo de Diego.

Año	Acontecimientos históricos	Vida cultural y artística
1625	Carlos I, rey de Inglaterra.	Lope de Vega, *El caballero de Olmedo*. Bernini, *David*. Ribera, *Calvario*.
1626	Tratado de Monzón: de momento la cuestión de la Valtelina se arregla favorablemente para España.	Quevedo, *Vida del Buscón*. Correa de Araújo, *Libro de tientos*. Ribera, *Sileno borracho*.
1627	Bancarrota del Estado.	Muere Góngora. Frescobaldi, *Libro II de tocatas*. Quevedo, *Sueños* y *Discursos*.
1628	Derrota naval de Matanzas (Cuba), frente a los holandeses. Motines de Oporto y Santarem (1629) contra las subidas de impuestos. Asesinato de Buckingham, primer ministro inglés.	Ruiz de Alarcón, *Primera Parte de Comedias*. Quevedo, *Discurso de todos los diablos*. Alonso Cano empieza el retablo de la parroquia de Lebrija.
1629	Paz de Lübeck: Cristian IV de Dinamarca conserva sus posesiones con la condición de no intervenir en la guerra.	Muere Kepler. Poussin, *El triunfo de Flora*.
1630	Motines, este año y el siguiente, en Vizcaya, contra la leva de soldados y el estanco de la sal. Dieta de Ratisbona. Paz angloespañola.	Se publica *El burlador de Sevilla*, de Tirso de Molina. Velázquez, *La fragua de Vulcano*. Se inician las obras del Palacio del Buen Retiro. Galileo, *Los dos principales sistemas del universo*.
1634	Los españoles vencen al ejército sueco en Nördlingen: Suecia pierde el dominio sobre el sur de Alemania. Asesinato de Wallenstein.	Quevedo, *La cuna y la sepultura*. Lope, *Rimas humanas y divinas*. Velázquez, *Las lanzas*. Corneille, *Medea*.
1635	Francia declara la guerra a España.	Tirso de Molina, *Segunda Parte de Comedias*. Van Dyck, *Carlos I de Inglaterra* (retrato). Fundación de la Academia Francesa. Muere Lope de Vega. Montañés, *Inmaculada*. Ribera, *Inmaculada*.

Vida y obra de Calderón de la Barca
La gran Cenobia.
Su hermano Diego vende el empleo de su padre por 15.500 ducados: la familia sale de apuros económicos. Se representa, seguramente, *El sitio de Bredá.*
El alcaide de sí mismo.
Saber del mal y del bien, Hombre pobre todo es trazas, Luis Pérez el gallego, El purgatorio de San Patricio, Elegía a doña María Zapata.
Diego, herido en reyerta por el cómico Pedro de Villegas; el comediógrafo, con parientes y amigos, persigue a éste y entra violentamente en el convento de las Trinitarias. *El príncipe constante, La dama duende, Casa con dos puertas mala es de guardar.*
Se estrenan *Peor que estaba* y *La puente de Mantible.*
La devoción de la cruz. Calderón celebra la terminación del Palacio del Buen Retiro con un auto sacramental titulado *El nuevo palacio del Retiro. La cena del rey Baltasar,* auto.
Calderón, dramaturgo de la corte. Se estrena su obra *El mayor encanto, amor* en la inauguración de los jardines y palacio del Buen Retiro. *La vida es sueño, El médico de su honra, La hija del aire* (1.ª parte).

Año	Acontecimientos históricos	Vida cultural y artística
1636	Las tropas del Cardenal-Infante amenazan París.	Muere Gregorio Fernández. Corneille, *El Cid*. Nace Boileau.
1637	Nace el futuro Luis XIV. Fernando III, emperador.	Zayas y Sotomayor, *Novelas ejemplares y amorosas*. Descartes, *Discurso del método*. Campanella, *La ciudad del Sol*. Gracián, *El héroe*.
1638	Ofensiva franco-protestante en el Rosellón. Batalla naval de Guetaria. Los franceses cercan Fuenterrabía, pero son derrotados en 1639.	Nace Malebranche.
1640	Rebeliones de Cataluña y Portugal. De aquí a 1648 se suceden movimientos secesionistas en Andalucía, Aragón, Navarra y Vizcaya.	Muerte de Rubens. Gracián, *El político*. Saavedra Fajardo, *Empresas políticas*. Zurbarán, *Santa Casilda*. Corneille, *Cinna*. Jansenius, *Augustinus*.
1641		Vélez de Guevara, *El diablo cojuelo*. Muere Van Dyck.
1642	Revolución en Inglaterra. Muere Richelieu; le sucede Mazarino.	Muere Galileo. Molière funda el «Illustre Théâtre». Rembrandt, *La ronda nocturna*. Nace Newton. Gracián, *Agudeza y arte de ingenio*.
1643	Derrota de Rocroi. Caída de Olivares y privanza de don Luis de Haro. Sor María de Ágreda, consejera del rey. Mueren Luis XIII y la reina Isabel de Borbón.	Mueren Monteverdi y Frescobaldi.
1644	Muere Urbano VIII; Inocencio X, nuevo Papa.	Cierre de los corrales hasta el año 1649. Muere Mira de Amescua.
1645		Muerte de Quevedo. Murillo, serie de San Francisco de Sevilla. Bernini, *La transverberación de Santa Teresa*.

Vida y obra de Calderón de la Barca

Se concede a Calderón el hábito de Santiago, que se le impondrá al año siguiente. *Primera Parte de Comedias*, al cuidado de José.

Al servicio del duque del Infantado. *Segunda Parte de Comedias*. Se estrena *El mágico prodigioso*.

Su hermano José, herido en el sitio de Fuenterrabía.

Guerra de Cataluña: en el ejército del Conde-Duque, al mando directo de don Álvaro de Quiñones. Herido en una pendencia durante el ensayo de una comedia que se iba a representar por Carnaval en el Coliseo del Buen Retiro.

Vuelve a la corte como correo de S. M.

Otra vez en Cataluña. Pide el retiro del ejército por razones de salud: se le concede. *El alcalde de Zalamea*.

La humildad coronada y *El socorro general*, autos.

El pintor de su deshonra.

Muere su hermano José en la defensa del puente de Camarasa. Recibe una renta de treinta escudos mensuales por los servicios de su hermano y de él mismo en Cataluña.

Año	Acontecimientos históricos	Vida cultural y artística
1646	Muerte del príncipe de Asturias, Baltasar Carlos. Derrota de Lens. Rebelión de Nápoles y Sicilia.	*Vida y hechos de Estebanillo González.* Nace Leibnitz.
1647	Bancarrota del Estado.	Gracián, *Oráculo manual y arte de prudencia.* Murillo, *Sagrada Familia del pajarito.*
1648	Fin de la Guerra de los Treinta Años. Paz de Westfalia: reconocimiento de la independencia de Portugal por toda Europa. España deja de ser potencia hegemónica.	Mueren Tirso de Molina, Saavedra Fajardo, Rojas Zorrilla y Martínez Montañés. Fundación de la Academia de Bellas Artes de Francia. Bernini, *Fuente de los Cuatro Ríos.*
1649	Bodas de Felipe IV con Mariana de Austria. Decapitación de Carlos I de Inglaterra.	Murillo, *Muchachos comiendo uvas y melón.*
1650		Nace Churriguera. Velázquez, *Inocencio X* (retrato), *Venus del espejo.* A. Cano, *Cristo muerto en brazos de un ángel.* Pascal, *Provinciales.* Muere Descartes.
1651		Gracián, *El Criticón,* I (las otras dos partes en el 53 y el 57). Hobbes, *Leviatán.* Nace Fénelon.
1652	Rendición de Barcelona, sitiada por don Juan José de Austria desde 1651. Felipe IV reconoce los privilegios catalanes. Revuelta en Sevilla por la extensión de la miseria.	Muere Ribera.
1653		Nace Corelli. Condena de la obra de Jansenius.

Vida y obra de Calderón de la Barca
Al servicio del duque de Alba; por ello establece su residencia en el castillo-palacio de Alba de Tormes.
Nace su hijo natural, Pedro José, aproximadamente en este momento. Muerte de su hermano Diego.
Estreno de *La segunda esposa* y de *Triunfador muriendo*. En el Palacio de la Zarzuela se representa *El jardín de Falerina*, con música de Juan Risco.
Los encantos de la culpa, auto.
Decide ordenarse sacerdote. Antes había ingresado en la Orden Tercera de San Francisco. Un pariente suyo, patrono de la capilla de San José, de la iglesia del Salvador, lo nombra capellán de dicho patronazgo. *Para vencer a amor, querer vencerle. El año santo en Roma*, auto.
Se ordena sacerdote, por lo que limita su producción dramática, que, de ahora en adelante, consistirá sobre todo en autos sacramentales, dos por año. Muere su hijo natural. *Darlo todo y no dar nada*.
La fiera, el rayo y la piedra.
Lo nombran capellán de los Reyes Nuevos de la Catedral de Toledo, en donde fija su residencia. Estrena *La hija del aire* completa.

Año	Acontecimientos históricos	Vida cultural y artística
1656	Bancarrota del Estado. Victoria española en Valenciennes: Francia solicita apoyo inglés.	Velázquez, *Las Meninas*. Bernini empieza la Columnata y la Cátedra de San Pedro.
1657		Velázquez, *Las hilanderas*.
1658	Batalla de Dunkerque: retirada española. Muere Cromwell. Leopoldo I, emperador de Austria.	Poussin, *Entierro de Cristo*.
1659	Paz de los Pirineos: pérdida del Artois, el Rosellón y casi toda la Cerdaña. Francia, primera potencia. Boda de Luis XIV con la infanta María Teresa.	Muere Gracián. Molière, *Las preciosas ridículas*. Nace Purcell.
1660	Restauración en Inglaterra: Carlos II, rey.	Muere Velázquez.
1661	Muere Mazarino; comienza el gobierno efectivo de Luis XIV. Alianza anglo-portuguesa: la guerra sigue favorable a Portugal.	Le Vau inicia Versalles.
1663		Fecha posible de la muerte de Correa de Araújo.
1664		Muere Zurbarán. Racine, *La Tebaida*. Molière, *Tartufo*.
1665	Muere Felipe IV: se cierran los teatros hasta fines de 1666. Comienza el reinado de Carlos II. Durante la minoría ejerce la regencia la reina Mariana.	Muere Poussin. Molière, *Don Juan*.
1666		Molière, *El misántropo*. Newton consigue la descomposición de la luz. Muere Hals.

Vida y obra de Calderón de la Barca
Hermano mayor de la Hermandad del Refugio, dedicada al socorro de pobres y enfermos.
El golfo de las sirenas, «égloga piscatoria».
El laurel de Apolo.
La púrpura de la rosa, Celos, aun del aire, matan, óperas.
Eco y Narciso, El hijo del Sol, Faetón.
Nombrado capellán de honor de S. M. Fija su residencia definitivamente en Madrid. Ingresa en la Congregación de Presbíteros naturales de Madrid.
Tercera Parte de Comedias.
Hermano mayor de la Congregación. Miembro de la Hermandad del Refugio.

Año	Acontecimientos históricos	Vida cultural y artística
1667	Primera guerra con Francia, que acaba con la paz de Aquisgrán (1668): España recobra el Franco Condado y cede importantes plazas flamencas. Clemente IX, Papa.	Racine, *Andrómaca*. Milton, *El paraíso perdido*. Murillo, *El mendigo*. Muere Borromini.
1668	Tratado de Lisboa: España reconoce la independencia de Portugal.	Molière, *El avaro*.
1670	Clemente X, Papa.	Pascal, *Pensamientos*. Corneille, *Tito y Berenice*. Spinoza, *Tractatus theologico-politicus*. Murillo, serie del Hospital de la Caridad. Terminan las obras de Le Vau en Versalles.
1671		
1672	Segunda guerra con Francia, que se cierra en 1678, con la paz de Nimega: España pierde definitivamente el Franco Condado a cambio de algunas ciudades flamencas. Como consecuencia, Carlos II casará con María Luisa de Orléans, sobrina de Luis XIV.	Nicolás Antonio, *Bibliotheca Hispana Vetus*. Racine, *Bayaceto*. Valdés Leal, *Postrimerías: In ictu oculi. Finis gloriae mundi*.
1673		Racine, *Mitrídates*. Molière, *El enfermo imaginario*. Muere Molière.
1674		Muere Milton. Boileau, *Arte poética*.
1675	Mayoría de edad de Carlos II.	Leibnitz, *Cálculo infinitesimal*. Römer calcula la velocidad de la luz. Wren, catedral de San Pablo de Londres. Fecha posible del nacimiento de Vivaldi.

Vida y obra de Calderón de la Barca
Fieras afemina amor y el auto sacramental *Sueños hay que verdad son.*
Primer premio en el certamen poético por la canonización de San Francisco de Borja.
Cuarta Parte de Comedias, con prólogo del autor. *La estatua de Prometeo.*
Segunda y definitiva versión del auto *La vida es sueño.*

Año	Acontecimientos históricos	Vida cultural y artística
1676	Fin de la privanza de Valenzuela. Inocencio XI, Papa.	Bernini, *Muerte de la Beata Albertona*. Nace Feijoo.
1677		Racine, *Fedra*. Spinoza, *Ética*. Van Leeuwenhoek descubre los espermatozoides.
1679		Le Brun decora la Galería de los Espejos de Versalles. Lully, *Proserpina*. Muere Bernini.
1680		
1681	Francia toma posesión de Alsacia.	Bossuet, *Discurso sobre la historia universal*. Corelli, *Sonatas a tres*. Nace Telemann.

Vida y obra de Calderón de la Barca
Publica un volumen de doce autos sacramentales. *Quinta Parte de Comedias*.
Grave situación económica: se le concede mediante cédula real una ración de cámara en especie para que pueda abastecerse en la despensa de palacio.
Última comedia, *Hado y divisa de Leonido y Marfisa*.
El cordero de Isaías, auto; *La divina Filotea*, auto incompleto, que concluirá don Melchor de León. Muere el 25 de mayo en Madrid. Enterrado en la capilla de San José, de la iglesia del Salvador.

Introducción

1. La época de Calderón

Don Pedro Calderón de la Barca nace en 1600 y muere en 1681. Su vida coincide, pues, con los momentos de máximo esplendor del movimiento artístico que conocemos con el nombre de Barroco. Además, su teatro ha sido considerado repetidamente como uno de los paradigmas más destacados de la estética barroca, de modo que el dramaturgo es uno de los símbolos de lo barroco por excelencia. ¿A qué se debe este hecho? En esta sección intentaremos poner las bases de la respuesta ofrecida a esta pregunta.

Desde el punto de vista político, a lo largo de la existencia del comediógrafo se produce el definitivo hundimiento del Imperio español. Cuando todavía está nuestro autor en la veintena, el conde-duque de Olivares acomete la empresa de adecuar la estructura del Estado a las necesidades de la monarquía absoluta, pues ve en ese requisito la base indispensable para que España pueda mantener la hegemonía que se le está escapando de las manos. El valido de Felipe IV se proponía, en consecuencia, que todos los reinos peninsulares participaran activamente en los diversos proyectos e iniciativas de la Corona. En una palabra, quería echar los cimientos de un Estado moderno. No obstante, si en algún instante existió la posibilidad de que el pulso se venciese del lado hispánico, la apuesta se saldará con una decepción rotunda. Una guerra, la de los Treinta Años, de inspiración religiosa en un principio, se convertirá en campo abonado para que las grandes potencias luchen encarnizadamente por la preeminencia. Holanda, en primer término, y Francia e Inglaterra, más tarde, pondrán fin a las ambiciones hispánicas. El dramaturgo es testigo, y a veces protagonista, de una década aciaga, que comienza con la derrota naval de Las Dunas (1639), frente a los holandeses, para acabar en la Paz de Westfalia (1648), en la cual se suceden, entre otros episodios, las rebeliones de Portugal y Cataluña —con la independencia de la primera— y el desalentador fracaso de los legendarios Tercios en Rocroi (1643) y Lena (1646). A partir de Westfalia, los españoles asisten, entre perplejos y resignados, al declive de su nación, relegada a potencia de segundo o tercer orden en virtud de sucesivas y humillantes derrotas a manos de sus adversarios.

Si no nos conformamos con los acontecimientos externos, y queremos penetrar más profundamente en la naturaleza de la decadencia española, habremos de atender a la evolución de la economía, agostada por la escasez de mano de obra (la población activa se había reducido tras las guerras del siglo XVI), el desarrollo industrial truncado (tras el incipiente precapitalismo del XVI —recuérdese, con todo, que el trabajo manual es una actividad mal vista en la España del quinientos, como nos muestra el escudero del *Lazarillo*— y en beneficio de Italia y Flandes, cuyos productos reciben protección oficial), el descenso de las remesas de metales preciosos procedentes de América, la política fiscal (sólo se pagaban impuestos en Castilla y Andalucía —los territorios con población mayor— hasta los intentos reformistas de Olivares; igualmente, sólo esas regiones estaban sometidas al reclutamiento de hombres para las guerras europeas y la colonización americana), el paulatino desmoronamiento de la agricultura... Ante este panorama, no son de extrañar las sucesivas bancarrotas en que se declaró España desde principios del siglo XVII hasta finales del reinado de Felipe IV.

En el plano social y moral se advierte una serie de fenómenos concomitantes con todo lo que venimos diciendo. El favoritismo se va instalando en la vida pública (no obstante, en la época de Felipe IV, un monarca que, en los veinte primeros años de su reinado, se entrega a los asuntos de Estado, Olivares y el resto de los gobernantes españoles son de una competencia mucho mayor de lo reconocido tradicionalmente); más tarde se generaliza la compra de cargos y mercedes, se reúnen fortunas de dudosa procedencia entre los funcionarios estatales... En este ambiente es lógico que cunda el pesimismo entre las mentes más lúcidas, que ven abandonado a la fortuna un país que se va separando poco a poco de los que constituyen su mismo ámbito cultural. Entre las capas populares, se extiende asimismo, con vigor progresivamente acentuado, un malestar que, periódicamente, estallará en revueltas y motines de importancia variable. Es perceptible, en fin, una disociación de ideales e intereses entre los diferentes grupos sociales de una nación que, a su vez, como ya se ha dicho, pierde aceleradamente su protagonismo en la escena mundial.[1]

¿Qué función cumple el teatro en este marco? Para responder a la cuestión que acabamos de formular, es necesario establecer de forma más precisa las características de la crisis política que afecta a España en el XVII. Desde fines de la Edad Media, como ha puesto de manifiesto José Antonio Maravall, se da en la sociedad española un proceso de índole dinámica, en el que se subrayan la movilidad social (los desplazamientos geográficos, los cambios de profesión e, incluso, cierta permeabilidad en la cerrada estructura estamental) y la mentalidad individualista. Ese proceso queda frenado, en primer término, y paralizado, posteriormente, por un cúmulo de causas: despoblación, inflación, confusión monetaria, pureza de sangre,[2] Inquisición, incomunicación con el mundo científico y técnico y empeoramiento de la alimentación, entre las más destacadas. Hacia 1600, cuando está firmemente asentada la que se ha llamado «monarquía autoritaria» y ha empezado el

---

[1] Cfr. desde distintos puntos de vista, Palacio Atard, Vicente, *Derrota, agotamiento, decadencia, en la España del siglo XVII*, Madrid, Ed. Rialp, 1966, 3.ª ed., sobre todo la primera parte; Maravall, José Antonio, *La oposición política bajo los Austrias*, Barcelona, Ed. Ariel, 1974, 2.ª ed., particularmente el último de los artículos allí reunidos, «Esquema de las tendencias de oposición hasta mediados del siglo XVII», pp. 211-231, y Alcalá-Zamora, José, *España, Flandes y el Mar del Norte (1618-1639)*, Barcelona, Ed. Planeta, 1975.

[2] La pureza de sangre era un requisito exigido a quien quería ser armado caballero, y consistía en que en la familia del aspirante no hubiese rastro de sangre judía o musulmana.

tránsito hacia el absolutismo, dos fenómenos precipitan la consolidación de lo que el autor citado denomina «orden monárquico-señorial». Frente a la difundida tesis de que la monarquía absoluta atacó frontalmente los intereses nobiliarios, Maravall (como Domínguez Ortiz) opone que, a partir de aquella fecha, se inicia la concentración de la propiedad rural en manos de los hombres ricos de las ciudades, por un lado, y, por otro, que esos grupos privilegiados aumentan su poder económico al explotar sus nuevas posesiones con criterios modernos de lucro, lo cual conduce a un acrecimiento de su influjo en la vida social. Dentro de esta situación, según el mismo Maravall, «el teatro español trata de imponer o de mantener la presión de un sistema de poder, y, por consiguiente, una estratificación y jerarquía de grupos, sobre un pueblo que, en virtud del amplio desarrollo de su vida durante casi dos siglos anteriores, se salía de los cuadros tradicionales del orden social, o por lo menos, parecía amenazar seriamente con ello».[3] La literatura, reconoce el crítico, no da «una imagen fiel de la realidad», sino que está condicionada (por tanto, no determinada) por la sociedad y tiene unos fines de naturaleza social; hacia la conclusión de su interesante estudio ya mencionado, Maravall añade que, naturalmente, son posibles otros puntos de vista en el estudio del teatro clásico español y que el histórico-social puede ayudar a explicar más satisfactoriamente *algunos* aspectos de aquél que permanecían oscuros.[4]

A esta opinión se le ha opuesto, desde el mismo ámbito de los estudios de orientación sociológica, que las circunstancias reales de las representaciones (entre las que podemos contar la procacidad de los actores, tanto dentro como fuera de la escena; la amalgama de gente de toda condición en los corrales, lo cual promueve las relaciones entre individuos pertenecientes a diversos estamentos, quienes, como espectadores, quedan igualados, y, en último extremo, la promiscuidad; el lujo inconveniente en la presentación de algunos espectáculos y la peligrosa sensación de realidad que se desprende de ellos en lo referente, por ejemplo, a los sentimientos

[3] Maravall, José Antonio, «El teatro barroco desde la historia social», en *Teatro y literatura en la sociedad barroca*, Madrid, Seminarios y Ediciones, 1972, p. 29.

[4] Cf. *ibidem*, pp. 21 y 145.

amorosos) iban en contra del valor ejemplarizador y de la misión educativa que Maravall atribuye al teatro en el marco de la monarquía de base aristocrática.[5] Ciertamente, parece que éste es un factor que debe tenerse en cuenta. Sin embargo, es difícil precisar, en el caso de cada obra en particular, dejando aparte los factores generales, cuál es la resultante del juego de tales fuerzas contrapuestas (la finalidad educadora y la indecencia de lo exhibido en el escenario), pues no poseemos datos que nos permitan solucionar esas cuestiones concretas, al menos con la certeza exigible.

Desde otro punto de vista, más bien literario o estético, Ruiz Ramón insiste en que, entre la realidad y la ficción, existe una correlación entre la «totalidad de las relaciones configuradas» en cada uno de esos mundos, no entre los elementos tomados uno a uno; lo que dice un personaje no tiene, según este crítico, por qué corresponder al pensamiento del autor, el cual crea una acción en su conjunto, no cada parte por separado.[6] Creemos que éste es un principio básico, y que no siempre se observa debidamente.

Ahora bien, las circunstancias específicas que hemos analizado conciernen ante todo a España. No por ello escapa nuestra nación a ciertos rasgos comunes a buena parte de Europa en todo el siglo XVII. Principalmente, debemos considerar la oposición entre dos tendencias fuertemente arraigadas en el espíritu del tiempo. Con palabras de Valverde, «la edad barroca ofrece, como ninguna época, la paradoja de que la exuberancia y la extravagancia llegan a su extremo en el mismo instante en que, desde la perspectiva de la historia de las ideas, comienza claramente la "Edad de la Razón" —filosóficamente, con Descartes; científicamente, incluso antes, pues Galileo nace el mismo año que Shakespeare, 1564—».[7] En el terreno político, esa antinomia se extenderá, paralelamente,

---

[5] Cfr. Sanchis Sinisterra, José, «La condición marginal del teatro en el Siglo de Oro», en Monleón, José (ed.), *III Jornadas de Teatro Clásico Español, Almagro, 1980*, Madrid, Dirección General de Música y Teatro (Ministerio de Cultura), 1981, pp. 95-130.

[6] Cfr. Ruiz Ramón, Francisco, *Estudios de teatro español clásico y contemporáneo*, Madrid, Fundación March/Edcs. Cátedra, 1978, pp. 25-26 y 40.

[7] Valverde, José María, *El Barroco*, Barcelona, Montesinos Editor, 1981, 2.ª ed., p. 9.

a las relaciones entre el individuo y el Estado. Este promoverá una
cultura de masas en la que la persona no tendrá más remedio que
integrarse y subsumirse o elegir conscientemente la marginación,
como el pícaro. Oigamos de nuevo a Maravall: «la sociedad del
siglo XVII, mordiéndose la cola, nos revela la razón de su propia
crisis: un proceso de modernización, contradictoriamente montado
para preservar las estructuras heredadas».[8] En efecto, la ciudad
barroca es el elemento director de una cultura despersonalizadora
y, al mismo tiempo, de signo «burocrático», es decir, orientada
hacia la masa y no hacia los individuos, que deben someterse a un
estricto código de normas, tanto en las relaciones políticas y econó-
micas (se organiza la administración pública, se crean bancos con
las características modernas) como en la vida social (la rígida
etiqueta es todo un símbolo, así en Madrid como en Versalles, por
ejemplo). Pero, simultáneamente, es ésta una sociedad ansiosa de
novedades y de inventos, de objetos en los que se muestre el
ingenio del hombre y su capacidad de «progreso» —embeleso que
es herencia del Renacimiento—, que acepta entusiasmada todos
aquellos fenómenos que se salen de la norma (como la dificultad
desbordante, aunque llegue a la oscuridad —recuérdese el caso
más famoso de todos, el de Góngora— ; lo que en la época se llama
la «suspensión», el dejar siempre cabos sueltos, que luego se solda-
rán de manera sorprendente —es recurso muy querido de Calderón— ; los casos extremos, sobre todo por exceso, que nos sitúan en
otro mundo y nos hacen creernos otros —Segismundo, Heraclio y
Leonido, protagonistas los dos últimos de *En esta vida todo es verdad y
todo es mentira*—, son buenos ejemplos de esta inclinación). Al mismo
tiempo, es ésta una sociedad traspasada por un concepto negativo
del mundo (de ahí su conservadurismo), en el cual reinan la
inseguridad, el engaño y la contradicción, y en donde no hay más
opción que acomodarse a las situaciones que sobrevengan (la
fórmula de la tragicomedia responde muy bien a esta necesidad de
unir los elementos más opuestos). El hombre vivirá, pues, en una
batalla permanente consigo mismo y con sus semejantes, los cuales

---

[8] Maravall, José Antonio, *La cultura del Barroco*, Barcelona, Ed. Ariel, 1975, p. 520.
Este autor inspirará lo que sigue.

sólo le inspirarán desconfianza y prevención («Homo homini lu-
pus» rezaba la máxima clásica recogida por Hobbes); el desarrollo
de la violencia, patente en la Guerra de los Treinta Años, junto a
una religiosidad y a una experiencia ascéticas, suscita el interés por
la muerte, y éste despierta, correlativamente, nuevas perspectivas
en el planteamiento de la vida. El hombre, que se sabe libre,
deberá «hacerse la vida» (es muy importante este lema en *La vida
es sueño*), tendrá que hacer efectiva su libertad, en cuanto libertad
de elección: libertad no sólo para gobernar su existencia, sino
también, y sobre todo —en comparación con etapas previas—,
para volcarse hacia afuera e influir sobre su prójimo (obsérvese la
importancia de las virtudes que se relacionan con la vida pública
en el drama que se va a leer).

En este medio adquiere singular importancia la comprobación
de la realidad de las cosas a través de la experiencia, segundo
aspecto al que se refería Valverde. Así el hombre verifica que todo
se mueve, todo manifiesta la *mudanza* como hecho incontrovertible
que rige la vida (muchos conceptos, como peripecia, inconstancia,
fragilidad, mutabilidad, ascenso y declinación, caducidad y reno-
vación, se ligan a ése, que aparece como central en la vivencia de
aquellos seres). Paralelamente, la naturaleza se define por la variedad, en la que se debe buscar, según los optimistas, la armonía
entre los contrarios, como ya se ha adelantado. Además, junto a la
idea de movimiento, inevitablemente aparece la de *tiempo*, verdadero centro ideológico del Barroco. El tiempo se concibe, ante
todo, en su *fugacidad*, en cuanto elemento constitutivo de la realidad. Todo ello conduce a una relativización, parcial en principio,
de la existencia y del saber, que desemboca en el papel preponde-
rante desempeñado por nociones como fortuna (el azar, la suerte),
ocasión (el momento oportuno) y juego, idea que se aplica a todos
los órdenes de la vida, desde la economía (los juegos de azar
conocen un enorme éxito en esta época) hasta la literatura (y
nuestra obra es un buen ejemplo en gran parte de su segunda
jornada). Sabido esto, no es extraño que se prefiera el subjetivismo
de la sensación corporal y el interés al objetivismo intelectualista:
estamos en un mundo de apariencias (cfr., desde este punto de
vista, el mismo pasaje en que Basilio somete a Segismundo al

experimento de palacio); éstas y la manera (la forma de realizar
una cosa, por ejemplo, un cuadro o una obra literaria, una fiesta o
una gestión diplomática) tienen más importancia que la sustancia
y el ser. Lo que importa es la *perspectiva* (término clave) para
enfocar los *fenómenos;* en el terreno político y moral, se revela este
enfoque, como ya se ha indicado, en el *pragmatismo*, la adecuación
al entorno, como expresión de la insolidaridad egoísta. Ese pragmatismo es la consecuencia última de la actitud individualista en
una sociedad dominada por los resortes del poder. La ostentación y
el disimulo, como manifestaciones de tal orientación pragmática,
denuncian, en el fondo, la falta de intimidad de unos hombres que,
por paradoja, se encuentran solos, en aislamiento propio de esta
edad. A tal situación corresponden tópicos como el teatro del
mundo, el mundo por dentro y el sueño de la vida, de tan
importante resonancia en nuestro drama.

Desde el punto de vista estético, son famosas las distinciones que
el crítico alemán Wölfflin estableció entre el Renacimiento y el
Barroco. El primero se definía por tendencia hacia lo lineal, la
composición en un plano (es decir, superficial), la forma cerrada,
la claridad y la variedad, mientras que el segundo quedaba determinado por su inclinación a lo pictórico y colorista, la perspectiva
que da impresión de profundidad, la forma abierta, la falta de
claridad o confusión (siempre en términos relativos) y la unidad.
Sin embargo, la aplicación de esos principios a la literatura no ha
dado resultados del todo satisfactorios. Lo que sí se puede advertir
con cierta facilidad en las obras de este período es la importancia
desmesurada que se concede a los diversos elementos formales.
Comparte, pues, el Barroco con el Manierismo, etapa intermedia
entre el Renacimiento y aquél, el suponer una modificación más
en la línea que prolonga la presencia del mundo clásico, mas,
como afirma el profesor Orozco, «se trata... de dos concepciones de
fondo anticlásico por su complejidad y complicación; predominan-
temente intelectualista y estética en el Manierismo y vital y sensorial en el Barroco; y cuyo sistema o principio estructural responde,
en el primer caso, a la *composición* —esto es, dejando los elementos
como desintegrados—, y en el segundo a la *mezcla*, en la que sus
elementos se funden, perdiendo su sentido independiente, y pasan-

do a ser un todo unido, en su variedad».[9] Encontramos en ese sentido de mezcla un nuevo punto de apoyo para la consideración de la tragicomedia (la mezcla de lo trágico y lo cómico) como género típicamente barroco, igual que la unión de lo carnal y lo eterno en un mismo marco (véase esta característica en nuestra obra), que desembocaba, para un ilustre crítico, en el *desengaño* resultante de la oposición entre el sueño y la vida (Spitzer).

La combinación de factores estéticos y sociales hace del teatro la forma más acusadamente barroca. Este estilo nace en las artes visuales; sin embargo, llega a su culminación en la escena, en la que se conjugan, en los casos de mayor complejidad, poesía, música, danza e, incluso, se podría decir que las tres artes plásticas, singularmente la pintura. Se logra así, como afirma Orozco, la manifestación «de ese doble plano, de lo aparente sensorial y lo trascendente ideológico» que da su razón de ser al teatro, o, en fórmula de Maravall, tomada de Argan, se nos da «el concepto hecho imagen»,[10] por los fines propagandísticos a los que sirve ejemplarmente el teatro en una sociedad de masas como la barroca; es significativo, en la misma línea de razonamiento, que la dramática sea un arte fundamentalmente urbano, que sólo pueda echar raíces estables en el marco privilegiado que le ofrece la ciudad. En ese ambiente se produce el fenómeno de la indiferenciación espacial entre escena y mundo real: no se sabe dónde empieza una y dónde acaba otro; la escena se desborda en todas direcciones (téngase en cuenta este aspecto en *La vida es sueño*). El triunfo de esa imagen en movimiento es la victoria de la pintura, arte indispensable en esta labor de seducción de los sentidos que es el teatro barroco. La popularidad de la «comedia» española del XVII, uno de los pocos «teatros nacionales» que han surgido a lo largo de la historia, se debe a su identificación con las aspiraciones del público en este terreno. La fusión de las diversas artes en el espectáculo teatral (cuyo nacimiento, como se ha advertido, reco-

---

[9] Orozco, Emilio, «Características generales del siglo XVII», en Díez Borque, José María (coord.), *Historia de la literatura española*, II. *Renacimiento y Barroco*, Madrid, Ed. Taurus, 1980, p. 464.

[10] Orozco, Emilio, *loc. cit.*, p. 406, y Maravall, José Antonio, *La cultura del Barroco*, p. 497.

noce causas sociales más que literarias) responde estrictamente al principio barroco de la mezcla; «el surgir del actor autor, frecuente en estos momentos, está indicando cómo se trata de un levantarse del hombre como tal, esto es, del hombre del pueblo, para adueñarse de algo que estima le pertenece para atender sus necesidades de goce y diversión».[11] Cuestiones más concretas, como las relaciones entre gongorismo y conceptismo o las formas concretas que adopta el teatro español de la época, las dejamos para apartados posteriores.

2. La vida de Calderón

Los datos más importantes de la biografía de Calderón están contenidos en los cuadros cronológicos. Vamos a ver ahora algunos aspectos de su personalidad y ciertos hechos significativos.

Tercer hijo, segundo varón, de un secretario de Hacienda perteneciente a una familia hidalga de procedencia montañesa, el dramaturgo nos habla de la «mediana sangre en que Dios fue servido que naciese» para indicar la situación no demasiado elevada que ocupaban en la corte. De sus otros seis hermanos, cuatro de ellos mujeres (una de ellas muerta muy niña todavía), nuestro autor tuvo relación sobre todo con los hombres, singularmente con José, el que le seguía, debido a su trayectoria vital parecida en cuestiones no referidas a las letras.

Se educó con los jesuitas, lo cual fue decisivo en su formación. Determinados elementos de su obra se han querido explicar por esta fase de su vida. En el caso de *La vida es sueño*, la defensa de la libertad más allá de las acometidas del hado responde perfectamente a las ideas del jesuita Molina en la polémica que éste mantuvo con el dominico Báñez, partidario de la acción eficaz e inevitable de la gracia divina frente al libre albedrío del hombre.

Durante sus estudios universitarios, iniciados en Alcalá de Henares, hay algún episodio que nos muestra un Calderón no demasia-

---

[11] Orozco, Emilio, *El Teatro y la teatralidad del Barroco*, Barcelona, Ed. Planeta, 1969, p. 28.

do preocupado por detalles jurídicos o reparos morales. En 1618, por ejemplo, fue excomulgado y estuvo en prisión por no haber cumplido sus obligaciones monetarias como inquilino de una casa alquilada y haberse vuelto a Madrid desde Salamanca. Una vez fuera de la Universidad, durante los años veinte de aquel siglo, el futuro maestro de la escena continúa dando pruebas de un temperamento bastante precipitado y poco escrupuloso. Junto a alguno de sus hermanos, interviene en lances como la muerte del hijo de un criado del condestable de Castilla (1621) o la violación de un convento, sin respetar el fuero de los lugares sagrados, al perseguir al hijo de un cómico, quien había herido a un hermano de nuestro autor, quizá su hermano natural, Francisco González Calderón, fruto de las relaciones ilícitas de su, por otra parte, riguroso padre (1629).

En esa misma época comienza su actividad teatral, orientada desde muy pronto hacia el Palacio Real, al tiempo que se agravaban sus problemas económicos. A raíz de la muerte de su padre, su madrastra, doña Juana Freyle, inició un pleito contra sus hijastros por considerarse perjudicada en el testamento. El fallo le fue favorable, y ello empeoró la posición financiera de los hermanos. No acabaron ahí las dificultades. Fueron condenados a pagar las costas, noventa mil maravedíes, en un proceso originado por los hechos de 1621, a lo que se deben añadir seiscientos ducados convenidos con el padre del muerto para que no continuara la acción legal. Los Calderón, tras estas sentencias adversas, tuvieron que vender el cargo paterno (1626), por el que consiguieron quince mil quinientos ducados.

En esta misma etapa comienza su participación en la vida militar y en la literaria. Sólo hablaremos aquí de la primera. Parece que asistió a diversas campañas en Italia y Flandes (sin que haya pruebas ciertas). Más adelante, una vez investido caballero del hábito de Santiago (1637), se ha afirmado que asistió al asedio de Fuenterrabía por el príncipe de Condé; tampoco se ha podido confirmar. Donde sí estuvo fue en la guerra de Cataluña, en la que actuó «como de su persona y partes se podía esperar». En 1642 obtiene el retiro y, en atención a sus méritos y a los de su hermano José, muerto en la acción del puente de Camarasa, una pensión de treinta escudos mensuales, que cobrará tarde y mal.

Tras la muerte de su hermano José, y en un ambiente de postración general en el país, decide hacerse cargo de la capellanía que había fundado su abuelo materno con la esperanza de que la ocupara alguno de sus nietos. El mismo año en que se ordena sacerdote (1651) muere su hijo natural, Pedro José. A partir de aquel momento ya no escribirá para los corrales, y se dedicará preferentemente a la composición de autos sacramentales para el Corpus y zarzuelas y comedias mitológicas para la corte. Sin embargo, recibió censuras, como la del Patriarca de las Indias, por dedicarse al teatro siendo sacerdote. Cuando aquel clérigo le encargue los autos para el Corpus toledano, el comediógrafo responderá desabridamente: «O es malo o es bueno: si es bueno, no me obste; y si es malo, no se me mande.»

Las contrariedades pecuniarias no lo abandonarán hasta su muerte, hasta el punto de solicitar una ración en especie de la despensa real. Contrasta con esta condición menesterosa su afición por la pintura, que le hace poseedor de un buen número de cuadros, como se ve en su testamento.

Muere en 1681, rodeado del respeto y del reconocimiento generales, después de haber dado un ejemplo de prudencia y de apartamiento en sus años maduros. Unos afirman que tal actitud se debía a lo mucho que tenía que ocultar de su juventud; otros opinan que respondía a la predilección que sintió el dramaturgo por el silencio y el recogimiento (como atestigua la composición lírica «Psalle et sile», compuesta en el período toledano). Sea como fuere, de su vida no sabemos menos que de las de otros muchos escritores españoles del XVII. (Rull).

3. Características literarias de Calderón

Calderón ocupa un sitio preeminente en el ámbito de nuestras letras. Sin llegar a tener la extensísima obra de Lope de Vega, nos ofrece una producción muy considerable desde el punto de vista cuantitativo (ciento veinte comedias, ochenta autos y veinte entremeses) y de calidad por lo menos semejante (las preferencias quedan para los gustos personales). ¿Cómo consigue este talento singular verter en una comedia sus pensamientos y sus sensaciones y sentires, sus dudas y certezas, su forma de ser y de contemplar la realidad? Advertimos que, de aquí en adelante, lo dicho es válido para todo el teatro español de la época; en caso contrario, se indicará oportunamente.

La primera cuestión que podemos plantearnos concierne al género literario en que escribe Calderón. ¿Cómo lo concibe y lo explota el autor? Dando por descontado que, con el paso del tiempo, cada género experimenta mutaciones de mayor o menor importancia, aunque aparezca un núcleo conceptual y expresivo que tienda a mantenerse, es de notar que ya en la denominación de las obras calderonianas, como en las de los otros dramaturgos, encontramos un motivo de desconcierto. Se les llama *comedias*. Para nosotros, una comedia es una acción escénica que nos mueve a la risa y a la diversión, que suscita la visión complacida de los aspectos más amables de la existencia. Tal era el sentido de aquel término para Alonso López Pinciano, preceptista español (c. 1547-1627?), en su *Filosofía antigua poética* (1596): «imitación activa hecha para limpiar el ánimo de las pasiones por medio del deleite y risa». En una palabra, una ocasión de entretenimiento. Sin embargo, el *Diccionario de Autoridades* (Madrid, 1726-1739, 6 volúmenes) atestigua el empleo de *comedia* como drama en general. Y este uso ha producido no pocos equívocos en el estudio de las obras teatrales seiscentistas, junto a otros hechos, como la mezcla de lo trágico y lo cómico y la consagración del gracioso como uno de los elementos definitorios de nuestro teatro áureo. Los teóricos y los autores de la época eran conscientes de que no todas las obras eran comedias, en el sentido más estricto de la palabra, el que hoy le damos, y surgió el término *tragicomedia* para designar algunas de ellas (Lope llegó a llamar tragedias a determinadas piezas). Ese nombre recogía perfectamente la naturaleza dual de la comedia (en sentido amplio), en la que se reunían, como se ha dicho, las facetas serias y las alegres de la realidad. Ahora bien, esa composición dual y la concepción cristiana de la existencia en la que se basan los dramas de aquel momento han llevado a los críticos a negar la existencia de la tragedia en el teatro clásico español. ¿Por qué? Para González de Salas, teórico que fue contemporáneo de

Calderón, en su *Nueva idea de la tragedia antigua* (Madrid, 1633), la tragedia es «una imitación severa, que imita y representa alguna acción cabal y de cantidad perfecta, cuya locución sea agradable y deleitosa y diversa en los lugares diversos. No, empero, empleándose en la simple narración que alguno haga, sino que, introduciéndose diferentes personas, de modo sea imitada la acción que mueva a lástima y a miedo, para que el ánimo se purgue de los afectos semejantes». Es decir, se considera que no puede darse la mezcla de distintos subgéneros en la construcción de una tragedia, que, por lo mismo, nos ofrece una visión parcial de la realidad (otro tanto se puede decir de la comedia en su sentido más restringido): la vida es, exclusivamente, de un color, y no puede ser de otro. En lo referente a la segunda cuestión, se parte de la noción de tragedia tal como se concretó históricamente en Grecia y de sus actualizaciones en Inglaterra y Francia en el siglo XVII. Quienes niegan que se pueda hablar de tragedia cristiana esgrimen en favor de su tesis el hecho de que en la tragedia es el destino el que decide el final desdichado de un personaje y no éste (que carece, en consecuencia, de responsabilidad moral en el desenlace), o, por el contrario, al acabar la acción, permanece sin resolver la confrontación entre el caos (el mal) y el orden (el bien); ello, naturalmente, sería imposible en una obra dependiente de la verdad cristiana, ya que ésta defiende la libertad del hombre y soluciona los conflictos de modo inapelable, de acuerdo con el razonamiento de estos autores. Sin embargo, traten directamente de la obra de Calderón o no, hay comentaristas que han empezado hace ya algunos años a defender la tesis opuesta: hay una tragedia cristiana por cuanto sólo puede darse la tragedia cuando se enfrentan la libertad y el destino; en otra formulación, limitada a nuestro dramaturgo, se nos dice que en él hay tragedia en cuanto nos deja siempre a mitad de camino entre el Bien y el Mal absolutos: no hay en Calderón nadie absolutamente bueno ni nadie absolutamente malo, por lo que a todos los personajes les corresponde cierto grado de responsabilidad en la desgracia última. Más adelante, deberán aplicarse esos principios a *La vida es sueño*.[12]

---

[12] Cf. Parker, Alexander A., «Hacia una definición de la tragedia calderoniana»,

Otro factor que tiene importancia en el análisis de una obra teatral del XVII, desde el punto de vista formal, es la actitud del autor ante las llamadas unidades dramáticas, es decir, las de lugar, tiempo y acción. De acuerdo con la primera, el drama se debe desarrollar en un único espacio escénico. Por la segunda, ha de transcurrir desde el principio hasta el final un máximo de veinticuatro horas, y, si es posible, conviene que se mantenga una rigurosa correspondencia con el tiempo real. Según la tercera, no debe haber más de una intriga en una misma obra. Justamente es la unidad de acción la única que, en bastantes momentos, es respetada por los comediógrafos españoles del período áureo. Examinaremos más detenidamente esta cuestión después de tratar someramente el lugar y el tiempo. Respecto al primero, bastará recordar que el escenario podía representar los más diversos lugares con mínimas alteraciones de elementos tales como el vestuario de los actores y las partes componentes del decorado. Tal facilidad para la transformación permitía vulnerar cómodamente la unidad de lugar, aunque con arbitrariedad menor de lo que se dijo en el XVIII y siempre con una intención determinada, expresa o tácita. En cuanto al tiempo, es normal que no coincida con el cronológico (lo cual, por otro lado, se consigue de modo muy forzado en el teatro francés de la época de Luis XIV): la obra es un todo sin partes, unitario (las ediciones de la época no dividen los actos en escenas: tal práctica es propia del XIX), en el que, tras los bastidores, se suceden los acontecimientos, que luego se mencionarán en el curso de la representación. Muy rara vez aparecen simultáneamente en el escenario sucesos que estén ocurriendo al mismo tiempo en dos lugares distintos, a pesar de que la tripartición de la escena (parte alta, nivel del suelo, sótano) lo hubiera permitido: en general, se respeta la linealidad en la presentación de los hechos (unos se presentan después de otros); la elección de cierto orden en esa sucesión nos puede dar un indicio de cómo entiende el autor la acción que explica a su público. En estos dos casos analizados, se

en Durán, Manuel, y González Echevarría, Roberto (eds.), *Calderón y la crítica: historia y antología*, tomo II, Madrid, Ed. Gredos, 1976, pp. 359-387, y Ruiz Ramón, Francisco, «Introducción» a su edición de *La vida es sueño*, Madrid, Alianza Editorial, 1967, pp. 9-20.

pretende reproducir en el teatro las características que ofrece la vida fuera de él; se sigue en parte el principio de verosimilitud, tan caro al pensamiento renacentista, pero no se adopta totalmente: hay que adecuarse a la estructura espacial y temporal propia de la realidad, pero no para reproducir ésta fielmente, sino para dar la impresión de que se está mostrando esa realidad.[13]

La misma idea directriz se observa en la disposición de la trama, y ello origina muy a menudo la aparición de una intriga secundaria. En ocasiones, tal acción no es precisa, total o parcialmente, para el desarrollo coherente de la principal. En cambio, otras veces, sobre todo a partir de 1635, precisamente ya con Calderón en su madurez como autor teatral, ambas acciones se penetran y vinculan mucho más fuertemente, de modo que se puede hablar, en algunos casos, de un solo tema considerado en dos vertientes. Esa mayor relación entre las dos acciones supone, con raras excepciones, una mayor ambigüedad, no porque la obra posibilite diversas interpretaciones, sino porque, como ya hemos señalado, refleja el mundo en todas sus dimensiones, con sus certezas y sus vacilaciones, sus aspectos positivos y negativos, no distinguidos de manera nítida, sino en un claroscuro típico del Barroco. Ahora bien, ¿verdaderamente se trata de una copia de la realidad la figura obtenida mediante ese procedimiento? La misma acción contiene normalmente elementos que parecen desmentir la posible veracidad de lo presentado en escena. La trama, regularmente, se ajusta a un riguroso proceso de *causalidad*, que permite al autor descubrir cómo está construido el mundo, pero no un mundo cualquiera, sino el que responde a un ideal suyo; ese ideal, de acuerdo con lo visto en secciones anteriores, tiende a coincidir con la realidad política, social, económica y ética de la España de los Austrias

---

[13] Las características generales del teatro español del siglo XVII se definen de acuerdo con los siguientes estudios: Aubrun, Charles V., *La comedia española (1600-1680)*, Madrid, Ed. Taurus, 1968, capítulos V y VI; y Ruiz Ramón, Francisco, *Historia del teatro español desde sus orígenes hasta mil novecientos*, Madrid, Alianza Editorial, 1967, capítulo 3, sección I. De ambos libros hay reediciones posteriores; del último en Edcs. Cátedra. Alguna indicación proviene de Díez Borque, José María, «Aproximación semiológica a la escena del teatro del Siglo de Oro español», en García Lorenzo, Luciano, y Díez Borque, José María (eds.), *Semiología del teatro*, Barcelona, Ed. Planeta, 1975, pp. 49-92.

considerada con un prejuicio positivo. En todo caso, el azar hace siempre que la ley de la causalidad actúe en la dirección fijada de antemano por el dramaturgo y que el final llegue de manera imparable, aunque hay crítico que ve en la forma de producirse ese final otro elemento de inverosimilitud, al fundirse en los minutos postreros de modo súbito (y forzado, para los que opinan así) las acciones constituyentes de la obra. Con ello, se puede dar un efecto de realidad (a lo que contribuiría el molde espacio-temporal propio de la existencia humana) que no se correspondería con la imposición de un ideal al espectador; por eso éste aceptaría más fácilmente ese ideal que no lo parece.

Hemos hablado de la causalidad como un principio básico en la estructura del drama clásico español. Junto a él, la escuela inglesa ha formulado y empleado el conocido como *justicia poética*, según el cual se juzga adecuado al *decoro* (palabra clave que designa el respeto a las normas y convenciones sociales) que un acto perverso se sancione con un castigo y, paralelamente, que la virtud obtenga un premio, y ello no por acomodación a la realidad (que puede enseñar lo contrario), sino por exigencia de la misma acción y de la finalidad última que persigue. Este principio se complementa con otro cuyo fundamento ya se ha explicado. Al no existir personajes absolutamente buenos ni enteramente malos, a todos se les puede imputar cierta participación en los hechos que llevan a la dicha o a la desgracia finales: por ese motivo se habla de *responsabilidad colectiva o difusa*, según los autores (los términos no tienen, como se puede advertir, el mismo valor). Sin embargo, otros críticos prefieren el concepto de *ironía dramática* al de justicia poética, es decir, creen que la obra teatral se nos ofrece como la otra cara de la vida, que, en su contraste con la existencia real, pone de relieve sus aspectos más ridículos o injustos. Esta última posibilidad entra de lleno en la tendencia idealista que se ha examinado anteriormente.

En cuanto al tema (tomado el vocablo en su sentido más amplio), los comediógrafos seiscentistas distinguen entre argumento (una idea de validez general) y asunto (la plasmación del argumento en un episodio concreto). Según esto, argumento equivale más o menos a lo que nosotros llamamos tema, en cuanto éste nos indica el sentido moral o social de una obra, mientras que el asunto correspondería al significado literal de aquélla. Algunos teóricos, como el Pinciano, en el tratado ya aludido, añaden un tercer elemento: «el argumento... debajo de quien se encierra y esconde la otra ánima más perfecta y esencial, dicha *alegoría*». Esto es, también hay un sentido alegórico. La dificultad estriba en determinar con exactitud el plano real al que se refiere esa alegoría. De este modo, cualquier suceso, idea o sentimiento se puede convertir en materia dramática; la capacidad de teatralización que demuestran los autores españoles corre pareja a la teatralidad de la existencia en aquella época. Se han borrado, pues, como ya se ha visto, los límites entre la escena y la vida real: lo que ocurre en una puede darse en la otra, y viceversa, de donde se deriva que, en el drama, sea factible la mezcla de ambas esferas en mayor o menor medida. En el desarrollo del tema hay dos órdenes de factores: «El tema implica uno o varios móviles, y son estos móviles los que impelen a los personajes a provocar la acción y a hacerla evolucionar en el sentido predeterminado, hacia la solución planteada *a priori*. En una palabra, el asunto encierra un valor inmutable, final, absoluto; el móvil supone la inestabilidad del personaje y su posible quebranto.»[14] Son pocas las excepciones a esa universalidad temática de la que acabamos de hablar: así, el mundo del hampa, el enfrentamiento entre la monarquía (se sobreentiende que se trata de la hispánica) y el papado o el ateísmo no aparecen normalmente; si lo hace alguno de esos asuntos, es para acentuar las cualidades del ideal en que se funden el pueblo y el dramaturgo. A continuación, vamos a pasar revista a los temas tocados más frecuentemente en el teatro español de la Edad de Oro.

En primer lugar, el amor. Se ha llegado a definir nuestra comedia clásica como un juego de amor. De un amor quizá un tanto impersonal: sea o no siempre la misma esa relación amorosa que se escenifica (y así parece, con lo cual se manifiesta otro aspecto del ideal), lo cierto es que el galán, por definición, siempre está enamorado (el estado emocional importa más que el objeto

---

[14] Aubrun, Charles V., *op. cit.*, p. 224.

del afecto), mientras que la dama busca un marido más que amar a alguien y, para ello, el fin justifica los medios. Esa misma impersonalidad puede llevar, por otra parte, al «heroísmo amoroso», en la línea de la fusión de amor platónico y amor cortés: «Quisiera advertir que en el teatro de Calderón confluyen las dos filosofías que los historiadores han clasificado como *amor platónico* y *amor cortesano*. La diferencia entre ambas estriba esencialmente en que el amor platónico considera la belleza humana como un reflejo de la Belleza divina hacia la que el ser humano tiende, mientras que en el amor cortesano la contemplación de la belleza femenina llega a ser un fin en sí mismo. El pensamiento en los dramas de Calderón es a este respecto netamente neoplatónico y subordina a sus conclusiones los elementos que recoge de la tradición del *amor cortesano*.»[15]

Paralelo al amor, encontramos el honor. Aunque sinónimo de honra en algunos puntos, se ha intentado distinguir entre ambos conceptos. Así, Américo Castro propone que se llame honor al concepto ideal y objetivo, de tal manera que honra sea el funcionamiento de esa idea en la vida. Por su parte, Aubrun indica que «el honor para consigo *(honor)* suscita dos móviles: la preocupación por el buen nombre personal *(fama)* y la preocupación por el honor familiar *(honra)*, que, por otra parte, se confunden frecuentemente».[16] No obstante, hay acuerdo casi unánime en considerar el honor como un fenómeno de carácter social, cuyo depositario es el rey, y que constituye el fundamento de la armonía en la comunidad, puesta en peligro a cada paso por los jóvenes enamorados, quienes se guían solamente por sus sentimientos y, en muchos casos, saltan por encima de las convenciones sociales hasta que, una vez alcanzados sus fines, se someten a ellas de nuevo y definitivamente. Con todo, como se ha puesto de relieve alguna vez, la ironía dramática actúa más de una vez, sobre todo en Calderón, en el análisis del honor: se señalarían así los aspectos injustos, e incluso inhumanos, de una ley que hace depender de los demás nuestra posición en la sociedad.

[15] Valbuena Briones, Angel, *Calderón y la comedia nueva*, Madrid, Ed. Espasa-Calpe, 1977 (col. «Austral», núm. 1.626), p. 118, n. 43.
[16] Aubrun, Charles V., *op. cit.*, p. 239.

La fe y la religión aparecen en escena de vez en cuando como bases del orden social, no con sustantividad propia, aun cuando podemos encontrar obras dedicadas a glosar un asunto puramente religioso; sin embargo, incluso en éstas es notable su referencia al contexto social.

Otros muchos temas, como la violencia, la libertad, la naturaleza, la actitud ante la ciencia, etc., se dan cita en este análisis del hombre y de los seres que lo rodean en el universo constituido por la comedia española del XVII. No obstante, es imposible que nos detengamos en ellos. Generalmente, se subordinan a los que hemos estudiado rápidamente o los sustituyen en su función dramática.

Así, pues, la sociedad, su equilibrio, su armonía, el orden que la regula, son el horizonte último en el que se refleja buena parte de los esquemas ideales presentes en las comedias. Calderón participa de este mismo planteamiento, bien que, naturalmente, con sus propias particularidades. Su pensamiento está orientado, de acuerdo con Valbuena Prat, por el pesimismo (concebido como desengaño que hunde sus raíces en su propia vida), la concepción de la vida como peregrinación o teatro, el providencialismo (la idea de que la Providencia divina vigila y guía el curso de la historia), la búsqueda de un apoyo racional para la fe, la pregunta por el ser del hombre, el interés primordial por la cuestión del conocimiento humano y sus límites y por la muerte y su imagen, el sueño.[17]

Para estudiar los personajes, se debe empezar por la división de papeles en el seno de las compañías. Los había de tres clases, de menor a mayor importancia: figurantes (que, como su propio nombre sugiere, no eran más que simples comparsas), utilidades (aquellos caracteres que se definen por su unidimensionalidad, es decir, en los que sólo se toma en consideración un rasgo significativo) y empleos (galán, dama, barba, dueña y gracioso). El número total de personajes no resultaba muy numeroso. En muchos casos, para diferenciarlos bastaba el traje, como ya se ha dicho. Cada uno de ellos, según las situaciones, podía representar diversos papeles. Así, el barba podía ser el rey, el padre, etc.; era posible

---

[17] Cf. Valbuena Prat, Angel, *El teatro español en su Siglo de Oro*, Barcelona, Ed. Planeta, 1974, 2.ª ed., pp. 252 y ss.

que el galán correspondiera a un príncipe, un noble, un rico labrador, etc.; o que la dama representara a la reina, una diosa, etc. Estos dos últimos caracteres son, la mayoría de las veces, los protagonistas de aventuras en las que el amor, el honor y los celos desempeñan funciones muy importantes en el teatro áureo. Sin embargo, a pesar de todos sus instintos de libertad, el galán y la dama saben que sólo los podrán realizar temporalmente: la vulneración del orden social en nombre del amor (sin rehuir los aspectos pasionales de éste) se admite únicamente con la condición de que acaben reintegrándose a la observancia de las reglas que gobiernan la vida de la colectividad. Puesto singular en este esquema ocupa el gracioso: «la voz del sentido común» (Aubrun), ha sido considerado «contrafigura del galán, pero inseparable de él... puente de unión entre el mundo ideal y el mundo real, entre el héroe y el público. Introduce en la comedia el sentimiento cómico de la existencia, que no es necesariamente divertido, sino que tiene, las más de las veces, sentido correctivo y crítico».[18] Podemos entenderlo como una aplicación práctica del principio de ironía dramática: muestra la otra cara de la moneda, lo que no representan en escena ni el barba ni el galán; es el complementario de su señor y su paralelo al enamorarse de la dueña, proceso en el que se perciben notables diferencias entre un nivel y otro, esto es, entre el superior y el inferior. Como se observa fácilmente al examinar el elenco de personajes, la realidad que se nos ofrece en el teatro del siglo XVII es parcial; no están retratados muchos estamentos ni sectores sociales de la época. Nos encontramos de nuevo con una visión idealizada, en este caso por simplificación. Por último, conviene puntualizar que estos personajes se organizan regularmente de una de estas dos maneras: por *subordinación* de los diversos caracteres a un protagonista indiscutido o por *contraste* entre dos antagonistas, quienes, a su alrededor, crean dos esferas contrapuestas.

Calderón elimina elementos superfluos. Los personajes destacados se aminoran, se aplica con mayor coherencia el principio de subordinación en los casos de protagonista único y, en bastantes

---

[18] Ruiz Ramón, Francisco, *Historia del teatro español*, p. 172.

obras, como ocurre en *La vida es sueño*, se rompe el paralelismo entre la pareja principal y la de los criados. Esta operación se realiza de modo sistemático, de tal forma que puede llevar a la generalización de un carácter-tipo en los personajes de bastantes dramas distintos. Sea como fuere, lo que no se puede negar es la capacidad del autor para crear figuras de una pieza, coherentes, con la energía vital suficiente para adecuarse al curso de la acción. La tendencia de Calderón a la abstracción y al intelectualismo consigue así cierto equilibrio entre la necesidad de divertir al público y la no menos importante (ya se ha justificado este extremo) de enseñarle lo que se espera de él y reafirmarlo en los valores centrales de esa comunidad.

Cabe preguntarse, sin embargo, qué hay en esos personajes: ¿una invención psicológica?, ¿la expresión de un ideal social?, ¿una convención literaria?, ¿la mezcla de todos esos factores o algunos de ellos? En general, en nuestro drama clásico son el segundo y el tercer elementos los principales; no obstante, en Calderón, por lo dicho hace un momento, hay que conceder a la primera posibilidad cierta parte en la elaboración de los caracteres. No es la profundidad de éstos la única tarea que preocupa al comediógrafo, ni siquiera la que más lo entretiene, pero sí es más importante en él que en otros dramaturgos españoles del mismo período.

4. Algunos datos sobre el género y la localización de
   La vida es sueño

En su *Teatro de los teatros de los pasados y presentes siglos*, el dramaturgo Francisco Bances Candamo (1622-1704) distingue entre *comedias amatorias*, las de ficción, y *comedias historiales*, obras de tema histórico en las cuales se pretendía ofrecer un «ejemplo» (casi en el sentido medieval del término) al público. (Piénsese en la distinción que Torres Naharro establecía en el XVI entre comedias «a noticia» y comedias «a fantasía».) Entre las amatorias las hay de *capa y espada*, protagonizadas por particulares, y de *fábrica*, en que los personajes principales son de alto rango. Las historiales podían ser religiosas y profanas. Posición fronteriza ocuparían las *comedias de fábula*, de carácter mitológico. A este cuadro añade Wardropper el *entremés* como ejemplo más acabado de comedia adaptada a las exigencias clásicas. [19]

Para Valbuena Prat, uno de los más destacados calderonistas que han existido, [20] dejando a un lado los autos sacramentales (en los que instituye una división semejante, que no vamos a emplear por no concernirnos directamente tal materia), hay dos estilos o «maneras» y dos sistemas escenográficos distintos a lo largo de la obra calderoniana. El primero de aquellos estilos está muy cerca de la fórmula dramática ideada por Lope de Vega: predominan en él los elementos de orientación realista, en muchos casos reflejo inmediato de las costumbres coetáneas, y la exaltación del sistema de valores propio de la España barroca, todo ello en el entorno de lo que se ha llamado «teatro nacional». Por el contrario, la segunda manera expresa una inflexión hacia contenidos más abstractos: los símbolos y la expresión fuertemente lírica importan más que los otros componentes de la obra. Paralelamente, de un teatro en el que, ante la escasez y la pobreza del decorado y otros recursos escénicos, el texto reina sin discusión, se pasa a otro modelo, en el cual el drama es simplemente una parte, todo lo importante que se quiera, pero una parte junto a otras, en un espectáculo que abarca muchas otras facetas, desde la música hasta los diversos efectos permitidos por el desarrollo de la tramoya: es la diferencia entre el teatro de los corrales y el que se ofrece en los escenarios palaciegos.

De acuerdo con estas distinciones se clasifica la obra de Calderón en tres etapas. La primera comprende, en principio, desde 1623 hasta 1629 y en ella nuestro autor está cercano a Lope, aunque ya introduce algunas modificaciones, como cierta simplificación en los elementos del drama (así, los personajes), que, a su vez, favorece un tratamiento más pormenorizado de la trama y el que ésta adquiera una mayor cohesión interna, por subordinación o por contraste, como ya se ha dicho. En este grupo se incluyen, en general, obras escritas para los corrales (con alguna excepción,

[19] Wardropper, Bruce W., «La comedia española del Siglo de Oro», en Olson, Elder, *Teoría de la comedia*, Barcelona, Ed. Ariel, 1978, pp. 200-209.

[20] *Calderón, su personalidad, su arte dramático, su estilo y sus obras*, Barcelona, Ed. Juventud, 1941, pp. 17-21.

como *Amor, honor y poder*, de 1623): tales son *La dama duende, Casa con dos puertas, mala es de guardar*, ambas de 1629, comedias de capa y espada; *El purgatorio de San Patricio* (1628) y *El príncipe constante* (1629), de tema religioso; o *El sitio de Bredá* (1626), sobre un asunto militar. Ahora bien, aunque por su fecha de composición haya dramas que pertenecerían a la segunda época o estilo de transición (como *La devoción de la cruz*, 1632), por el tema, e incluso por su tratamiento, pueden considerarse dentro de la primera «manera». Como caso bien notable, se debe citar *El alcalde de Zalamea* (1642), drama escrito muy avanzado el segundo período, en el que se mezclan los temas de la honra, la justicia y la vida militar y que, por su estilo, corresponde enteramente a esta primera fase.

En la segunda etapa (1629-1645), la mayor novedad radica en un drama filosófico, *La vida es sueño*, cuya entidad en el marco de la producción calderoniana veremos más tarde. Aparece ya ahora la comedia mitológica *(El mayor encanto, amor*, es de 1635) y resulta patente ya una sabia maestría dramática, no sólo técnica, fruto, naturalmente, de la mayor experiencia, que lleva a una mayor energía en el planteamiento de los episodios y de las acciones, trágicas o cómicas.

Finalmente, a partir de 1651, los temas mitológicos, dados a una elaboración más abstracta, presentados a veces en versiones musicales, y los autos sacramentales, también de carácter simbólico, constituyen el núcleo del teatro de Calderón, bien que ya había cultivado ambos géneros con anterioridad. Si hay algún cambio ahora es la reducción notable que se da en otras formas dramáticas y la consagración total del autor a la corte. Puede haber una variación en el abandono de métodos y recursos no pertinentes en una fiesta palaciana, pero habría que examinar si se dan transformaciones sustanciales en el modo de crear. No parece ése el caso. Obras significativas de este período son: *El golfo de las sirenas* (1657) y *El laurel de Apolo* (1658), con alternancia de fragmentos recitados y cantados, la fórmula de la zarzuela; *La púrpura de la rosa* (1660), la primera ópera española; *Eco y Narciso, El hijo del sol, Faetón* (1661) y *La estatua de Prometeo* (hacia 1672), obras mitológicas; y dramas en la tradición de *La vida es sueño*, como *La hija del aire* en su segunda parte (1653; la primera parte es de 1635), que, para algunos críticos, es la obra maestra del segundo estilo, y *En esta vida todo es verdad y todo es mentira* (1659). Semejante a la de Valbuena es la clasificación establecida por Aubrun.

Hemos de reconocer que estas divisiones tienen el mérito de intentar poner orden en una obra tan considerable como la de Calderón, pero sólo lo consiguen parcialmente, como era de esperar por la multiplicidad de factores en juego. Igual que en el caso de Góngora o en la distinción entre conceptismo y culteranismo, tales distinciones son cómodas desde el punto de vista pedagógico, pero no están totalmente de acuerdo con la realidad de los hechos: si es cierto que existen diferencias de enfoque entre los diversos dramas de Calderón, no lo es menos que obras pertenecientes al primer estilo son, como hemos visto, posteriores cronológicamente a otras correspondientes al segundo (y así lo reconoce Aubrun). Ambas perspectivas se entrecruzan continuamente a lo largo de la producción calderoniana. Es un ejemplo más de lo que afirma Valverde: «un poeta barroco auténtico no escribe nunca en un solo estilo».[21] Sin embargo, con todas estas restricciones, es admisible la opinión de los que creen que, con el correr del tiempo, la concepción dramática de nuestro autor se desliza hacia modalidades más líricas y abstractas. Parece preferible postular una evolución continua, en la que se puede mirar hacia atrás en algún momento, y no una separación más o menos tajante entre dos períodos en la vida y la obra de un artista: la existencia y la creación humanas no se pueden fragmentar en compartimentos estancos sin perder aspectos significativos que ayuden a explicarlas.

Dentro de los esquemas que acabamos de analizar, se ha otorgado a *La vida es sueño* el puesto central dentro de la segunda manera, a pesar de su fecha relativamente temprana en la obra de Calderón. ¿Es correcto ese encuadramiento? ¿Se trata de una obra alegórica, de raíz abstracta, alejada de la realidad inmediata? ¿Se puede hacer de Segismundo un símbolo y creer que carece de una personalidad definida como individuo? ¿Ocurre lo mismo con los otros personajes? Todas estas preguntas deberán contestarse cuan-

---

[21] Valverde, José María, *op. cit.*, p. 49.

do acabe la lectura de la obra, pero opinamos que, en el caso de las dos últimas, se impone la respuesta negativa: Segismundo (y otras figuras del drama no menos que él) experimenta una notable transformación íntima a lo largo de la obra. Ello nos debe llevar a interrogarnos por la naturaleza de esta «comedia»: ¿es alegórico-simbólica o hay en ella elementos que hacen inaceptable esa definición, total o parcialmente? Nuestro criterio personal, dado lo dicho un poco más arriba, se inclina hacia la segunda hipótesis: habrá que determinar exactamente en qué consiste ese alejamiento de lo puramente simbólico.

La relación de *La vida es sueño* con otras obras de Calderón dependerá muchas veces del sentido que otorguemos a aquélla. Vamos a dar únicamente algún ejemplo. Si consideramos que el asunto tratado en el drama es, ante todo, cómo llegar a estar seguros de lo que creemos saber sobre el mundo externo, encontraremos cierto paralelismo con *Saber del mal y del bien* (1628); si, además, nos parece importante cómo concibe Calderón la educación de un príncipe y las posibilidades que se le abren a éste, según aprenda a dominarse a sí mismo o no, comprobaremos que existen lazos de unión entre esta obra y *En esta vida todo es verdad y todo es mentira*, en la que dos jóvenes, criados en una cueva, se comportan ya con la prudencia que alcanzará Segismundo (Heraclio), ya con su soberbia inicial (Leonido), o con *La hija del aire*, en que Semíramis, también educada en un ambiente salvaje, se ve desbordada por su ambición de poder, al contrario de lo que ocurre con nuestro protagonista.

Entrando en el capítulo de las fuentes, se debe partir de que, en *La vida es sueño*, los elementos preexistentes, tanto conceptuales como estilísticos, quedan fundidos en una unidad superior a sus posibles modelos, y por eso es mejor no hablar de fuentes y limitarse a usar la noción de precedente. Además del tópico que da nombre al drama (el cual se puede rastrear en la *Biblia*, en las literaturas hindú y latina, y llega a Manrique y Santa Teresa de Jesús, entre otros), se han citado también como antecesores los textos en que aparecen el tema del príncipe encerrado (presente ya en el *Lalita-Vistara*, obra sánscrita difundida en el mundo cristiano gracias a una versión del siglo VIII atribuida a San Juan Damasceno) y el del borracho al que se hace vivir unas horas como príncipe (tratado en un apólogo oriental muy conocido, que se encuentra en la colección *El síntopas* o *Los siete maestros sabios*). Sin embargo, el precedente más próximo, temporal y cualitativamente, es *Los yerros de la naturaleza y aciertos de la fortuna*, comedia escrita por Calderón en colaboración con Antonio Coello en 1634, más allá de ciertas similitudes parciales con *Barlaán y Josafat*, de Lope de Vega, o con *El príncipe don Carlos*, del sevillano Diego Jiménez de Enciso (1585-1634).

La situación un tanto singular de *La vida es sueño* se muestra también en las escasas obras teatrales que se han inspirado en la de Calderón. Podemos mencionar entre ellas *La piedra filosofal*, del ya citado Bances Candamo; *El desengaño en un sueño* (1842), del duque de Rivas; y, más allá de nuestras fronteras, *El sueño de la vida*, del más importante dramaturgo austriaco de todos los tiempos, Franz Grillparzer (1791-1872), compuesta en 1834. Sin embargo, en ninguno de estos casos se puede afirmar que la influencia de *La vida es sueño* haya sido total, sobre todo, como es lógico, en las dos composiciones románticas.

Ya hemos visto que *La vida es sueño* ha sido definida como comedia filosófica, drama filosófico, tragedia a secas o, recientemente, como tragedia de error, es decir, aquellas tragedias que «presentan un elemento estructural común, el Hado, cuyas formas de explicitación dramática son el horóscopo, la profecía o el sueño. Mediante éstos queda establecido desde el principio el orden de la acción dramática, la cual consiste en el desarrollo, por medio de las peripecias, del Hado anunciado».[22] Aun contando con los antecedentes que se han mencionado, nuestra obra pertenece a un subgénero desconocido en la dramática española anterior y cultivado también en otras desde la etapa manierista o comienzos del Barroco, como se prefiera; *Hamlet*, por ejemplo, presenta alguna semejanza, como el empleo del teatro dentro del teatro, la trama compleja con dos acciones o la subordinación de los personajes a

---

[22] Ruiz Ramón, Francisco, «Lectura actual de Calderón», en Monleón, José (ed.), *III Jornadas de teatro clásico español. Almagro, 1980*, p. 344. Este crítico incluye entre las tragedias de error, además de *La vida es sueño*, dramas tales como *El mayor monstruo del mundo*, *Los cabellos de Absalón*, *La hija del aire* y *La cisma de Ingalaterra*.

otro central, además de parecidos temáticos en el concepto de
existencia que maneja Shakespeare, en el cual también entra la
idea del sueño, pero el asunto es completamente distinto, al menos
en la acción principal. No hay otra obra teatral que desarrolle de
forma más acabada este tema: en ella, la genialidad dramática de
Calderón «se agotó de prodigios»[23].

---

[23] Cfr. Green, Otis H., *España y la tradición occidental. El espíritu castellano en la
literatura desde «El Cid» hasta Calderón*, tomo IV, Madrid, Ed. Gredos, 1969, pp. 52-54.
Se trata de una obra básica para el conocimiento de la historia intelectual de nuestro
país.

Bibliografía

Alborg, Juan Luis, *Historia de la literatura española, II: Epoca barroca*, Madrid, Ed. Gredos, 1974, 2.ª ed., pp. 660-737. Panorama de conjunto sobre Calderón que suministra una buena visión del autor.

Bandera, Cesáreo, *Mímesis conflictiva. Ficción literaria y violencia en Cervantes y Calderón*, Madrid, Ed. Gredos, 1975 (col. «Biblioteca Románica Hispánica», Estudios y Ensayos, núm. 221). Indicado cuando se hayan asimilado otros estudios más generales y elementales. No siempre claro, se aparta alguna vez del texto.

Bodini, Vittorio, *Signos y símbolos en «La vida es sueño»*, en *Estudio estructural de la literatura clásica española*, traducción de Angel Sánchez-Gijón, Barcelona, Edcs. Martínez Roca, 1971, pp. 11-172. Apropiado igualmente para niveles avanzados por cuanto resulta confuso en algunos puntos.

Cardona de Gibert, Ángeles, y Fages Gironella, Xavier, *La innovación teatral del Barroco*, en Marcos Marín, Francisco, y Basanta, Ángel, *Cuadernos de Estudio, serie Literatura*, tomo 10, Madrid, Ed. Cincel, 1981. La parte correspondiente a Calderón, debida a Xavier Fages, contiene un sugerente análisis de *La vida es sueño*.

Cilveti, Angel, *El significado de «La vida es sueño»*, Valencia, Ed. Albatros, 1971. La obra de conjunto más completa sobre nuestro drama.

Durán, Manuel, y González Echevarría, Roberto (eds.), *Calderón y la crítica: historia y antología*, Madrid, Ed. Gredos, 1976 (col. «Biblioteca Románica Hispánica», Estudios y Ensayos, núm. 238). Compilación de importantes artículos, precedida de una buena historia de la crítica sobre el comediógrafo.

Hesse, Everett W., *«La vida es sueño»*, en *Análisis e interpretación de la comedia*, Madrid, Ed. Castalia, 1970, 3.ª ed., pp. 84-107. Panorámica de la obra, centrada en el proceso de reeducación de Segismundo.

——, *«Las imágenes en La vida es sueño»* y *«La vida es sueño y el tema de la* violencia», en *La comedia y sus intérpretes*, Madrid, Ed. Castalia, 1972, pp. 74-78 y 155-180. Contribuciones apreciables al estudio de esos asuntos.

——, «Introducción» a su edición de *La vida es sueño*, Salamanca, Edcs. Almar, 1978, pp. 9-55. Buen estudio de conjunto.

Morón, Ciriaco, «Introducción» a su edición de *La vida es sueño*, Madrid, Edcs. Cátedra, 1978, 3.ª ed., pp. 9-63. Aportación muy interesante al análisis de la obra y su sentido.

Ruiz Ramón, Francisco, «Introducción» a su edición de *Tragedias-1. La vida es sueño. La hija del aire. El mayor monstruo del mundo*, Madrid, Alianza Editorial, 1967 (col. «El libro de bolsillo», núm. 93), pp. 9-20. Atractivo análisis de la obra como tragedia.

Rull, Enrique, «Estudio preliminar» a su edición de *La vida es sueño (comedia, auto y loa)*, Madrid, Ed. Alhambra, 1980 (col. «Clásicos», núm. 17), pp. 3-102. Completísimo y preciso estudio del drama.

Salinas, Pedro, «La aceptación de la realidad», en *La realidad y el poeta*. Versión castellana y edición a cargo de Solita Salinas de Marichal, Barcelona, Ed. Ariel, 1976 (col. «Letras e Ideas, Minor», núm. 10), cap. II, pp. 84-95. Preciosa interpretación de *La vida es sueño*.

Sirera, José Luis, *El teatro en el siglo XVII: Calderón*, en Huerta, Javier (coord.), *Lectura crítica de la literatura española*, tomo 10, Madrid, Ed. Playor, 1982. Buena visión general de la obra de Calderón.

Valbuena Briones, Ángel J., *Perspectiva crítica de los dramas de Calderón*, Madrid, Ed. Rialp, 1965. Colección de artículos que son muy interesantes para la comprensión de *La vida es sueño* en sus elementos simbólicos e ideológicos. Casi todos ellos han sido reeditados en su *Calderón y la comedia nueva*, Madrid, Ed. Espasa-Calpe, 1977 (col. «Austral», núm. 1.626).

Valbuena Prat, Ángel, «Calderón y su personalidad en el siglo XVII», en *El teatro español en su Siglo de Oro*, Barcelona, Ed. Planeta, 1974, 2.ª ed. (col. «Ensayos/Planeta», serie de «Lingüística y crítica literaria», núm. 3), cap. VII, pp. 245-355. Un estudio completo de nuestro autor por uno de sus mejores conocedores. Para *La vida es sueño* interesan las pp. 321-330.

Retrato
de Calderón
por Juan Alfaro

Autógrafo
de Calderón

Ilustración alegórica
de A. Ferrant
para el libro
Homenaje a Calderón.
La vida es sueño.
Madrid, 1881.

Traslado de los
restos de Calderón.
Oleo sobre lienzo de
Antonio Pérez Rubio (1881).
Museo Municipal,
Madrid.

VIDA Y HECHOS DE DON PEDRO CALDERÓN DE LA BARCA

MADRID. — Despacho: Librería y Casa Editorial Hernando (S. A.), Arenal, 11.

Aleluyas sobre la vida de Calderón.
Museo Municipal, Madrid.

Teatro antiguo del Príncipe. Año de 1660

Corral de comedias de Almagro

PRIMERA

PARTE

DE

COMEDIAS

DE

DON PEDRO CALDERON

DE LA BARCA.

RECOGIDAS POR DON IOSEPH CALDERON
de la Barca su hermano.

AL EXCELENTISSIMO SEÑOR DON
Bernardino Fernandez de Velasco y Tobar, Condestable de Castilla, Duque
de la ciudad de Frias, Conde de Haro, Marques de Verlanga, Señor de la Casa de los siete Infantes de Lara, Camarero, Copero, y Montero
mayor, y Gentilhombre de la Camara del Rey
nuestro señor.
75.

Año 1636.

CON PRIVILEGIO.

En Madrid, Por Maria de Quiñones.
A costa de Pedro Coello y de Manuel Lopez, Mercaderes de Libros.

Portada
y primera página
de texto de la
edición príncipe de
La vida es sueño (1636)

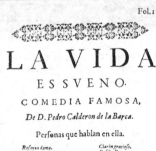

Fol. 1

LA VIDA

ES SVEÑO.

COMEDIA FAMOSA,

De D. Pedro Calderon de la Barca.

Personas que hablan en ella.

Rosaura dama.	Clarin gracioso.
Segismundo Principe.	Basilio Rey.
Clotaldo viejo.	Astolfo Principe.
Estrella Infanta.	Guardas.
Soldados.	Musicos.

Sale en lo alto de vn monte Rosaura en abito de hombre de camino,
y en representando los primeros versos
vá bajando.

Ros. Hipogrifo violento,
que corriste parejas con el viento,
donde rayo sin llama,
pajaro sin matiz, pez sin escama,
y bruto sin instinto
natural, al confuso laberinto
de tus desnudas peñas,
te desbocas, te arrastras, y despeñas;

A   que-

Una escena del montaje de *La vida es sueño*
realizado por José Luis Gómez en 1981.
Cortesía del Teatro Español.

Nota previa

El texto de la presente edición ha tenido como base el publicado por Sloman, que se ha comparado con el de la *editio princeps* de 1636, tal como aparece en la monumental colección de Cruickshank y Varey, y diversas ediciones modernas (Riquer, Valbuena Briones, Ruiz Ramón, Hesse, Morón, Sesé, Porqueras Mayo, Rull, Valverde). Se modernizan la grafía (excepto en algún caso en que tiene valor fonológico) y la puntuación. En cuanto a las notas y comentarios, mucho es lo que deben a los diversos autores citados en la introducción y en la bibliografía; además, en las cuestiones lingüísticas y estilísticas, hemos tenido en cuenta la *Historia de la lengua española*, de Rafael Lapesa, el *Diccionario de términos filológicos*, de Fernando Lázaro y la *Estilística*, de Pelayo H. Fernández. Igualmente, se han consultado diversos estudios de Dunn, Maurin, Aubrun, Flasche, Angel M. García, Mason, Ahmed, Pring-Mill y Moir. Para todos ellos, nuestro reconocimiento por su contribución a la empresa de interpretar correctamente el texto calderoniano, aunque en ocasiones, por los caracteres específicos de la presente colección, no se haya considerado oportuna una mención expresa.

Las abreviaturas usadas más frecuentemente son: cfr. = confróntese; col. = colección; Ed. = editorial; Edcs. = ediciones; edic. = edición; esc. = escena; j. = jornada; *loc. cit.* = lugar citado; n(n). = nota(s); *op. cit.* = obra citada; p(p). = página(s); v(v). = verso(s); vid. = véase. En las notas, siempre que se remita a una de la misma jornada, sólo se indica el número; si, por el contrario, se envía al lector a una nota de distinto acto, se escribe primero el número de éste y luego el de la nota.

LA VIDA ES SUEÑO

PERSONAS QUE HABLAN EN ELLA

Rosaura, *dama*
Segismundo, *príncipe*
Clotaldo, *viejo*
Estrella, *infanta*
Soldados

Clarín, *gracioso*
Basilio, *rey*
Astolfo, *príncipe*
Guardas
Músicos

JORNADA PRIMERA⁽¹⁾

---

(1) Tradicionalmente se afirma que las obras teatrales del xvii español tienen tres momentos (exposición, nudo y desenlace), correspondientes a las tres jornadas en que se dividen. Sin embargo, la exposición puede darse siempre que sea necesaria (mediante el diálogo, un monólogo, los hechos que aparezcan en escena...), mientras que el desenlace rara vez llega a ocupar completo el tercer acto. Debe analizarse con cuidado el ritmo de la exposición, es decir, si se produce de modo minucioso y demorado o, por el contrario, reviste la forma de un rápido esbozo. De cualquier forma, obsérvese que *La vida es sueño* comienza con un movimiento escénico claramente efectista, la caída de un caballo.

Es sabido que la única unidad teatral propugnada por Aristóteles fue la de acción (las de lugar y tiempo, en sus formulaciones más rigurosas, son obra de los preceptistas italianos del siglo xvi); pues bien, las «comedias» podían tener trama sencilla o trama compleja (la que se compone de más de una acción, dos generalmente). Nuestro drama es obra de trama complicada: la acción principal gira en torno a Segismundo, la secundaria tiene por centro a Rosaura. Habrá que prestar especial atención a las relaciones entre esas dos partes de la trama.

[ESCENA PRIMERA]

Sale en lo alto de un monte Rosaura en hábito de hombre de camino, y en
representando los primeros versos va bajando. [2]

ROSAURA   Hipogrifo[1] violento,[2] [3]
                   que corriste parejas[3] con el viento,

---

[1] *Hipogrifo:* animal imaginario, mitad caballo, mitad grifo (éste, a su vez, es otro
animal de la misma naturaleza, con la parte superior de águila y la inferior de león);
el término encarece la velocidad del caballo.   [2] *violento:* subraya la oposición entre los
elementos componentes del hipogrifo.   [3] *correr parejas:* competir en la carrera.

---

(2) La acotación dice «en lo alto de un monte». Entre los pocos elementos escénicos utilizados por el teatro clásico español figuraba el balcón, que,
además de representar esa parte de un edificio, podía ser símbolo de un
monte o, simplemente, la parte alta del escenario, esto es, una especie de
galería elevada, de la que se podía bajar por unas escaleras, como ocurre
en este caso.

«En hábito de hombre de camino». Muchas veces, dada aquella escasez
de procedimientos escenográficos, el lugar en que se desarrollaba una
escena se indicaba mediante el vestuario del personaje (aquí, «de camino»). Sin embargo, lo que el vestuario denotaba normalmente era el tipo
de personaje que el espectador tenía ante sí (cfr., por ejemplo, «Tocan, y
sale el Rey Basilio, viejo» —j. I, esc. VI—, o «Sale Rosaura, dama» —j. II,
esc. VII—, en donde las indicaciones «viejo» o «dama» bastaban para que
los actores supieran cómo debían ir vestidos los que representaran esos
papeles).

Además, aquí Rosaura se nos presenta disfrazada de hombre, recurso
muy querido de los autores españoles de la época. Nótese que los signos
naturales de la actriz en cuanto mujer no quedan totalmente suprimidos:
cfr. vv. 190-242. Sin llegar a los extremos observados en esta escena, en la
décima de la tercera jornada se emplea parcialmente este mismo procedimiento para señalar el estado de ánimo y la condición espiritual de
Rosaura.

(3) En su intervención, Rosaura alude a elementos del decorado y a
sucesos de la acción, que, por la limitación de las posibilidades escenográfi-
cas, no pueden expresarse en la acotación. Téngase en cuenta que las

¿dónde, rayo sin llama,
pájaro sin matiz, pez sin escama,
y bruto[4] sin instinto   5
natural,[5] al confuso laberinto
desas desnudas peñas
te desbocas, te arrastras y despeñas?[6]
Quédate en este monte,
donde tengan los brutos su Faetonte;[7]   10
que yo, sin más camino
que el que me dan las leyes del destino,
ciega y desesperada,

---

[4] *bruto:* 'caballo'; en general, todo cuadrúpedo. [5] *rayo, pájaro, pez, bruto:* estos seres se usan en la descripción del caballo —ejercicio que se da a menudo en Calderón: cfr. vv. 2672-2681— como representación de los cuatro elementos (respectivamente, fuego, aire, agua, tierra). [6] En los vv. 7-8 tenemos una manifestación del fenómeno conocido como simbolismo fonético, es decir, el empleo de un grupo de sonidos para sugerir una determinada realidad que no es de naturaleza fónica; aquí, según Hesse, «los sonidos bilabiales y dentales de los versos sostienen este énfasis en la furia, el atrevimiento y la violencia». [7] *Faetonte:* también Faetón; en la mitología grecolatina, hijo del Sol, al que éste, tras algunas vacilaciones, le permitió guiar su carro durante un día; el joven, inexperto, no supo gobernar los caballos y, alternativamente, abrasaba cielo y tierra al subir y bajar en exceso, hasta que Zeus lo derribó con su rayo y lo

---

palabras de un personaje pueden referirse a cualquier objeto o fenómeno percibido por él y no por el público, o bien describir lo percibido como en cualquier otro género literario (aquí tenemos los dos casos fundidos: se describe al caballo —vv. 3-6— en medio de la narración de lo que le ha ocurrido —vv. 1-8—).

Obsérvese que el caballo funciona aquí como símbolo. En tal función se encuentra reforzado por otros: el paisaje, el «confuso laberinto» del v. 6, Faetón y el propio disfraz de Rosaura. Debe intentarse precisar su valor y ponerlo en relación con el del mismo símbolo en los vv. 2672-2687 (j. III, esc. X). Es de destacar, igualmente, que no sólo el paisaje nos habla sobre el estado emocional de Rosaura y nos anuncia el de Segismundo (igual que el hipogrifo), sino que, como se puede ver en el análisis, el ánimo de la joven se modifica de acuerdo con los diferentes aspectos del paisaje que se le van apareciendo. Por lo tanto, se trata de datos útiles en la caracterización primera de la joven.

bajaré la cabeza enmarañada[8]
deste monte eminente   15
que arruga al sol el ceño de la frente.
Mal, Polonia, recibes
a un extranjero, pues con sangre escribes
su entrada en tus arenas;
y a penas llega, cuando llega apenas.[9]   20
Bien mi suerte lo dice;
mas ¿dónde halló piedad un infelice?[10]

Sale Clarín, gracioso.

CLARÍN   Di dos, y no me dejes
                en la posada[11] a mí cuando te quejes;
                que si dos hemos sido   25
                los que de nuestra patria hemos salido
                a probar aventuras,
                dos los que entre desdichas y locuras
                aquí habemos[12] llegado,
                y dos los que del monte hemos rodado,   30
                ¿no es razón que yo sienta
                meterme en el pesar, y no en la cuenta?[13]
ROSAURA   No quise darte parte[14]
                en mis quejas, Clarín, por no quitarte,
                llorando tu desvelo,   35
                el derecho que tienes al consuelo;

---

precipitó en el río Erídano; simbolizaba el castigo del hombre a causa de su orgullo.   [8] *cabeza enmarañada:* la cumbre del monte (los cabellos se identifican con la
vegetación que puebla la montaña); el v. 16 cierra la metáfora.   [9] Este verso es un
juego de palabras: 'llega con dificultad para empezar a sufrir inmediatamente'.
[10] *Infelice:* en el siglo XVII, se mantenía la *-e* final todavía en las formas cultas de ciertas
palabras tras consonantes como *c* (cfr. vv. 78, 661, 1592, 2704, 3060 y 3072); también
se encuentra la variante sin *-e*.   [11] *no me dejes en la posada:* 'no me olvides' (seguramen-
te, uso proverbial).   [12] *habemos:* forma arcaica de *hemos*, conservada hoy en ciertas
zonas rurales.   [13] En estos dos versos encontramos una interrogación retórica, aquélla
cuya respuesta es conocida por el hablante y se usa sólo para ponderar afectivamen-
te su contenido; su significado es: '¿No es justo que lamente yo sufrir la misma
desgracia que tú y que no me incluyas en tus quejas?'   [14] *darte parte:* rima en eco,
se repiten los fonemas rimantes en el mismo verso.

	que tanto gusto había en quejarse, un filósofo[15] decía, que, a trueco de[16] quejarse, habían las desdichas de buscarse.	40
CLARÍN	El filósofo era un borracho barbón.[17] ¡Oh, quién le diera más de mil bofetadas! Quejárase después de muy bien dadas. Mas ¿qué haremos, señora, a pie, solos, perdidos y a esta hora en un desierto monte, cuando se parte el sol a otro horizonte?[18]	45
ROSAURA	¡Quién ha visto sucesos tan extraños! Mas si la vista no padece engaños que hace la fantasía, a la medrosa[19] luz que aún tiene el día, me parece que veo un edificio.	50
CLARÍN	O miente mi deseo, o termino[20] las señas.	55
ROSAURA	Rústico nace entre desnudas peñas[21] un palacio tan breve que el sol apenas a mirar se atreve; con tan rudo artificio[22] la arquitectura está de su edificio que parece, a las plantas de tantas rocas y de peñas tantas[23]	60

---

[15] Es probable que no exista tal filósofo; se trata de una forma habitual para realzar un lugar común. [16] *a trueco de:* con tal de. [17] *barbón:* barbudo. [18] Cuando anochece. [19] *medrosa:* que infunde o causa miedo. [20] *termino:* 'determino, concreto'; el sentido de lo que dice Clarín, posiblemente, es: 'O mi deseo me engaña o puedo concretar las señas del edificio que Rosaura ha creído ver'. [21] En esta intervención de Rosaura y en la siguiente hallamos sendos casos de la figura retórica conocida como topografía, esto es, la representación de un paisaje. [22] *artificio:* arte con que está hecha una cosa. [23] Hay en este verso un quiasmo, figura que consiste en ordenar de forma cruzada los elementos componentes de dos grupos de palabras (aquí adjetivo-sustantivo/sustantivo-adjetivo).

	que al sol tocan la lumbre,	
	peñasco que ha rodado de la cumbre.	
CLARÍN	Vámonos acercando;	65
	que éste es mucho mirar,[24] señora, cuando	
	es mejor que la gente	
	que habita en ella,[25] generosamente	
	nos admita.	
ROSAURA	La puerta[26]	
	(mejor diré funesta boca)[27] abierta	70
	está, y desde su centro[28]	
	nace la noche, pues la engendra dentro. [4]	

---

[24] *mucho mirar:* hemos mirado demasiado tiempo.   [25] *ella:* se refiere a *torre*, término no usado aún, que luego designará normalmente a este edificio.   [26] *puerta:* Segismundo está en la parte interior del escenario, que es una estancia con puerta simulada. [27] *boca:* metáfora por *entrada* (tópico en Calderón).   [28] *centro:* ámbito.

[4] Son notables los aspectos culteranos en la expresión de Rosaura. A pesar de que la distinción entre conceptismo y culteranismo no sea tan tajante como en un tiempo se creyó, puede seguir empleándose para indicar la diferente intención que anima el uso de recursos estilísticos muy semejantes. Pertenecen a esta veta gongorina la aparición de cultismos como *hipogrifo* (v. 1), *filósofo* (v. 38), *arquitectura* (v. 60), *exhalación, pálida* (v. 86), *trémula* (v. 87), etc.; la presencia de quiasmos («de tantas rocas y de peñas tantas», v. 62) e hipérbatos más o menos violentos (cfr. vv. 1-8, 56-64, 95-100, por ejemplo); el uso de la rima interna (vv. 19-20, 35-36) y de construcciones bimembres (vv. 86 y 88) y trimembres (cfr. v. 8); la utilización de juegos de palabras (cfr., por ejemplo, el v. 20), de la interrogación retórica (v. 22) y de numerosas metáforas esparcidas a lo largo de este fragmento (vv. 1, 6, 14, 16...); el empleo del oxímoron (v. 94); el valerse de alusiones mitológicas, como las de los vv. 6 y 10, y de elementos sensoriales y pictóricos, en este caso principalmente lumínicos, como se puede apreciar en los vv. 56-64, dentro de cuya esfera se sitúa la hipotiposis (cfr. vv. 3-8), que, en la descripción de una persona o cosa, expresa ideas abstractas mediante caracteres sensoriales (aunque se use más bien por sus resonancias psicológicas, se manifiesta ya aquí la importancia del concepto estético de *retrato* en el planteamiento de la obra).

Téngase en cuenta todas estas características en el análisis de los pasajes culteranos que surjan de aquí en adelante, los cuales, salvo fuerza mayor, no se indicarán.

Suena ruido de cadenas.

CLARÍN	¡Qué es lo que escucho, cielo!
ROSAURA	Inmóvil bulto[29] soy de fuego y yelo.[30]
CLARÍN	Cadenita[31] hay que suena. 75
	Mátenme, si no es galeote en pena;[32]
	bien mi temor lo dice.

[ESCENA II]

Dentro Segismundo.

SEGISMUNDO	¡Ay mísero de mí! ¡Y ay infelice!
ROSAURA	¡Qué triste voz escucho!
	Con nuevas penas y tormentos lucho. 80
CLARÍN	Yo con nuevos temores.
ROSAURA	Clarín...
CLARÍN	Señora...
ROSAURA	Huigamos[33] los rigores
	desta encantada torre.
CLARÍN	Yo aun no tengo
	ánimo de huir, cuando a eso vengo.[34]
ROSAURA	¿No es breve luz aquella 85
	caduca exhalación, pálida estrella,
	que en trémulos desmayos,
	pulsando ardores y latiendo rayos,

---

[29] *bulto:* imagen, efigie o figura hecha de madera, piedra u otro material. [30] Rosaura cree que es una estatua al sentir cómo sus miembros se paralizan —se quedan helados— a causa del miedo y sus mejillas enrojecen —se ponen del color del fuego— debido a la agitación interna. [31] El diminutivo *cadenita* produce un efecto cómico (cfr. v. 295). [32] *galeote en pena:* expresión formada sobre el modelo «alma en pena» (la tradición dice que las ánimas del Purgatorio deambulan por la Tierra pidiendo oraciones para salir de su estado); aquí el alma es galeote por arrastrar cadenas, como los condenados a galeras. [33] *huigamos:* forma del presente de subjuntivo de *huir* usada todavía en el siglo XVII; el verbo *huir* se usa en este caso como transitivo, aunque lo normal es el empleo intransitivo. [34] 'Es preciso que huya y no tengo fuerzas ni para eso.'

hace más tenebrosa
la obscura habitación con luz dudosa? 90
Sí, pues a sus reflejos
puedo determinar, aunque de lejos,
una prisión obscura,
que es de un vivo cadáver sepultura;
y porque[35] más me asombre, 95
en el traje de fiera[36] yace un hombre
de prisiones[37] cargado,
y sólo de la luz[38] acompañado.
Pues huir no podemos,[39]
desde aquí sus desdichas escuchemos; 100
sepamos lo que dice.

Descúbrese Segismundo con una cadena y la luz, vestido de pieles. [5]

---

[35] *porque:* tiene valor final ('para que'), lo mismo que la preposición *por* en el v. 34; hay otros ejemplos, como en los vv. 181, 337, 3006 y 3009 (la relación no es exhaustiva). [36] *traje de fiera:* vestido de pieles. [37] *prisiones:* cadenas, grillos, ataduras. [38] *luz:* lámpara o vela. [39] Como apunta Rull, es posible que la frase de Rosaura se deba a que no hay otro refugio en las cercanías.

---

(5) En esta escena y en sucesivas intervenciones de Segismundo, debe considerarse detenidamente la apariencia con que se nos presenta el príncipe. El vestuario, lo mismo que cualquier elemento iconográfico o de naturaleza escénica, puede ayudarnos en el análisis psicológico de los personajes y en la captación de su valor simbólico (cfr. **2**).

Segismundo interviene por vez primera recitando un monólogo, es decir, la clase de escena en que un personaje habla consigo mismo. A la hora de examinar la función de un monólogo, se deben ponderar los siguientes factores: si se trata de una descripción o de una narración; si el personaje reflexiona sobre acontecimientos que le conciernen o nos suministra datos importantes para situar la acción dramática; si se encuentra en el plano de la pura efusión lírica o nos da la clave ideológica de la «comedia»; si busca o no la reacción del oyente —naturalmente, el espectador—, es decir, si se da el efecto de distanciamiento o no...

Por otra parte, este soliloquio de Segismundo puede servirnos para penetrar en su personalidad. Nos da ciertas pistas para comprender su psicología, especialmente en cuanto a sus criterios morales. Tómense en

SEGISMUNDO   ¡Ay mísero de mí! ¡Y ay infelice!
     Apurar,[40] cielos,[41] pretendo,
ya que me tratáis así,
qué delito cometí   105
contra vosotros naciendo;
aunque si nací, ya entiendo
qué delito he cometido.
Bastante causa ha tenido
vuestra[42] justicia y rigor;   110
pues el delito mayor
del hombre es haber nacido.
     Sólo quisiera saber,
para apurar[43] mis desvelos
(dejando a una parte, cielos,   115
el delito de nacer),
qué más os pude ofender,
para castigarme más.
¿No nacieron los demás?
Pues si los demás nacieron,   120

---

[40] *Apurar:* averiguar y llegar a saber de raíz y con fundamento alguna cosa.
[41] Ejemplo de apóstrofe, o sea, invocación a una persona o a un ser inanimado.
[42] *vuestra:* de los cielos. [43] *apurar:* concluir, acabar con una cosa.

---

consideración, por ejemplo, la antítesis entre su ambición y sus frustraciones y obsesiones, su actitud ante la vida y el uso de la facultad del juicio que se crea percibir en él.

Son igualmente destacables las relaciones que, tanto desde el punto de vista formal como desde el temático, establece Calderón entre Segismundo y Rosaura. Fundamentar certeramente esas relaciones contribuirá a la correcta comprensión de la pieza.

En cuanto al tema, véase que, mediante la idea del *delito de nacer*, se introduce la cuestión del hado, muy importante en el desarrollo posterior de la obra. Dejando a un lado sus precedentes literarios (bíblicos, senequistas, erasmistas), se debe aclarar cuál es su relación, si existe, con el concepto de *pecado original* (nótese que se habla de *delito*, lo cual implica la noción de *culpa*, como en el pecado). Además, deberá verse si esta idea enlaza con algún otro tema introducido posteriormente.

¿qué privilegios tuvieron
que yo no gocé jamás?
   Nace el ave, y con las galas [6]
que le dan belleza suma,
apenas es flor de pluma   125

---

(6) Obsérvese que en esta décima y en las tres siguientes se emplea la
misma estructura gramatical: (a) «Nace el...» al comenzar el primer verso,
seguido de sustantivo masculino, (b) «(y) apenas...», fórmula de encareci-
miento temporal que inicia el tercer verso, la cual se recoge en (c) con un
cuando indicador de simultaneidad en el quinto verso, para acabar en una
pregunta que sirve para comparar los derechos adquiridos por diversos
seres de la naturaleza en virtud de sus atributos con la carencia de esos
derechos en quien, como hombre, posee caracteres que están por encima de
tales atributos (nótese que los del hombre no se indican, mientras que sí
aparecen los del ave, el bruto, el pez y el arroyo). Esta pregunta, en las
cuatro décimas, termina en idéntico verso. Hay, pues, en este pasaje un
fenómeno que conocemos con el nombre de paralelismo; en esta ocasión, se
trata de paralelismo sinonímico, ya que se repite la misma idea, con
distinta forma, en dos o más partes de la composición (cfr., por ejemplo, los
vv. 190-192, 201-202, 220-222, 562-564...). Puede haberlo antitético, si se
contraponen ideas opuestas, en sí o contextualmente, en cada una de las
partes de una composición (así, en vv. 508-509, 1202-1207...); y sintético,
cuando una idea expuesta en la primera parte de un conjunto se desarrolla
parcialmente en sucesivas partes de aquél, como en los vv. 1228-1235.
Calderón usa mucho este procedimiento: esta obra, en diversos fragmentos,
nos proporciona ejemplos muy ilustrativos. Ahora bien, junto al paralelismo, tenemos en las cinco décimas finales del monólogo, una correlación:
después de las décimas consagradas específicamente al ave, al bruto, al pez
y al arroyo, en la estrofa final del soliloquio, en la que se recogen todos esos
elementos mencionados previamente, se citan en orden inverso al de su
anterior aparición: a *(ave)* - b *(bruto)* - c *(pez)* - d *(arroyo)* / d *(cristal*
—para su equivalencia con *arroyo*, véase j. I, n. 54—) - c *(pez)* - b *(bruto)* - a
(ave). Este tipo de correlación se llama diseminativo-recolectiva: consiste
en que los elementos que la forman aparecen por primera vez distribuidos a
lo largo de un bloque (en este caso, las décimas tercera a sexta del
monólogo) y, posteriormente, se concentran hacia el final (aquí, en los dos
últimos versos del soliloquio). Véase, al mismo tiempo, cómo la estructura
sintáctica del penúltimo verso en las décimas tercera a sexta origina una
variación simétrica: igualdad entre la tercera y la sexta décimas («¿y

o ramillete con alas, [44]
cuando las etéreas salas [45]
corta con velocidad,
negándose a la piedad [46]
del nido que deja en calma: [47]   130
¿y teniendo yo más alma,
tengo menos libertad?
  Nace el bruto, y con la piel
que dibujan manchas bellas, [48]

---

[44] *flor... con alas:* dos metáforas sobre el ave; la segunda tiene valor colectivo respecto de la primera (un ramillete es un conjunto de flores, un ala está cubierta de plumas), y en ambas se relacionan el aire y la tierra (cfr. n. 5). [45] *etéreas salas:* el espacio del aire, del firmamento. [46] *piedad:* tiene el significado latino de 'respeto filial', aunque quizá pueda convenir también, de manera conjunta, la otra significación, 'misericordia', en oposición a 'rigor'. [47] *en calma:* por el contexto, vale 'abandonado'. [48] *bruto de manchas bellas* (cfr. n. 4): es el tigre, pero parece que Calderón confundía esta fiera con el leopardo; con este término el autor quiere sugerirnos, al estar tomado de modo genérico, un animal hermoso susceptible de adquirir categoría mítica astral, como los del Zodíaco —el León, el Toro...— (Riquer).

teniendo yo más...?») frente a la semejanza entre la cuarta y la quinta («y yo, con mejor/más...»). Compárese este fenómeno con el que se da entre los vv. 190-192 y 220-222. En cuanto al ritmo, el razonamiento ofrece la modalidad cuaternaria, menos frecuente que la binaria o la ternaria (cfr. **7** y **16**), pues, en efecto, está repartido en cuatro estrofas (cf. vv. 836-839 o el 2013).

Téngase en cuenta, por último, que esos diversos seres pertenecen a tres de los cuatro elementos componentes de la naturaleza, de acuerdo con la doctrina antigua difundida por Ovidio y aceptada por la Escolástica: el ave al aire, el bruto a la tierra y el pez y el arroyo al agua. El único elemento ausente, el fuego, está presente, aislado, en el segundo verso de la última décima: «un *volcán*, un *Etna* hecho». Otros seres, animados *(monstruo, culebra, sierpe)* e inanimados *(salas, pincel, laberinto, estrella, bajel)*, pertenecientes a esas diversas partes de la naturaleza, así como atributos de dichos seres *(pluma, alas, nido, piel, manchas, ovas, lamas)* y de los elementos primarios *(flor, ramillete, etéreas, plata)* e, incluso, otras denominaciones de esos mismos elementos *(ondas, centro frío, campo abierto)* se encuentran, como hemos dicho, diseminados en estas cinco décimas finales del monólogo. Es procedimiento muy empleado por Calderón, aunque no original de él; Góngora, por ejemplo, lo usa también, pero no con el sistematismo propio del dramaturgo.

apenas signo es de estrellas,   135
gracias al docto pincel,
cuando, atrevido y cruel,
la humana necesidad
le enseña a tener crueldad,
monstruo de su laberinto:[49][50]   140
¿y yo, con mejor distinto,[51]
tengo menos libertad?

   Nace el pez, que no respira,
aborto[52] de ovas y lamas,[53]
y apenas, bajel de escamas,   145
sobre las ondas se mira,
cuando a todas partes gira,
midiendo la inmensidad
de tanta capacidad
como le da el centro frío:[54]   150
¿y yo, con más albedrío,
tengo menos libertad?

   Nace el arroyo, culebra
que entre flores se desata,
y apenas, sierpe de plata,   155
entre las flores se quiebra,[55]

---

[49] *monstruo de su laberinto*: alusión al Minotauro, animal mítico, medio hombre y medio toro, encerrado en el laberinto de Creta por el rey Minos; le dio muerte Teseo con ayuda de Ariadna, hija del monarca.   [50] Aceptamos la siguiente interpretación de esta parte de la décima (Riquer): «El animal, apenas ha nacido y la Naturaleza (el *docto pincel*) le ha adornado la piel con manchas bellas que lo hacen digno, por su hermosura, de elevarse a signo del Zodíaco, cuando las necesidades de la vida lo obligan a volverse cruel y a convertirse en un monstruo en el laberinto de la existencia (en los vaivenes del mundo).»   [51] *distinto*: se empleó algunas veces, en cuanto sustantivo masculino, como equivalente de *instinto*.   [52] *aborto*: tiene el significado metafórico, con que se utilizaba en la lengua poética, de 'lo que el mar, los montes u otras cosas no capaces de concebir arrojan de sí'.   [53] *ovas y lamas*: aquí *ova* es 'una planta de la familia de las algas', mientras que *lama* es 'el cieno pegajoso que se halla en el fondo del mar, ríos y estanques'.   [54] *centro frío*: centro se toma como 'lo más retirado y distante de la superficie', de modo que el sintagma adquiere el sentido global de 'el lugar más profundo del mar'.   [55] *se quiebra*: 'se dobla de un lado para otro'; como más adelante el arroyo (cf. n. 62) se designa como *cristal*, este verbo se puede referir también a las irisaciones de un cristal fragmentado.

cuando músico[56] celebra
de los cielos la piedad
que le dan la majestad,
el campo abierto a su ida;   160
¿y teniendo yo más vida,
tengo menos libertad?[57]

En llegando a esta pasión,[58]
un volcán, un Etna hecho,
quisiera sacar del pecho   165
pedazos del corazón.[59]

¿Qué ley, justicia o razón
negar a los hombres sabe
privilegio tan süave,[60]
excepción[61] tan principal,   170
que Dios le ha dado a un cristal,[62]
a un pez, a un bruto y a un ave? [7]

---

[56] *músico:* el arroyo canta en honor de las flores con el rumor producido por sus aguas.   [57] El terminar un período o una estrofa con la misma frase o igual verso recibe el nombre de conversión; es lo que ocurre en este monólogo con los dos últimos versos de las décimas tercera a sexta.   [58] Este verso significa 'cuando me apasiono de esta manera...'.   [59] Segismundo se desea a sí mismo un mal, esto es, comete la figura conocida como execración.   [60] *suave:* 'dulce, grato', de acuerdo con el significado latino.   [61] *excepción:* privilegio, derecho.   [62] *cristal:* 'agua', por lo que equivale al arroyo.

---

(7) La protesta de Segismundo en este soliloquio contiene formas más o menos próximas a las de la argumentación. Así, por ejemplo, los vv. 109-110 son la conclusión de un entimema cuya única premisa está en los vv. 111-112 (en la lógica aristotélica, el entimema es un razonamiento en el que se da por sobreentendida una de las premisas). Jugando con los conceptos de *libertad exterior* y de *libertad intrínseca*, Calderón desarrolla un argumento inductivo cuya conclusión es que la libertad (al menos, la exterior) es un derecho del hombre, que puede exhibir cualidades superiores a las de esos otros seres que gozan de la libertad exterior sin ningún obstáculo. Como se ve, este razonamiento, que es la base de la rebeldía de Segismundo frente al cielo, va de lo particular a lo general (se comprueba un hecho en un número finito de seres particulares y se generaliza esa comprobación para cualquier ser), esto es, es un argumento de analogía (cfr., por ejemplo, vv.

Rosaura	Temor y piedad en mí	
	sus razones han causado.	
Segismundo	¿Quién mis voces ha escuchado?	175
	¿Es Clotaldo?	
Clarín	[Di que sí.]	
[aparte]		
Rosaura	No es sino un triste,[63] ¡ay de mí!,	
	que en estas bóvedas frías	
	oyó tus melancolías.	

Ásela.

Segismundo	Pues la muerte te daré,	180
	porque no sepas que sé	
	que sabes flaquezas mías.[64]	
	Sólo porque me has oído,	

---

[63] *un triste:* en esta ocasión y en otras, siempre que no esté sola o con Clarín únicamente, Rosaura emplea palabras de género masculino para referirse a sí misma.   [64] En los vv. 181-182 se repite un mismo verbo en diferentes tiempos y personas; tal procedimiento estilístico se denomina poliptoton.

2428-2435), es decir, por semejanza, ya que en aquel tiempo se creía en correspondencias exactas entre el cuerpo humano o la sociedad y el universo (cfr. **25**). Téngase en cuenta que el dramaturgo utiliza constantemente partículas cuya finalidad es expresar distintas relaciones lógicas (*pues, luego, aunque, si, porque, supuesto que, y así...*).

De acuerdo con lo dicho, resulta factible aplicar a Segismundo las dos notas que Santo Tomás de Aquino distinguía en la soberbia, el apetito desordenado de la propia excelencia y el rechazo de la subordinación debida a Dios. Ello empuja al príncipe a la violencia frente al cielo, con respecto a Rosaura y Clotaldo e, incluso, consigo mismo (cfr. j. I, n. 75, para este último punto). Esta actitud, como se puede comprobar con una lectura atenta, se prolonga durante buena parte de la obra. Además, esa soberbia y esa violencia, cuyos rastros asoman ya en la primera escena, deben relacionarse con la confusión que cerca a los personajes en este momento de su existencia.

entre mis membrudos brazos
te tengo de[65] hacer pedazos.   185

CLARÍN   Yo soy sordo, y no he podido
escucharte.

ROSAURA   Si has nacido
humano, baste el postrarme
a tus pies para librarme.[66]

SEGISMUNDO   Tu voz pudo enternecerme; [(8)]   190
tu presencia, suspenderme;[67]
y tu respeto,[68] turbarme.[69]
    ¿Quién eres? Que aunque yo aquí
tan poco del mundo sé,
que cuna y sepulcro fue[70]   195
esta torre para mí;
y aunque desde que nací
(si esto es nacer) sólo advierto
este rústico desierto,
donde miserable vivo,   200
siendo un esqueleto vivo,
siendo un animado muerto;[71]
    y aunque nunca vi ni hablé

---

[65] *tengo de:* la construcción *tener de* puede expresar obligación, necesidad (como aquí) o futuridad.   [66] Rosaura realiza una deprecación o súplica, es decir, pretende alcanzar un bien, el mantenimiento de la vida en este caso.   [67] *suspender:* 'sorprender' (cfr. vv. 271 —*suspensión*—, 795, 1558, 1885).   [68] *tu respeto:* mejor que 'el respeto que siento por ti', parece tener el sentido de 'el respeto que has mostrado hacia mí'.   [69] En los vv. 188-192 encontramos la figura denominada similicadencia, o sea, el uso de dos o más palabras en el mismo accidente gramatical.   [70] *Cuna* porque fue encarcelado después de nacer; *sepulcro* porque, como ser humano, está virtualmente muerto.   [71] En los vv. 201 y 202 hay sendos ejemplos de oxímoron, el enfrentamiento de dos palabras de significados opuestos.

[(8)] Nótese, en los vv. 209-212, el desarrollo de la antítesis hombre-fiera como una unión de contrarios, y póngase en relación la naturaleza que Segismundo descubre en sí mismo con lo que ha aprendido de las aves y los brutos (vv. 214-218; cfr. también los vv. 1026-1033) y con la función que tienen estas u otras enseñanzas en la superación de aquella antinomia.

sino a un hombre[72] solamente
que aquí mis desdichas siente,   205
por quien las noticias sé
de cielo y tierra; y aunque[73]
aquí, porque más te asombres
y monstruo[74] humano me nombres,
entre asombros y quimeras,[75]   210
soy un hombre de las fieras
y una fiera de los hombres;[76]
    y aunque en desdichas tan graves
la política he estudiado,
de los brutos enseñado,   215
advertido de las aves,
y de los astros süaves
los círculos he medido,
tú, sólo tú,[77] has suspendido
la pasión a mis enojos,   220
la suspensión a mis ojos,
la admiración al oído.
    Con cada vez que te veo
nueva admiración me das,
y cuando te miro más,   225
aún más mirarte deseo.
Ojos hidrópicos[78] creo
que mis ojos deben ser;
pues cuando es muerte el beber,
beben más, y desta suerte,   230

---

[72] *un hombre:* se refiere a Clotaldo, que todavía no ha aparecido.   [73] *aunque:* por metro y rima, esta palabra debe acentuarse en la segunda sílaba.   [74] *monstruo:* cfr. n. 49.   [75] *quimera:* monstruo de la mitología griega que tenía la cabeza de león, el cuerpo de macho cabrío y cola de dragón; el término designaba igualmente un producto ridículo de la imaginación o una idea sin sentido o ilusoria.   [76] En estos dos versos tenemos ejemplificados el retruécano (la contraposición de dos frases o construcciones con los mismos elementos en otro orden) y la antítesis (la confrontación de frases o palabras de significados contrarios).   [77] Aunque imperfecta, nos hallamos aquí ante una reduplicación.   [78] *ojos hidrópicos:* así como el hidrópico nunca apaga su sed por mucho que beba, del mismo modo Segismundo nunca se cansa de mirar a Rosaura y, aunque su hermosura lo lleve a la muerte, insiste en verla.

viendo que el ver me da muerte,
estoy muriendo por ver.[79]
　　Pero véate yo y muera;
que no sé, rendido ya,
si el verte muerte me da,   235
el no verte qué me diera.
Fuera, más que muerte fiera,
ira, rabia y dolor fuerte.
Fuera muerte; desta suerte
su rigor he ponderado,   240
pues dar vida a un desdichado
es dar a un dichoso muerte.[80]

ROSAURA　　　Con asombro de mirarte,
con admiración de oírte,
ni sé qué pueda decirte,   245
ni qué pueda preguntarte.
Sólo diré que a esta parte
hoy el cielo me ha guiado
para haberme consolado,
si consuelo puede ser   250
del que es desdichado, ver
a otro que es más desdichado.
　　Cuentan de un sabio[81] que un día
tan pobre y mísero estaba,
que sólo se sustentaba   255
de unas yerbas que cogía.
"¿Habrá otro", entre sí decía,
"más pobre y triste que yo?"
Y cuando el rostro volvió,
halló la respuesta, viendo   260

---

[79] Aceptamos, con las prevenciones del caso, la interpretación de Valverde: 'Hacerme seguir viviendo, sin verte, es hacerme seguir siendo desdichado, en esta muerte, y,
al revés, si en mi desdicha te veo, eso me da vida, pero también me mata, precisamente cuando empiezo a ser dichoso'.　　[80] En los vv. 223-242 se unen continuamente ideas
en principio inconciliables, hecho en que se funda la paradoja.　　[81] *sabio*: 'filósofo'; así
también en los vv. 261 y 1839; fenómeno paralelo con *filósofo* en los vv. 38 y 41.

que iba otro sabio cogiendo
las hojas que él arrojó. [82] (9)

Quejoso [83] de la fortuna
yo en este mundo vivía,
y cuando entre mí decía: 265
"¿Habrá otra persona alguna
de suerte más inportuna?", [84]
piadoso me has respondido;
pues volviendo en mi sentido,
hallo que las penas mías,   270
para hacerlas tú alegrías,
las hubieras recogido. [85]

Y por si acaso mis penas
pueden aliviarte en parte,
óyelas atento, y toma   275
las que dellas me sobraren.
Yo soy... (10) (11)

---

[82] Encontramos este apólogo en el «enxiemplo» X de *El conde Lucanor*, del infante don Juan Manuel, titulado «De lo que contesçió a un omne que por pobreza et mengua de otra vianda comía atramuzes». [83] *quejoso*: cfr. n. 63. [84] *importuna*: 'amarga, cruel'; cfr. v. 2442. [85] Los vv. 268-272 tienen este sentido: 'tú hubieras tomado como alegrías mis penas'.

---

(9) Obsérvese cómo el apólogo sirve para expresar una perspectiva diferente de la sustentada por cada uno de los interlocutores al creerse cada uno de ellos víctima de males insuperables. Se da salida así a una situación en que los sentimientos pueden imponerse fácilmente a la razón, con lo que se relaja la tensión dramática.

(10) Se interrumpe la declaración de Rosaura en un momento clave: cuando acaba de iniciar la llamada fórmula de identidad en su versión más común («yo soy...»). Rosaura no revelará su personalidad a Segismundo hasta la mitad de la tercera jornada (vv. 2732 y ss.). Esta técnica de interrumpir el relato de un personaje en un instante decisivo para manifestar más tarde un dato crucial recibe el nombre de suspensión o aposiopesis. Cfr., para otras interrupciones, los vv. 576 y 874 (determínese también en estos casos cuándo se ponen en conocimiento del lector o del espectador las circunstancias que oculta el autor). Es conveniente indagar las causas que

[ESCENA III]

Dentro Clotaldo.

CLOTALDO   Guardas[86] desta torre,
que, dormidas o cobardes,
disteis paso a dos personas
que han quebrantado la cárcel...   280

---

[86] *Guardas:* 'guardianes'; tiene género femenino, como *fantasma* (v. 2723) y *enigma* (v. 3016), aunque hoy sea masculino.

originan estas suspensiones e intentar establecer las funciones que cumplen todas ellas en la dinámica de la acción dramática.

En cuanto a la fórmula de identidad, ha recibido diversas interpretaciones, desde la biográfica («sé de quién soy hijo») hasta la sociológica («sé cuál es mi puesto en la sociedad» —el análisis al que nos referimos trata la expresión «soy quien soy»). En este caso y en otros que surjan, valórese adecuadamente la fórmula.

(11) En la escena que aquí acaba hay una serie de elementos que contribuyen a la creación del ambiente y reflejan la personalidad de Segismundo y Rosaura. Por ello se deben analizar la función y el significado del sol, el monstruo (y su relación con el laberinto), la cuna y el sepulcro en su conexión con la figura del muerto viviente, el gigante o titán y, frente al valor que posean en la primera escena, el fenómeno del claroscuro producido por la contraposición entre noche y día, luz y oscuridad, y la presencia avasalladora de la torre que sirve de cárcel al príncipe. Obsérvese, por ejemplo, que en los vv. 85-98 hay un efecto de claroscuro; la luz, metafóricamente, se asimila a la vida, se opone a las sombras de la prisión.

Por otro lado, conviene tomar en consideración las diferencias estilísticas que pueda haber entre Segismundo y Rosaura y entre el Segismundo del monólogo y el de la conversación con Rosaura. En lo referente a esta última oportunidad, encontramos en la forma de expresarse que tiene el preso un buen patrón de lo que puede ser el conceptismo (cfr. 4). Junto a cultismos como *monstruo* (v. 209), *quimeras* (v. 210), *admiración* (vv. 222 y 224) o *hidrópicos* (v. 227), o ejemplos de rima interna como los que se hallan

Rosaura	Nueva confusión padezco.
Segismundo	Éste es Clotaldo, mi alcaide.
	Aún no acaban mis desdichas.
Clotaldo	... acudid, y vigilantes,
[dentro]	sin que puedan defenderse.
	o prendeldes o mataldes.[87]
Todos	¡Traición!
[dentro]	
Clarín	Guardas desta torre,
	que entrar aquí nos dejasteis,
	pues que nos dais a escoger.
	el prendernos es más fácil.

285

290

Sale Clotaldo con escopeta, y soldados, todos con los rostros cubiertos. [(12)]

---

[87] *prendeldes, mataldes:* metátesis (cambio de lugar de los sonidos dentro de una palabra, atraídos o repelidos por otros) frecuente en la combinación del imperativo y un pronombre personal (aquí por *prendeldes, matadles*); cfr. vv. 356, 365, 3138.

---

en los vv. 231-239, se da la predilección por la antítesis (vv. 211-212), la paradoja (vv. 195-196, 231-232), el oxímoron (vv. 201-202), el retruécano (vv. 223-232), la paronomasia (v. 237), la anáfora (vv. 237-239), la repetición (v. 219), la elipsis (vv. 190-192, 229-232), la similicadencia (vv. 190-192: también en los vv. 243-246, correspondientes a Rosaura); en una palabra, se busca lo que se llamaba la agudeza; la concentración del significado en el menor número de términos que sea posible (lo cual se puede conseguir no sólo mediante la elipsis, sino también con el uso de vocablos normales asociados de modo inesperado y con el zeugma) es un ideal estético de esta modalidad estilística. Lo mismo que con los fragmentos culteranos, ya no se avisará de la naturaleza conceptista de un pasaje, a no ser que otras causas, no puramente expresivas, así lo aconsejen.

(12) Obsérvese a partir de este momento cómo la figura de Clotaldo queda ligada tanto a Segismundo como a Rosaura, aunque no sepamos exactamente en qué consiste ese lazo. Segismundo desconoce la razón de su encarcelamiento (que nos será suministrada por Basilio en los vv. 600 y ss.: nuevo ejemplo de suspensión; cfr. **10**), que Clotaldo desvela a medias en los vv. 319-327. Por otra parte, la afirmación de Rosaura en los vv. 359-360 alcanzará su pleno sentido en la última escena de esta jornada.

CLOTALDO	Todos os cubrid[88] los rostros;	
	que es diligencia[89] importante,	
	mientras estamos aquí,	
	que no nos conozca naide.	
CLARÍN	¿Enmascaraditos[90] hay?	295
CLOTALDO	Oh vosotros, que, ignorantes,	
	de aqueste vedado sitio	
	coto y término[91] pasasteis	
	contra el decreto del Rey,	
	que manda que no ose nadie	300
	examinar el prodigio	
	que entre estos peñascos yace,	
	rendid las armas y vidas,	
	o aquesta pistola, áspid	
	de metal, escupirá	305
	el veneno penetrante	
	de dos balas, cuyo fuego	
	será escándalo del aire.[92]	
SEGISMUNDO	Primero, tirano dueño,	
	que[93] los ofendas y agravies,	310
	será mi vida despojo	
	destos lazos miserables;[94]	
	pues en ellos, vive Dios,	
	tengo de[95] despedazarme	
	con las manos, con los dientes,	315
	entre aquestas peñas, antes	
	que su desdicha consienta	
	y que llore sus ultrajes.	
CLOTALDO	Si sabes que tus desdichas,	
	Segismundo, son tan grandes,	320

---

[88] *os cubrid:* anteposición del pronombre átono al imperativo (cf. vv. 2108, 2240). [89] *diligencia:* precaución. [90] *Enmascaraditos:* cfr. n. 31. [91] *coto y término:* una de las muchas parejas de sinónimos o cuasi-sinónimos (recurso muy empleado por Calderón) que hay en la obra, 'límite, confín'. [92] En los vv. 304-308 hay una metáfora en la que la pistola se asimila al áspid y las balas al veneno lanzado por la víbora. [93] *Primero que:* 'antes que'; cfr. 644-645. [94] *lazos:* 'cadenas'; por lo tanto, los vv. 309-312 contienen una amenaza de suicidio por parte de Segismundo, si Clotaldo causa el más mínimo daño a los recién llegados. [95] *Tengo de:* cf. n. 65.

que antes de nacer moriste
por ley del cielo; si sabes
que aquestas prisiones son
de tus furias arrogantes
un freno que las detenga   325
y una rienda que las pare,
¿por qué blasonas?[96] La puerta
cerrad desa estrecha cárcel;
escondelde en ella.

Ciérranle la puerta y dice dentro.

SEGISMUNDO   ¡Ah cielos
qué bien hacéis en quitarme
la libertad! Porque fuera   330
contra vosotros gigante,
que, para quebrar al sol
esos vidrios y cristales,[97]
sobre cimientos de piedra   335
pusiera montes de jaspe.[98]
CLOTALDO   Quizá porque no los pongas
hoy padeces tantos males.

Encierran por la fuerza a Segismundo en donde estaba.

[ESCENA IV]

ROSAURA   Ya que vi que la soberbia
te ofendió tanto, ignorante   340

---

[96] *blasonas:* presumes, fanfarroneas.   [97] *vidrios y cristales:* se ve al sol como un
farol enorme; romper sus vidrios y cristales es apagarlo.   [98] En los vv. 331-336 se
alude a la guerra que hicieron los titanes a los dioses, de acuerdo con la mitología
clásica, ya que deseaban conquistar el cielo, para lo cual apilaron un monte sobre
otro; moralmente, según la tradición romana, son símbolo de los hombres locos, soberbios, impíos y bestiales.

<table>
<tr><td></td><td>fuera en no pedirte humilde
vida⁹⁹que a tus plantas yace.
Muévate en mí la piedad;
que será rigor notable¹⁰⁰
que no hallen favor en ti
ni soberbias ni humildades.</td><td>

345</td></tr>
</table>

CLARÍN   Y si Humildad y Soberbia[101]
no te obligan, personajes
que han movido y removido
mil autos sacramentales, 350
yo, ni humilde ni soberbio,
sino entre las dos mitades
entreverado,[102] te pido
que nos remedies y ampares.

CLOTALDO   ¡Hola![103]

SOLDADOS   Señor...

CLOTALDO   A los dos 355
quitad las armas, y ataldes
los ojos, porque no vean
cómo ni de dónde salen.

ROSAURA   Mi espada es ésta, que a ti
solamente ha de entregarse, 360
porque, al fin, de todos eres
el principal, y no sabe
rendirse a menos valor.

CLARÍN   La mía es tal que puede darse
al más ruin: tomalda vos. 365

ROSAURA   Y si he de morir, dejarte
quiero, en fe desta piedad,

---

⁹⁹ *pedirte vida:* pedirte que me perdones la vida. ¹⁰⁰ Como dice Morón, «la clemencia era un adorno de la justicia. En la administración de la justicia los reyes debían distinguirse por la clemencia/piedad, más que por el rigor». ¹⁰¹ *Humildad, Soberbia:* personajes alegóricos que aparecen a menudo en los autos sacramentales. ¹⁰² *entreverado: entreverar* es 'mezclar una cosa entre otras'; también 'propiamente se dice de las carnes en que está lo magro junto a lo gordo, como las de los puercos, y se reconoce en las lonjas del tocino, en que hay una lista de carne y otra de gordura'. ¹⁰³ *¡Hola!:* interjección usada vulgarmente en la época para llamar a un inferior.

prenda que pudo estimarse
por el dueño que algún día
se la ciñó. Que la guardes   370
te encargo, porque aunque yo
no sé qué secreto alcance,[104]
sé que esta dorada espada[105]
encierra misterios grandes;
pues sólo fiado en ella   375
vengo a Polonia a vengarme
de un agravio.

CLOTALDO   [¡Santos cielos!
[aparte]   ¿Qué es esto? Ya son más graves
mis penas y confusiones,
mis ansias y mis pesares.]   380
¿Quién te la dio?

ROSAURA   Una mujer.

CLOTALDO   ¿Cómo se llama?

ROSAURA   Que calle
su nombre es fuerza.

CLOTALDO   ¿De qué
infieres agora,[106] o sabes,
que hay secreto en esta espada?   385

ROSAURA   Quien me la dio, dijo: "Parte
a Polonia, y solicita
con ingenio, estudio o arte,[107]
que te vean esa espada
los nobles y principales,   390
que yo sé que alguno dellos
te favorezca y ampare";

---

[104] *alcance:* metafóricamente, *alcanzar* valía 'tener, conseguir, poseer, gozar'.   [105] *esta dorada espada:* que Clotaldo reconozca a Rosaura por medio de una espada nos remite a la mitología griega, en la cual Teseo, criado en la corte de su abuelo en Troecena, abandonó esta ciudad una vez alcanzada la edad adulta y se trasladó a Atenas, donde su padre, el rey Egeo, lo reconoció como hijo y sucesor gracias a otra espada. [106] *agora:* forma procedente del latín *hac hora* (cfr. vv. 384, 523, 531, 1384), de *aora,* equivalente al *ahora* actual, de *ad horam,* que aparece en los vv. 1992, 1995, 1996. [107] *estudio o arte:* empeño o habilidad.

que, por si acaso era muerto,
no quiso entonces nombrarle,

CLOTALDO   [¡Válgame el cielo! ¿Qué escucho? (13)   395
[aparte]   Aún no sé determinarme
si tales sucesos son
ilusiones o verdades.

Esta espada es la que yo
dejé a la hermosa Violante,   400
por señas que el que ceñida
la trujera,[108] había de hallarme
amoroso como hijo
y piadoso como padre.[109]

Pues ¿qué ha de hacer, ¡ay de mí!,   405
en confusión semejante,
si quien la trae por favor,
para su muerte la trae,
pues que sentenciado a muerte
llega a mis pies? ¡Qué notable   410
confusión! ¡Qué triste hado!

---

[108] *trujera*: el verbo *traer* ofrece *truj-* como forma del lexema en los tiempos del pasado: cfr. vv. 402, 920, 1754, 1803, 2353.   [109] Los vv. 403-404 significan 'amoroso, como corresponde a un hijo, y piadoso, como es propio de un padre'.

(13) Desde aquí hasta el v. 468 Clotaldo pronuncia un monólogo (más bien un aparte, otra de las convenciones propias de la «comedia», en esta ocasión dirigido únicamente al público). El tono y la actitud son opuestos a los de Segismundo en la segunda escena de esta jornada. Para su valoración, cfr. **5**. Sin embargo, la deliberación íntima del ayo comparte con el soliloquio del príncipe la tendencia discursiva: cf. **7**. Se sugiere explicar detalladamente esas semejanzas y diferencias, aquí sólo esbozadas.

Es importante determinar cuál es la significación de la espada en el conflicto que afecta a Rosaura, el cual plantea la cuestión del honor, abordada por Clotaldo en el v. 432 desde otra perspectiva, la de la fidelidad al monarca. Para Rosaura, por el contrario, la honra se relaciona con la idea del amor malogrado, que en la escena siguiente estará protagonizada por Astolfo. Se deben examinar estos asuntos en su repercusión tanto en Rosaura como en Clotaldo.

¡Qué suerte tan inconstante!
Éste es mi hijo, y las señas
dicen bien con[110] las señales
del corazón, que por verle   415
llama al pecho, y en él bate
las alas, y no pudiendo
romper los candados, hace
lo que aquél que está encerrado,
y oyendo ruido en la calle,   420
se arroja por la ventana.
Y él[111] así, como no sabe
lo que pasa, y oye el ruido,
va a los ojos a asomarse,
que son ventanas del pecho   425
por donde en lágrimas sale.
¿Qué he de hacer? ¡Válgame el cielo!
¿Qué he de hacer? Porque llevarle
al rey es llevarle, ¡ay triste!,
a morir. Pues ocultarle   430
al rey no puedo, conforme
a la ley del homenaje.[112]
De una parte el amor propio,
y la lealtad de otra parte
me rinden. Pero ¿qué dudo?   435
¿La lealtad del Rey no es antes
que la vida y que el honor?
Pues ella[113] viva y él falte.
Fuera de que, si aora atiendo
a que dijo que a vengarse   440
viene de un agravio, hombre
que está agraviado, es infame.
No es mi hijo, no es mi hijo,
ni tiene mi noble sangre.[114]

---

[110] *dicen bien con: decir con* es 'conformar, corresponder una cosa con otra'; cfr. vv. 502-504. [111] *él:* se refiere a *corazón* (v. 415). [112] *homenaje:* lealtad del vasallo al señor; esta ley es propia del feudalismo. [113] *ella:* se refiere a *lealtad* (v. 436). [114] Los vv. 439-442 son la causa de la exclamación proferida en 443-444 (cfr. vv. 451-456).

Pero si ya ha sucedido   445
un peligro,[115] de quien nadie
se libró, porque el honor
es de materia tan fácil[116]
que con una acción se quiebra
o se mancha con un aire,   450
¿qué más puede hacer, qué más,
el que es noble, de su parte,
que a costa de tantos riesgos
haber venido a buscarle?
Mi hijo es, mi sangre tiene,   455
pues tiene valor tan grande.
Y así, entre una y otra duda,
el medio[117] más importante
es irme al Rey y decirle
que es mi hijo, y que le mate.   460
Quizá la misma piedad
de mi honor podrá obligarle;
y si le merezco vivo,[118]
yo le ayudaré a vengarse
de su agravio. Mas si el Rey,   465
en sus rigores constante,
le da muerte, morirá
sin saber que soy su padre.]
Venid conmigo, extranjeros.
No temáis, no, de[119] que os falte   470
compañía en las desdichas;
pues en duda semejante
de vivir o de morir,
no sé cuáles son más grandes.

Vanse.

---

[115] *peligro:* afrenta, deshonra. [116] *fácil:* frágil, débil, de poca consistencia. [117] *medio:* remedio, solución. [118] El v. 463 significa 'si se salva gracias a mí'. [119] *temer de:* régimen desusado en la actualidad.

[ESCENA V]

*Sale por una parte Astolfo con acompañamiento de soldados, y por otra
Estrella con damas. Suena música.* [14]

ASTOLFO   Bien al ver los excelentes   475
                   rayos, [120] que fueron cometas, [121]

---

[120] *excelentes rayos:* los ojos de Estrella (cfr. v. 1741); metáfora hiperbólica sumamen-
te usada, que llegó a ser un tópico.   [121] *cometas:* los ojos por «su carácter fugaz y
pasajero, ya que la dama le ha demostrado cierto desvío y ha evitado su vista, como se
deduce por la respuesta» (Riquer).

(14) Aunque Calderón respeta las unidades teatrales más de lo que se ha
venido admitiendo (cfr. 1), aquí hallamos un cambio de lugar. ¿Cuál es la
causa? ¿Qué efecto estético busca Calderón con este procedimiento? Estas
cuestiones deben plantearse siempre que se dé tal fenómeno (así, tras la
escena XVI de la segunda jornada, después de la escena IV de la tercera y
antes de la IX de este mismo acto).

Obsérvese la relación entre el cortejo al que Astolfo somete a Estrella y la
sucesión en el trono de Polonia. De tal hecho han de sacarse consecuencias
tanto para enjuiciar las formas de ser de estos dos personajes como para
discriminar los criterios de que se sirve el autor en la disposición de los
sucesos (ya hemos avisado que aquí se da un nuevo caso de suspensión: cfr.
10).

Con el engaño (personificado en Astolfo, que ha abandonado a Rosaura)
y la decepción consiguiente de ésta (cfr. 13) había entrado en la escena el
tema de la violencia. Este asunto se plantea de nuevo ahora, pero no de la
misma forma señalada en 7. No es lo mismo la fuerza manifestada de modo
exaltado, física o emocionalmente, que el ejercicio de la fuerza física sin
reconocimiento de límites o la violencia verbal o afectiva tendente a
producir la angustia en el oponente. Examínese el significado de esa
variación y su sentido en esta escena. ¿Qué paralelismos y qué contrastes
hay entre el diálogo de Segismundo y Rosaura en la escena segunda y el de
Astolfo y Estrella en la que comentamos, considerados desde el punto de
vista amoroso? ¿Qué consecuencias se pueden sacar de la respuesta a la
pregunta anterior?

mezclan salvas[122] diferentes
las cajas[123] y las trompetas,
los pájaros y las fuentes;
    siendo con música igual,   480
y con maravilla suma,
a tu[124] vista celestial,
unos, clarines de pluma,[125]
y otras, aves de metal;[126]
    y así os saludan, señora,   485
como a su reina[127] las balas,
los pájaros como a Aurora,[128]
las trompetas como a Palas,[129]
y las flores como a Flora;[130]
    porque sois, burlando el día[131]   490
que ya la noche destierra,
Aurora en el alegría,[132]
Flora en paz, Palas en guerra,
y reina en el alma mía.

ESTRELLA   Si la voz se ha de medir   495
con las acciones humanas,
mal habéis hecho en decir
finezas tan cortesanas,
donde os pueda desmentir
    todo ese marcial trofeo[133]   500
con quien ya atrevida lucho;

---

[122] *salvas: salva* puede ser 'disparo de arma de fuego en honor de algún personaje', y, al mismo tiempo, 'canto de las aves cuando empieza a amanecer'. [123] *caja:* tambor pequeño, empleado sobre todo en el ejército. [124] *tu:* indica el objeto de la acción, esto es, *tu vista* significa 'la contemplación de ti'. [125] *clarines de pluma:* los pájaros. [126] *aves de metal:* las trompetas. [127] *reina:* alusión a Belona (cfr. v. 2488), diosa romana de la guerra. [128] *Aurora:* diosa del alba. [129] *Palas:* en la mitología griega, epíteto ritual de Atenea, la diosa de la guerra y la inteligencia. [130] *Flora:* diosa latina de las flores y de la primavera. [131] Los vv. 490-492 expresan que, aun en la caída de la noche —«destierra» al día—, Estrella se parece a la Aurora por sus efectos: «burla» el día, esto es, alumbra e ilumina los diversos ámbitos de la naturaleza, singularmente el alma de Astolfo; se le atribuyen, por tanto, cualidades propias del sol (cfr. n. 120). [132] *el alegría:* la forma *el* se empleaba con nombres femeninos que comenzaban por vocal átona (cfr. vv. 1496, 2444). [133] *marcial trofeo:* 'despliegue militar'; el mismo significado se puede dar a *rigores* (v. 504).

pues no dicen, según creo,
las lisonjas que os escucho
con los rigores que veo.[134]

    Y advertid que es baja acción,   505
que sólo a una fiera toca,
madre de engaño y traición,
el halagar con la boca
y matar con la intención.

ASTOLFO   Muy mal informada estáis,   510
Estrella, pues que la fe
de mis finezas dudáis,
y os suplico que me oigáis
la causa, a ver si la sé.

    Falleció Eustorgio tercero,   515
rey de Polonia; quedó
Basilio[135] por heredero,
y dos hijas, de quien[136] yo
y vos nacimos. No quiero

    cansar con lo que no tiene   520
lugar aquí. Clorilene,
vuestra madre y mi señora,
que en mejor imperio agora
dosel de luceros tiene,[137]

    fue la mayor, de quien vos   525
sois hija. Fue la segunda,
madre y tía de los dos,
la gallarda Recisunda,
que guarde mil años Dios.

    Casó en Moscovia, de quien   530
nací yo. Volver agora
al otro principio es bien.[138]

---

[134] En los vv. 495-504 Estrella acusa a Astolfo de que su halago, sus *lisonjas*, no se corresponden con sus aspiraciones a la corona polaca en perjuicio de ella. [135] *Basilio*: βασιλεύς, *basiléus*, es 'rey' en griego. [136] *quien*: 'quienes'; podía llevar antecedente plural (cfr. vv. 615, 616, 1742, 2200, 2272). [137] Los vv. 523-524 constituyen una perífrasis (es decir, un rodeo que indica un solo concepto) eufemística para evitar la expresión tabú «que ya murió». [138] *es bien*: conviene.

Basilio, que ya, señora,
se rinde al común desdén
    del tiempo,[139] más inclinado   535
a los estudios que dado
a mujeres, enviudó
sin hijos; y vos y yo
aspiramos a este Estado.

    Vos alegáis que habéis sido   540
hija de hermana mayor;
yo, que varón he nacido,
y aunque de hermana menor,
os debo ser preferido.

    Vuestra intención y la mía   545
a nuestro tío contamos.
Él respondió que quería
componernos,[140] y aplazamos[141]
este puesto y este día.

    Con esta intención salí   550
de Moscovia y de su tierra;
con ésta llegué hasta aquí,
en vez de haceros yo guerra,
a que me la hagáis a mí.

    ¡Oh quiera Amor, sabio dios,   555
que el vulgo, astrólogo cierto,
hoy lo sea con los dos,
y que pare[142] este concierto
en que seáis reina vos,

    pero reina en mi albedrío,   560
dándoos, para más honor,
su corona nuestro tío,
sus triunfos vuestro valor,
y su imperio el amor mío!

---

[139] En los vv. 534-535 aparece otra perífrasis, que significa 'se hace viejo'.   [140] *componer:* concordar, unir, hacer amistades, conformar y poner en paz a los que están discordes; terciar y contribuir para que los que están enfrentados en alguna cosa se conformen y vengan en ella.   [141] *aplazar:* convocar, citar, llamar para tiempo y sitio señalado.   [142] *parar:* ir a dar a algún término, llegar al fin.

ESTRELLA   A tan cortés bizarría[143]   565
                menos mi pecho no muestra,
                pues la imperial monarquía,
                para sólo hacerla vuestra,
                me holgara que fuese mía;
                    aunque no está satisfecho   570
                mi amor de que sois ingrato,
                si en cuanto decís, sospecho
                que os desmiente ese retrato
                que está pendiente del pecho.

ASTOLFO   Satisfaceros intento   575
                con él...[144] mas lugar[145] no da
                tanto sonoro instrumento,
                que avisa que sale ya
                el Rey con su parlamento.[146]

                [ESCENA VI]

Tocan, y sale el Rey Basilio, viejo, y acompañamiento.

ESTRELLA   Sabio Tales...
ASTOLFO   docto Euclides...[147]   580
ESTRELLA   que entre signos...[148]
ASTOLFO   que entre estrellas...
ESTRELLA   hoy gobiernas...

---

[143] *bizarría:* generosidad de ánimo, gallardía, magnanimidad.   [144] *satisfacer con:* dar solución a alguna duda o aquietar alguna queja acerca de algo.   [145] *lugar:* oportunidad, ocasión.   [146] *parlamento:* el conjunto de sus cortesanos.   [147] *Tales:* matemático y astrónomo griego (640-546 a. C.), famoso por el teorema geométrico de su nombre, la teoría de los cuatro elementos (cfr. n. 5) componentes de la naturaleza (con el agua como el principal) y por haber previsto un eclipse con exactitud absoluta. *Euclides:* matemático y geómetra alejandrino (¿h. 365-h. 285 a. C.?), célebre por su postulado sobre las paralelas. Estas dos alusiones sirven a Calderón para señalar un dato muy importante en la personalidad de Basilio, su inclinación científica. El rey, en realidad, es astrólogo: la astrología, en aquella época, como indica Valverde, no se distinguía de la astronomía ni de las matemáticas.   [148] *signos:* los del Zodíaco.

ASTOLFO	hoy resides...	
ESTRELLA	y sus caminos...	
ASTOLFO	sus huellas...	
ESTRELLA	describes...	
ASTOLFO	tasas y mides...	
ESTRELLA	deja que en humildes lazos...	585
ASTOLFO	deja que en tiernos abrazos...	
ESTRELLA	hiedra de ese tronco sea, [149]	
ASTOLFO	rendido a tus pies me vea. [15]	
BASILIO	Sobrinos, dadme los brazos, [16]	
	y creed, pues que, leales	590

[149] Los vv. 585 y 587 quieren decir: 'deja que me abrace a ti como la hiedra al tronco' (Valverde).

[15] En el saludo de Estrella y Astolfo al rey Basilio hallamos un nuevo tipo de correlación (cfr. **6**). Aquí no hay distinción de miembros básicos: lo que dice Estrella (conjunto 1) es aproximadamente lo mismo que sale de los labios de Astolfo (conjunto 2). Se da la identidad conceptual y sintáctica entre los dos conjuntos: no hay más que un solo pensamiento expresado mediante palabras distintas. Por eso esta correlación se llama *identificativa*, como distinta de la más normal, la *especificativa*. Hay que advertir, sin embargo, que, desde el punto de vista escénico, hay una especificación: cada conjunto está vinculado al personaje que lo pronuncia. Obsérvese, además, en los vv. 585-588, el fenómeno denominado esticomitia, esto es, la distribución de las frases en la estrofa de modo que cada una de ellas ocupa exactamente un verso; ello contrasta con la frecuente aparición del encabalgamiento (el desacuerdo entre unidad sintáctica y unidad métrica en el verso, el cual se produce cuando la unidad sintáctica excede los límites de un verso y continúa en el siguiente o siguientes), por ejemplo, en los vv. 590-591, 595-596, 644-647 y 832-834. También es notable que, de acuerdo con el gusto de Calderón por la simetría, emplee la técnica de que intervengan dos personajes simultáneamente, bien a lo largo de los versos de una estrofa, bien en los hemistiquios de un mismo verso, con lo que se consigue un efecto similar al que en el terreno musical producen la polifonía y el contrapunto.

[16] El discurso de Basilio (vv. 589-843) comienza propiamente en el v. 600 («Ya sabéis, *estadme atentos*») con una indicación que, más que para los otros personajes, es para el público, pues en ella podrá encontrar la

> a mi precepto[150] amoroso,
> venís con afectos tales,
> que a nadie deje quejoso
> y los dos quedéis iguales.

---

[150] *precepto :* que vinierais.

explicación de buen número de hechos y situaciones que han desfilado previamente ante su vista. Esta alocución se somete por entero a las leyes de la retórica clásica para el discurso forense, el pronunciado por un abogado en el foro; se compone, en efecto, de salutación, exordio o introducción, proposición o exposición del estado de cosas, demostración o argumentación, refutación de las pruebas contrarias y peroración o recapitulación exhortativa. Igualmente, se debe advertir que, al comenzar la intervención del monarca, se produce un cambio en la estrofa utilizada, lo cual deberá interpretarse oportunamente.

En este discurso Basilio expone los motivos de su comportamiento con Segismundo. Podemos ver que aquéllos están íntimamente ligados a la existencia de un horóscopo, mediante el que se introducen las ideas del hado y del albedrío. ¿Cómo afectan esas nociones a Basilio y a Segismundo? (cfr. la actitud del príncipe en la escena segunda de este acto). También deberá explicarse la función de la dicotomía luz-oscuridad y del sol (en las diferentes formas en que aparece) en el desarrollo de aquellos conceptos. Téngase en cuenta también el tipo de educación recibida por Segismundo (cfr. vv. 214-218, 756-758 y 1026-1033) y relaciónese con los demás elementos contenidos en esta escena. Por último, obsérvese que se insiste en la sucesión del reino (cfr. **14**), asunto que lleva a analizar la naturaleza del poder y su vigencia en la persona de Segismundo. Debe notarse que, para el pensamiento tradicional, frente al maquiavelismo, moral y política iban unidas. Cfr., para todas estas cuestiones, el concepto de violencia según se ha esbozado en **14**. En lo referente al ritmo, se mezclan la bimembración y la trimembración en los vv. 760-835: hay dos bloques, ambos de tres miembros, el que indica las cuestiones que se le plantean al rey y el que manifiesta cómo pretende solucionarlas. Según Aubrun, el ritmo ternario es propio del género sublime, heroico y trágico (otros ejemplos en los vv. 562-564, 963-965, 1516, 2121, 2497), mientras que el binario sirve para caracterizar a la variedad cómica y humana, incluso ínfima (cfr. vv. 814-815, 1282-1283, 1672-1673, 2132-2133): de acuerdo con esos casos (y con otros que se vayan descubriendo), determínese si esas valoraciones corresponden a su empleo en nuestro drama.

Y así, cuando me confieso 595
rendido al prolijo peso,[151]
sólo os pido en la ocasión
silencio, que admiración
ha de pedirla el suceso.

Ya sabéis, estadme atentos, 600
amados sobrinos míos,
corte ilustre de Polonia,
vasallos, deudos y amigos,
ya sabéis que yo en el mundo
por mi ciencia he merecido 605
el sobrenombre de docto;
pues, contra el tiempo y olvido,
los pinceles de Timantes,
los mármoles de Lisipo,[152]
en el ámbito del orbe 610
me aclaman el gran Basilio.
Ya sabéis que son las ciencias
que más curso y más estimo,
matemáticas sutiles,
por quien[153] al tiempo le quito, 615
por quien a la fama rompo
la jurisdicción y oficio
de enseñar más cada día;
pues, cuando en mis tablas[154] miro
presentes las novedades 620
de los venideros siglos,
le gano al tiempo las gracias
de contar lo que yo he dicho.[155]

---

[151] El v. 596 es una perífrasis (cfr. n. 137) que significa 'haciéndome viejo'; *prolijo* debe ser 'molesto, impertinente, pesado', y *prolijo peso*, el de la edad y las preocupaciones del gobierno.   [152] *Timantes, Lisipo:* pintor y escultor griegos, respectivamente, del siglo IV a. C., coetáneos de Alejandro Magno; aquí, probablemente, se emplean como símbolos de los pintores y de los escultores; en caso contrario, se trataría de un anacronismo (pues se habla, por ejemplo, de una institución feudal en el v. 432). [153] *quien:* en este verso y en el siguiente se refiere a un abstracto, *matemáticas* (cfr. v. 1201), en plural (cfr. n. 136), y equivale a 'las que, las cuales'.   [154] *tablas:* las astronómicas.   [155] En los vv. 615-623 se manifiesta en dos ocasiones (vv. 615-618 y 619-623) la

Esos círculos de nieve,[156]
esos doseles de vidrio,   625
que el sol ilumina a rayos,
que parte la luna a giros;
esos orbes de diamantes,
esos globos cristalinos,
que las estrellas adornan   630
y que campean[157] los signos,[158]
son el estudio mayor
de mis años, son los libros[159]
donde en papel de diamante,
en cuadernos de zafiros,   635
escribe con líneas de oro,[160]
en caracteres distintos,
el cielo nuestros sucesos,
ya adversos o ya benignos.
Estos leo tan veloz,   640
que con mi espíritu sigo
sus[161] rápidos movimientos
por rumbos y por caminos.
¡Pluguiera al cielo, primero
que mi ingenio hubiera sido   645
de sus márgenes comento[162]
y de sus hojas registro,[163]
hubiera sido mi vida
el primero desperdicio[164]
de sus iras, y que en ellas[165]   650

---

misma idea: Basilio, gracias a la astrología, iguala en sus poderes al tiempo y a la fama.   [156] *círculos de nieve:* 'órbitas de las estrellas'; en los vv. 624-631 hay una paráfrasis (es decir, una amplificación explicativa) del concepto 'estas estrellas', esferas concéntricas que, de acuerdo con el sistema de Ptolomeo, giran alrededor de la Tierra, de donde las metáforas *círculos de nieve* y *doseles de vidrio* (vid. Sloman); cfr. vv. 331-336.   [157] *campean:* lucen mucho.   [158] *signos:* nuevamente los del Zodíaco.   [159] *los libros:* el cielo (por eso están encuadernados en color azul: el zafiro tiene ese color).   [160] *líneas de oro:* órbitas de las estrellas.   [161] *sus:* parece referirse a *círculos, doseles, orbes, globos.*   [162] *comento:* explicación, glosa, comentario.   [163] *registro:* índice.   [164] *desperdicio:* destrucción y derroche de la hacienda u otra cosa.   [165] *en ellas:* en sus hojas.

mi tragedia hubiera sido,[166]
porque de los infelices
aun el mérito es cuchillo,
que a quien le daña el saber,
homicida es de sí mismo! 655
Dígalo yo, aunque mejor
lo dirán sucesos míos,
para cuya admiración
otra vez silencio os pido.
En Clorilene, mi esposa, 660
tuve un infelice hijo,
en cuyo parto los cielos
se agotaron de prodigios,[167]
antes que a la luz hermosa
le[168] diese el sepulcro vivo 665
de un vientre, porque el nacer
y el morir son parecidos.
Su madre infinitas veces,
entre ideas y delirios
del sueño, vio que rompía 670
sus entrañas, atrevido,
un monstruo en forma de hombre,
y entre su sangre teñido,
le daba muerte, naciendo
víbora humana[169] del siglo. 675
Llegó de su parto el día
y, los presagios cumplidos,
(porque tarde o nunca son
mentirosos los impíos),
nació en horóscopo[170] tal, 680
que el sol, en su sangre tinto,[171]

---

[166] *hubiera sido:* hubiera sucedido, acontecido.   [167] *se agotaron de prodigios:* hubo toda clase de fenómenos en el firmamento.   [168] *le:* a ella, Clorilene.   [169] *víbora humana:* de acuerdo con la tradición, el nacimiento de una víbora causa la muerte de la madre; además, puede indicarse también así la maldad del recién nacido.   [170] *horóscopo:* examen del estado del cielo, con el que pretendían los astrólogos que podían predecir el porvenir de la persona que acababa de nacer.   [171] *tinto:* teñido.

entraba sañudamente
con la luna en desafío;
y siendo valla[172] la tierra,
los dos faroles divinos   685
a luz entera luchaban,
ya que no a brazo partido.
El mayor, el más horrendo
eclipse que ha padecido
el sol, después que con sangre   690
lloró la muerte de Cristo,
éste fue, porque, anegado
el orbe entre incendios vivos,
presumió que padecía
el último parasismo.[173]   695
Los cielos se escurecieron,[174]
temblaron los edificios,
llovieron piedras las nubes,
corrieron sangre los ríos.[175]
En este mísero, en este   700
mortal planeta o signo,
nació Segismundo, dando
de su condición indicios,
pues dio la muerte a su madre,
con cuya fiereza dijo: 705
"Hombre soy, pues que ya empiezo
a pagar mal beneficios."

---

[172] *valla:* según Sloman, 'cada una de las empalizadas que cierran el escenario de una contienda o éste mismo', ya que se trataría de un eclipse de sol (cfr. vv. 688-690), por lo que *valla* no sería la 'barrera que separa a dos contendientes'. [173] *parasismo:* 'paroxismo'; metáfora de origen médico, ya que el término significaba 'accidente peligroso o casi mortal, en que el paciente pierde el sentido y la acción por largo tiempo'. [174] *escurecieron:* se cambia una supuesta vocal protética (la prótesis es un fenómeno por el cual se añade al comienzo de una palabra un elemento no etimológico) en *e-* (cfr. v. 1626). [175] *correr* se usa aquí transitivamente, igual que *llover* en el verso anterior.

Yo, acudiendo a mis estudios, (17)
en ellos y en todo miro
que Segismundo sería   710
el hombre más atrevido,
el príncipe más cruel
y el monarca más impío,
por quien su reino vendría
a ser parcial y diviso,   715
escuela de las traiciones
y academia de los vicios;[176]
y él, de su furor llevado,
entre asombros y delitos,
habia de poner en mí   720
las plantas, y yo rendido
a sus pies me habia de ver
(¡con qué congoja lo digo!),
siendo alfombra de sus plantas
las canas del rostro mío.   725
¿Quién no da crédito al daño,
y más al daño que ha visto
en su estudio, donde hace
el amor propio su oficio?
Pues, dando crédito yo   730

---

[176] En los vv. 710-717 hay una hipérbole, se exagera una idea hasta el límite.

(17) En los vv. 708-724, sobre todo en 720-722, se anuncia un futuro enfrentamiento entre padre e hijo, rey y príncipe (lo mismo se puede ver en los vv. 1716-1717), que se cumplirá en los vv. 3146-3157. Igualmente, la metáfora contenida en los vv. 723-724 se repite en 3143-3145. Por último, en los vv. 725-729 se reconoce la posibilidad de error en una predicción, al tiempo que, complementariamente, en los vv. 787-791 se declara la prevalencia de la libertad humana sobre las estrellas (lo cual se afirma también en los vv. 1110-1111 y 1286-1287); así se cumplirá al final (frente a lo manifestado, por ejemplo, en los vv. 2379-2381). Júzguese qué función desarrolla dentro del drama esta técnica de anticipación parcial de los acontecimientos.

a los hados,[177] que, adivinos,
me pronosticaban daños
en fatales vaticinios,
determiné de encerrar
la fiera que habia nacido,   735
por ver si el sabio tenía
en las estrellas dominio.
Publicóse que el Infante
nació muerto; y, prevenido,
hice labrar[178] una torre   740
entre las peñas y riscos
desos montes, donde apenas
la luz ha hallado camino,
por defenderle[179] la entrada
sus rústicos obeliscos.[180]   745
Las graves penas y leyes,
que con públicos editos[181]
declararon que ninguno
entrase a un vedado sitio
del monte, se ocasionaron   750
de las causas que os he dicho.
Allí Segismundo vive
mísero, pobre y cautivo,
adonde sólo Clotaldo
le ha hablado, tratado y visto.   755
Éste le ha enseñado ciencias;
éste en la ley le ha instruido
católica,[182] siendo solo[183]
de sus miserias testigo.
Aquí hay tres cosas: la una,   760
que yo, Polonia,[184] os estimo

---

[177] *hados:* 'predicción, augurio', como en los vv. 810, 1279, etc.; es más normal el
significado 'hado, destino', que se da en el v. 787.   [178] *labrar:* construir, edificar.
[179] *defender:* prohibir, impedir.   [180] *rústicos obeliscos:* peñascos.   [181] *editos:* hay aquí
reducción del grupo *-ct-;* cfr. vv. 845, 987, 1022, 1554, 1608, 2251, 2549, 2784, 3082.
[182] *la ley católica:* la religión.   [183] *solo:* único.   [184] *Polonia, os estimo:* Polonia, el reino,
se reproduce mediante el plural *os*.

tanto, que os quiero librar
de la opresión y servicio
de un rey tirano, porque[185]
no fuera señor benigno   765
el que a su patria y su imperio
pusiera en tanto peligro.
La otra es[186] considerar
que, si a mi sangre[187] le quito
el derecho que le dieron   770
humano fuero y divino,
no es cristiana caridad;
pues ninguna ley ha dicho
que, por reservar[188] yo a otro
de tirano y de atrevido,   775
pueda yo serlo, supuesto
que[189] si es tirano mi hijo,
porque él delitos no haga,
vengo yo a hacer los delitos.[190]
Es la última y tercera   780
el ver cuánto yerro ha sido
dar crédito fácilmente
a los sucesos previstos;
pues aunque su inclinación
le dicte sus precipicios,[191]   785
quizá no le vencerán,
porque el hado más esquivo,
la inclinación más violenta,
el planeta más impío,
sólo el albedrío inclinan,   790
no fuerzan el albedrío.
Y así, entre una y otra causa

---

[185] *porque:* el metro requiere la acentuación de la última sílaba.   [186] *La obra es:* posiblemente, hiato entre *la* y *otra* o entre *otra* y *es.*   [187] *mi sangre:* mi hijo.   [188] *reservar:* 'eximir, preservar'; cfr. vv. 3120, 3122, 3221, 3224.   [189] *supuesto que:* 'puesto que'; cfr. vv. 879 y 905, por ejemplo.   [190] *delitos:* la opresión —v. 763—, la tiranía y el atrevimiento ('falta de respeto, desatención') —v. 775—.   [191] *precipicio:* despeño o caída precipitada y violenta.

vacilante y discursivo,[192]
previne un remedio tal
que os suspenda los sentidos.   795
Yo he de ponerle mañana,
sin que él sepa que es mi hijo
y rey[193] vuestro, a Segismundo
(que aqueste su nombre ha sido)
en mi dosel, en mi silla,   800
y, en fin, en el lugar mío,
donde os gobierne y os mande
y donde todos rendidos[194]
la obediencia le juréis;
pues con aquesto consigo   805
tres cosas, con que respondo
a las otras tres que he dicho.
Es la primera, que siendo[195]
prudente, cuerdo y benigno,
desmintiendo en todo al hado   810
que dél tantas cosas dijo,
gozaréis el natural
príncipe[196] vuestro, que ha sido
cortesano de unos montes
y de sus fieras vecino.   815
Es la segunda, que si él,
soberbio, osado, atrevido
y cruel, con rienda suelta
corre el campo[197] de sus vicios,
habré yo, piadoso, entonces   820
con mi obligación cumplido;
y luego en desposeerle
haré como rey invicto,
siendo el volverle a la cárcel
no crueldad, sino castigo.   825

---

[192] *Discursivo:* pensativo o profundamente aplicado a su imaginación.   [193] *rey:* 'presunto heredero'; cfr. v. 851.   [194] *rendido:* sometido, sumiso.   [195] *siendo:* 'si es'; cfr. v. 826.   [196] *natural príncipe:* es vuestro príncipe por su nacimiento.   [197] *corre el campo:* recorre el dominio.

Es la tercera, que siendo
el príncipe como os digo,
por lo que os amo, vasallos,
os daré reyes más dignos
de la corona y el cetro, 830
pues serán mis dos sobrinos;
junto en uno el derecho[198]
de los dos, y convenidos[199]
con la fe del matrimonio,
tendrán lo que han merecido. 835
Esto como rey os mando,
esto como padre os pido,
esto como sabio os ruego,
esto como anciano os digo;
y si el Séneca español, 840
que era humilde esclavo, dijo,
de su república[200] un rey,
como esclavo os lo suplico.

ASTOLFO   Si a mí el responder me toca,
como el que, en efeto, ha sido 845
aquí el más interesado,
en nombre de todos digo
que Segismundo parezca,[201]
pues le basta ser tu hijo.

TODOS   Danos al príncipe nuestro, 850
que ya por rey le pedimos.

BASILIO   Vasallos, esa fineza
os agradezco y estimo.
Acompañad a sus cuartos
a los dos Atlantes míos,[202] 855

---

[198] Para la lectura de este verso hay que hacer un hiato o añadir *que* al comienzo. [199] *convenidos:* unidos, acordados. [200] *república:* estado, nación. [201] *parecer:* aparecer, dejarse ver alguna persona o cosa. [202] *Atlante:* también Atlas; uno de los titanes (cfr. n. 98), que hizo la guerra contra Zeus y fue castigado a sostener los cielos sobre sus espaldas; aquí el término expresa aquello que, real o metafóricamente, sustenta un gran peso, en concreto el apoyo que Astolfo y Estrella prestan a Basilio.

que mañana le veréis.

TODOS   ¡Viva el grande²⁰³ rey Basilio!

Éntranse todos. Antes que se entre el Rey, sale Clotaldo, Rosaura y Clarín, y detiene al Rey.

[ESCENA VII] ⁽¹⁸⁾

CLOTALDO   ¿Podréte hablar?
BASILIO   ¡Oh Clotaldo,
                tú seas muy bien venido!
CLOTALDO   Aunque viniendo a tus plantas   860
                es fuerza el haberlo sido,
                esta vez rompe, señor,
                el hado triste y esquivo,
                el privilegio a la ley,
                y a la costumbre el estilo.   865

---

²⁰³ *grande:* este adjetivo, como se ve por este ejemplo, podía usarse en su forma plena, sin apocopar, cuando iba antepuesto al sustantivo (cfr. n. 10).

~~~~~~

(18) En las escenas VII y VIII de esta jornada se resuelve uno de los asuntos que afectan a Rosaura. Tras la llegada de Clotaldo, entristecido por las noticias que trae y sus posibles consecuencias (la pena de muerte para su «hijo»: cfr. 455-460), hay un momento para la alegría: Basilio ha revelado el secreto, por lo que no es necesario castigar a la intrépida joven. En cambio, su cuestión de honor ofrece perfiles cada vez más graves. Recuérdese que el honor era un valor absoluto, fundamento del orden social; la ofensa, aunque fuese imaginaria, exigía la reparación, pública o privada según la ofensa. El estado de Rosaura es, así, un caso de honra, que, al no solucionarse, supondría la muerte social del individuo, pues, como se ha dicho, es éste un valor objetivo, no subjetivo, en la sociedad de la época. El ánimo de Clotaldo está cada vez más atemorizado (cfr. **13**). La mención de laberinto y la alusión final al horóscopo acentúan la idea de confusión. Todos estos elementos, sumados a las decisiones de Basilio con respecto a Segismundo y Rosaura, establecen entre estos últimos personajes una interdependencia cuya naturaleza se tiene que conocer para la correcta interpretación de la obra.

BASILIO   ¿Qué tienes?
CLOTALDO   Una desdicha,
señor, que me ha sucedido,
cuando pudiera tenerla
por el mayor regocijo.
BASILIO   Prosigue.
CLOTALDO   Este bello joven,   870
osado o inadvertido,
entró en la torre, señor,
adonde al Príncipe ha visto,
y es...
BASILIO   No te aflijas, Clotaldo.
Si otro día hubiera sido,   875
confieso que lo sintiera;
pero ya el secreto he dicho,
y no importa que él lo sepa,
supuesto que yo lo digo.
Vedme después, porque tengo   880
muchas cosas que advertiros,
y muchas que hagáis por mí;
que habéis de ser, os aviso,
instrumento del mayor
suceso que el mundo ha visto;   885
y a esos presos, porque al fin
no presumáis que castigo
descuidos vuestros, perdono.

                        Vase.

CLOTALDO   ¡Vivas, gran señor, mil siglos!

[ESCENA VIII]

Clotaldo [aparte]	[Mejoró el cielo la suerte. Ya no diré que es mi hijo, pues que lo puedo excusar.] Extranjeros peregrinos, libres estáis.	890
Rosaura	Tus pies beso mil veces.	
Clarín	Y yo los viso,[204] que una letra más o menos no reparan dos amigos.	895
Rosaura	La vida, señor, me has dado; y pues a tu cuenta vivo, eternamente seré esclavo tuyo.	900
Clotaldo	No ha sido[205] vida la que yo te he dado, porque un hombre bien nacido, si está agraviado, no vive; y supuesto que has venido a vengarte de un agravio, según tú propio me has dicho, no te he dado vida yo, porque tú no la has traído; que vida infame no es vida.	905 910

---

[204] *viso*: quizá, dado que *b* y *v* son grafías correspondientes al mismo fonema, se dé un juego de palabras, siempre que entendamos *visar* como 'ver' (igual que *viso* era sinónimo de *vista*), como apunta Rull, en acepción particularmente cómica; el chiste estriba en que Clarín le dice a Clotaldo que él no le besa los pies, como Rosaura, sino que sólo se los «visa», esto es, se los «mira» (obsérvese la paronomasia, o sea, la colocación en lugares próximos de dos vocablos semejantes por su sonido).   [205] Los vv. 901 y ss. exponen que quien no tiene honor no puede considerarse miembro de la comunidad con todos los derechos que ello comporta (cfr. vv. 439-456).

[aparte] [Bien con aquesto le animo.] [206]

ROSAURA   Confieso que no la tengo,
aunque de ti la recibo;
pero yo con la venganza
dejaré mi honor tan limpio,   915
que pueda mi vida luego,
atropellando peligros, [207]
parecer dádiva tuya. [208]

CLOTALDO   Toma el acero bruñido
que trujiste; que yo sé   920
que él baste, en sangre teñido
de tu enemigo, a [209] vengarte;
porque acero que fue mío
(digo este instante, este rato
que en mi poder le [210] he tenido), [211]   925
sabrá vengarte.

ROSAURA   En tu nombre
segunda vez me le ciño, [212]
y en él juro mi venganza,
aunque fuese mi enemigo
más poderoso,

CLOTALDO   ¿Eslo mucho?   930

ROSAURA   Tanto que no te lo digo,
no porque de tu prudencia
mayores cosas no fío,
sino porque no se vuelva

---

[206] *le animo:* a la venganza; nótese el leísmo de persona, frecuentísimo en Calderón (se usa el masculino porque Clotaldo cree estar dirigiéndose a un hombre). [207] *peligro:* afrenta, deshonra. [208] Desde el verso 898 hasta el 918 hay un continuo juego de palabras basados en la dilogía (figura que consiste en que una palabra o frase se utiliza simultáneamente en más de un sentido) existente en la expresión *dar vida*, 'desagraviar' y 'engendrar'. [209] *bastar a:* régimen infrecuente hoy; es más normal el uso de la preposición *para*. [210] *le:* leísmo de cosa (el referente es *acero*). [211] En los vv. 924-925 Clotaldo da marcha atrás inmediatamente para no descubrir su verdadera identidad. [212] *En... ciño:* frase deliberadamente ambigua, ya que puede significar: a) 'por segunda vez me ciño la espada en tu nombre'; y b) 'en esta segunda vez en que me ciño la espada lo hago en tu nombre'.

	contra mí el favor que admiro	935
	en tu piedad.	
CLOTALDO	Antes fuera	
	ganarme a mí con decirlo;	
	pues fuera cerrarme el paso	
	de ayudar a tu enemigo.	
[aparte]	¡Oh, si supiera quién es!	940
ROSAURA	Porque no pienses que estimo	
	tan poco esa cónfianza,	
	sabe que el contrario ha sido	
	no menos que Astolfo, duque	
	de Moscovia.	
CLOTALDO	[Mal resisto	945
[aparte]	el dolor, porque es más grave	
	que fue imaginado, visto.	
	Apuremos²¹³ más el caso.]	
	Si moscovita has nacido,	
	el que es natural señor	950
	mal agraviarte ha podido.²¹⁴	
	Vuélvete a tu patria, pues,	
	y deja el ardiente brío	
	que te despeña.²¹⁵	
ROSAURA	Yo sé	
	que, aunque mi príncipe ha sido,	955
	pudo agraviarme.	
CLOTALDO	No pudo,	
	aunque pusiera, atrevido,	
	la mano en tu rostro.	
[aparte]	[¡Ay cielos!]²¹⁶	
ROSAURA	Mayor fue el agravio mío.	
CLOTALDO	Dilo ya, pues que no puedes	960

---

²¹³ *Apurar:* averiguar y llegar a saber de raíz y con fundamento alguna cosa.
²¹⁴ *Si moscovita... podido:* el rey o el señor natural no pueden agraviar nunca a un súbdito suyo, hagan lo que hagan.   ²¹⁵ *despeñarse:* precipitarse, desenfrenarse y entregarse ciegamente y sin reflexión a alguna cosa, como a los vicios, maldades, etc.   ²¹⁶ *¡Ay cielos!:* Clotaldo repara súbitamente en que la persona que le habla es una mujer; ese mismo fin tiene la referencia de Rosaura al «exterior vestido» (v. 967).

	decir más que yo imagino.	
ROSAURA	Sí dijera; mas no sé	
	con qué respeto te miro,	
	con qué afecto te venero,	
	con qué estimación te asisto,	965
	que no me atrevo a decirte	
	que es este exterior vestido	
	enigma, pues no es de quien	
	parece. Juzga, advertido,	
	si no soy lo que parezco,	970
	y Astolfo a casarse vino	
	con Estrella, si podrá	
	agraviarme. Harto te he dicho.	

Vanse Rosaura y Clarín.

CLOTALDO	¡Escucha, aguarda, detente!	
	¿Qué confuso laberinto[217]	975
	es éste, donde no puede	
	hallar la razón el hilo?	
	Mi honor es el agraviado,	
	poderoso el enemigo,	
	yo vasallo, ella mujer.	980
	Descubra el cielo camino;	
	aunque no sé si podrá,	
	cuando en tan confuso abismo	
	es todo el cielo un presagio	
	y es todo el mundo un prodigio.[218]	985

---

[217] *confuso laberinto*: alusión al laberinto de Creta, en donde penetró Teseo para matar el Minotauro (cfr. nn. 49 y 105); tras hacerlo, pudo salir gracias a un hilo que le había dado Ariadna, el cual le sirvió para hallar la salida del laberinto (cf. v. 977). [218] Los dos últimos versos contienen un juego de palabras, fundado nuevamente en la paronomasia *(presagio-prodigio)*.

SEGUNDA JORNADA [19]

Salen el Rey Basilio y Clotaldo.

[ESCENA I] [20]

CLOTALDO   Todo como lo mandaste,
                 queda efetuado.
BASILIO   Cuenta,
                 Clotaldo, cómo pasó.

(19) Al iniciarse la segunda jornada hay, claramente, un deslizamiento temporal: el segundo acto no comienza en el momento en que terminó el primero. No se respeta, por tanto, la unidad de tiempo (cfr. **1** y **14**). Además de intentar establecer los lapsos de tiempo en que ocurre el drama, es necesario saber a qué corresponde esa sucesión temporal en la mente del dramaturgo. Con otras palabras, si el tiempo cronológico se representa a sí mismo o tiene algún otro valor adicional.

(20) Dos ideas llenan este largo diálogo entre Basilio y Clotaldo: la vida como sueño, en su vertiente de oposición entre verdad y falsedad, entre apariencia y realidad, y la lucha entre el hado y el albedrío (cfr. j. I, esc. VI). El tratamiento de estas cuestiones está gobernado, en lo que se refiere a Segismundo, por la violencia. El príncipe es representado, sucesivamente, por la figura del muerto viviente y por el águila. Considérese esta escena como el punto de partida de un complejo mecanismo que nos va a llevar hasta el final.

CLOTALDO   Fue, señor, desta manera.
Con la apacible[1] bebida   990
que de confecciones[2] llena
hacer mandaste, mezclando
la virtud de algunas yerbas,
cuyo tirano poder
y cuya secreta fuerza   995
así el humano discurso[3]
priva, roba y enajena,
que deja vivo cadáver
a un hombre, y cuya violencia,
adormecido, le quita   1000
los sentidos y potencias...[4]
(No tenemos que argüir
que aquesto posible sea,
pues tantas veces, señor,
nos ha dicho la experiencia,   1005
y es cierto, que de secretos
naturales está llena
la medicina, y no hay
animal, planta ni piedra
que no tenga calidad   1010
determinada; y si llega
a examinar mil venenos
la humana malicia nuestra
que den la muerte, ¿qué mucho
que, templada su violencia,   1015
pues hay venenos que maten,
haya venenos que aduerman?
Dejando aparte el dudar
si es posible que suceda,

---

[1] *apacible:* agradable.   [2] *confección:* bebida o medicamento compuesto de varias sustancias simples, que puede tener diversos usos útiles o dañosos; en los vv. 1023-1024 se detalla qué clase de compuesto es.   [3] *discurso:* facultad racional con que se infieren unas cosas de otras (la razón); uso de la razón; cfr. v. 1271.   [4] *potencias:* de acuerdo con la psicología escolástica, las tres facultades del alma (memoria, entendimiento y voluntad).

pues que ya queda probado   1020
con razones y evidencias...)
Con la bebida, en efeto,
que el opio, la adormidera[5]
y el beleño[6] compusieron,
bajé a la cárcel estrecha   1025
de Segismundo; con él
hablé un rato de las letras
humanas que le ha enseñado
la muda naturaleza
de los montes y los cielos,   1030
en cuya divina escuela
la retórica aprendió
de las aves y las fieras.
Para levantarle más
el espíritu a la empresa   1035
que solicitas, tomé
por asunto la presteza
de un águila caudalosa,[7]
que, despreciando la esfera
del viento,[8] pasaba a ser,   1040
en las regiones supremas
del fuego, rayo de pluma
o desasido[9] cometa.
Encarecí el vuelo altivo,
diciendo: "Al fin eres reina   1045

---

[5] *adormidera:* planta de cuyo fruto se obtiene el opio, poderoso narcótico.   [6] *beleño:* planta narcótica por completo, especialmente en su raíz.   [7] *águila caudalosa:* el águila caudal, 'la que tiene la pluma rubia encendida, semejante al color del león; la de pico grueso y encorvado desde la base, plumaje rojizo, con un grupo de plumas blancas en la inserción de las alas, y tarsos enteramente cubiertos de plumas'; ambas definiciones explican que el poeta la llame «rayo de pluma» y «desasido cometa».   [8] *esfera del viento:* como señala Rull, según la concepción de Ptolomeo, la Tierra ocuparía un punto fijo del espacio, envuelta inmediatamente por las esferas del aire y del fuego; Calderón supone que el águila ha traspasado la esfera del aire y ha llegado hasta la del fuego.   [9] *desasido:* que se ha salido de su órbita.

de las aves, y así, a todas
es justo que te prefieras."[10]
Él no hubo menester más,
que en tocando esta materia
de la majestad, discurre   1050
con ambición y soberbia;
porque, en efeto, la sangre
le incita, mueve y alienta
a cosas grandes, y dijo:
"¡Que en la república inquieta   1055
de las aves también haya
quien les jure la obediencia![11]
En llegando a este discurso,[12]
mis desdichas me consuelan;
pues, por lo menos, si estoy   1060
sujeto, lo estoy por fuerza;
porque voluntariamente
a otro hombre no me rindiera."
Viéndole ya enfurecido
con esto, que ha sido el tema   1065
de su dolor, le brindé
con la pócima, y apenas
pasó desde el vaso al pecho
el licor, cuando las fuerzas
rindió al sueño, discurriendo[13]   1070
por los miembros y las venas
un sudor frío, de modo
que, a no saber yo que era
muerte fingida, dudara
de su vida. En esto llegan   1075
las gentes de quien[14] tú fias

---

[10] *te prefieras:* te pongas por delante; cfr. v. 1527.   [11] *¡Que... obediencia!:* con tono de sorpresa.   [12] *discurso:* acto de la facultad discursiva, razonamiento, reflexión, igual que en los vv. 1159 y 1966; cfr. n. 3.   [13] *discurrir:* andar, caminar, correr por diversas partes o parajes.   [14] *quien:* también podía tener como antecedente un colectivo, incluso en plural (cfr. j. I, n. 136).

el valor[15] desta experiencia,
y poniéndole en un coche,
hasta tu cuarto le llevan,
donde prevenida estaba   1080
la majestad y grandeza
que es digna de su persona.
Allí en tu cama le acuestan,
donde, al tiempo que el letargo
haya perdido la fuerza,   1085
como a ti mismo, señor,
. le sirvan, que así lo ordenas.
Y si haberte obedecido
te obliga a que yo merezca
galardón, sólo te pido   1090
(perdona mi inadvertencia)
que me digas qué es tu intento,
trayendo desta manera
a Segismundo a palacio.

BASILIO   Clotaldo, muy justa es esa   1095
duda que tienes, y quiero
solo[16] a vos satisfacerla.
A Segismundo, mi hijo,
el influjo de su estrella,
vos lo sabéis, amenaza   1100
mil desdichas y tragedias.
Quiero examinar si el cielo
(que no es posible que mienta,
y más habiéndonos dado
de su rigor tantas muestras   1105
en su cruel condición),[17]
o se mitiga o se templa
por lo menos, y vencido
con valor y con prudencia,

---

[15] *valor:* fuerza, actividad, eficacia o virtud de las cosas para producir sus efectos.   [16] *solo:* a solas.   [17] *condición:* carácter de una persona.

se desdice; porque el hombre 1110
predomina en[18] las estrellas.
Esto quiero examinar,
trayéndole donde sepa
que es mi hijo, y donde haga
de su talento[19] la prueba. 1115
Si magnánimo se vence,
reinará; pero si muestra
el ser cruel y tirano,
le volveré a su cadena.
Agora preguntarás[20] 1120
que para aquesta experiencia,
¿qué importó haberle traído
dormido desta manera?
Y quiero satisfacerte,
dándote a todo respuesta. 1125
Si él supiera[21] que es mi hijo
hoy, y mañana se viera
segunda vez reducido
a su prisión y miseria,
cierto es de su condición 1130
que desesperara en ella;[22]
porque, sabiendo quién es,
¿qué consuelo habrá que tenga?
Y así he querido dejar
abierta al daño esta puerta 1135
del decir que fue soñado
cuanto vio. Còn esto llegan
a examinarse dos cosas.

_____

[18] *predomina en:* tiene poder y dominio sobre las estrellas, es decir, el hado.   [19] *talento:* metafóricamente, el caudal de dones naturales o sobrenaturales con que Dios enriquece a los hombres.   [20] Obsérvese en la intervención de Basilio la alternancia entre los tratamientos de confianza (vv. 1096, 1120) y de respeto (vv. 1097, 1100).   [21] *Si él supiera:* «cùando Segismundo ve a su padre (v. 1440) ya sabe que es hijo de Basilio y príncipe heredero; Basilio ha decidido revelarle el secreto (v. 1158); Clotaldo se lo revela en v. 1275; Segismundo en v. 2122 se refiere a esa información» (Morón).   [22] *ella:* se refiere a *prisión*.

Su condición, la primera;
pues él despierto procede   1140
en cuanto imagina y piensa;
y el consuelo, la segunda;
pues, aunque agora se vea
obedecido, y después
a sus prisiones se vuelva,   1145
podrá entender que soñó,
y hará bien cuando lo entienda;
porque en el mundo, Clotaldo,
todos los que viven sueñan.

CLOTALDO   Razones no me faltaran   1150
para probar que no aciertas.
Mas ya no tiene remedio,
y, según dicen las señas,
parece que ha despertado,
y hacia nosotros se acerca.   1155

BASILIO   Yo me quiero retirar.
Tú, como ayo suyo, llega,
y de tantas confusiones
como su discurso cercan,
le saca con la verdad.   1160

CLOTALDO   En fin, ¿que me das licencia
para que lo diga?

BASILIO   Sí;
que podrá ser, con saberla,
que, conocido el peligro,
más fácilmente se venza.   1165

Vase, y sale Clarín.

[ESCENA II] [21]

CLARÍN
[aparte]

[A costa de cuatro palos,
que el llegar aquí me cuesta,
de un alabardero rubio [23]
que barbó [24] de su librea,
tengo de ver cuanto pasa;   1170
que no hay ventana más cierta
que aquélla que, sin rogar
a un ministro de boletas,
un hombre se trae consigo;
pues para todas las fiestas,   1175
despojado y despejado,
se asoma a su desvergüenza. [25]]

---

[23] *rubio:* lo que tiene el color rojo claro o de color de oro, esto es, tanto 'pelirrojo' como el concepto de 'rubio' en la actualidad. [24] *barbó:* empezó a tener barbas (el alabardero) de color semejante al de su librea, es decir, de color rojo. [25] En los vv. 1171-1177, de acuerdo con las sugerencias de diversos críticos, parece desarrollarse la siguiente idea: Clarín, debido a su curiosidad, quiere contemplar el experimento que va a tener lugar en palacio; para ello no necesita del empleado que distribuye las entradas o invitaciones (el *ministro de boletas*); tomará posesión de una *ventana* (no una localidad de un *corral* de teatro, sino más bien un lugar para observar un espectáculo organizado por el rey en una plaza pública) gracias a su desvergüenza, que le facilita la entrada en todas las fiestas sin llevar nada apropiado para ellas *(despojado)* y desprovisto de lo que no le hace falta *(despejado,* en juego de palabras con su otro significado, 'despierto, claro, perspicaz'); se debe tener en cuenta que *alabardero* también quiere decir 'cada uno de los que aplauden en los teatros por asistir de balde a ellos o por alguna otra recompensa que reciben de los empresarios o de los artistas', por lo que es posible que los juegos de palabras de las dos notas anteriores y éste sean

---

(21) La cuestión del honor nos ofrece aquí nuevos datos sobre las personalidades de Clotaldo y de Clarín (cfr. j. I, esc. I). Es conveniente ir comparando la figura de este último con la imagen del gracioso tal como está codificada en el teatro español del siglo XVII: un personaje cobarde, codicioso, materialista, vulgar, con cierto buen sentido práctico, activo ejecutor de las «hazañas» que su amo no debe emprender, perezoso, realista, burlón si llega el caso...

CLOTALDO   [Éste es Clarín, el criado
[aparte]   de aquélla, ¡ay cielos!, de aquélla
                que, tratante [26] de desdichas,   1180
                pasó [27] a Polonia mi afrenta.]
                Clarín, ¿qué hay de nuevo?

CLARÍN   Hay,
                señor, que tu gran clemencia,
                dispuesta a vengar agravios
                de Rosaura, la aconseja   1185
                que tome su propio [28] traje.

CLOTALDO   Y es bien, porque no parezca
                liviandad. [29]

CLARÍN   Hay que, mudando
                su nombre, y tomando, cuerda,
                nombre [30] de sobrina tuya,   1190
                hoy tanto honor se acrecienta,
                que dama en palacio ya
                de la singular Estrella
                vive.

CLOTALDO   Es bien que de una vez
                tome su honor por mi cuenta.   1195

CLARÍN   Hay que ella se está esperando
                que ocasión y tiempo venga
                en que vuelvas por [31] su honor.

CLOTALDO   Prevención [32] segura es ésa;
                que, al fin, el tiempo ha de ser   1200
                quien haga esas diligencias.

_____

doblemente ambiguos; finalmente, se debe reparar en que Clotaldo no toma a su
servicio à Clarín (y, por tanto, éste no es introducido en palacio) hasta el v. 1222, y es
lógico que no se le deje entrar en este momento.   [26] *tratante:* el que compra al por
mayor géneros comestibles para venderlos al por menor; por extensión, 'comerciante'
y, por el contexto, en el que aparece *pasó,* también 'viajante'.   [27] *pasó:* envió o llevó
una cosa de una parte a otra; hablando de mercancías y géneros prohibidos, introdujo
o importó por alto o sin registro alguno de ellos.   [28] *propio:* adecuado a su sexo.   [29] *pa-*
rezca liviandad: el ir vestida de hombre.   [30] *tomando nombre:* haciéndose pasar por.
[31] *volver por:* 'defender, patrocinar' (cfr. v. 2513); régimen desusado hoy en día.
[32] *Prevención:* acto de previsión, de sagacidad; cfr. vv. 3155, 3233.

CLARÍN
    Hay que ella está regalada,
    servida como una reina,
    en fe de[33] sobrina tuya.
    Y hay que, viniendo con ella,   1205
    estoy yo muriendo de hambre,
    y naide de mí se acuerda,
    sin mirar que[34] soy Clarín,
    y que si el tal Clarín suena,
    podrá decir cuanto pasa   1210
    al Rey, a Astolfo y a Estrella;
    porque Clarín y criado[35]
    son dos cosas que se llevan
    con el secreto muy mal;
    y podrá ser, si me deja   1215
    el silencio de su mano,
    se cante por mí esta letra:
    Clarín que rompe el albor
    no suena mejor.[36]

CLOTALDO
    Tu queja está bien fundada;   1220
    yo satisfaré tu queja,
    y en tanto sírveme a mí.

CLARÍN
    Pues ya Segismundo llega.

---

[33] *en fe de:* en la creencia de, creyendo que.   [34] *sin mirar que...:* Clarín amenaza con hablar si no obtiene algún beneficio (cfr. vv. 2036-2037).   [35] *Clarín y criado:* el gracioso hace un juego de palabras con su nombre y el sustantivo común correspondiente (cfr. vv. 1208-1209).   [36] *Clarín... mejor:* estribillo tradicional utilizado por Góngora en su romance *Contando estaban sus rayos:* «¡Ay cómo gime, mas ay cómo suena, / gime y suena / el remo a que nos condena / el niño Amor! / Clarín que rompe al albor / no suena mejor.»

[ESCENA III] [(22)]

Salen músicos cantando, y criados dando de vestir [37] *a*
Segismundo, que sale como asombrado.

SEGISMUNDO   ¡Válgame el cielo, qué veo!
                    ¡Válgame el cielo, qué miro!   1225

---

[37] *dar de vestir:* ofrecer o poner ropas a alguien.

(22) Desde la tercera escena hasta la décima de esta segunda jornada,
Segismundo se va encontrando y enfrentando con una serie de personajes
en un experimento que tiene algo que ver con un fenómeno típicamente
barroco, el teatro dentro del teatro. Calderón emplea una especie de
«crescendo» dramático para subrayar la importancia de este «peregrinaje»
en la educación del individuo que se ha criado en el monte. Cada uno de
los hombres y mujeres que se le aparecen en su tránsito por el palacio le
enseña algo, bien directamente, bien por la reflexión que el príncipe
efectuará posteriormente. Comienza el largo camino para salir de la confusión. Ya en esta ocasión se puede observar cierta oposición, según las
circunstancias, entre la irascibilidad, la soberbia y la rebeldía, por un lado,
y la compasión (de ella hay alguna muestra en j. I, esc. II) y la magnanimidad, la virtud que realiza actos nobles teniendo como objeto cosas
dignas de honor. Segismundo va a aprender a dirigir la atención hacia lo
que verdaderamente la merece. Pero esa ascesis va a estar marcada por la
violencia, en sus diversas formas (cfr. **7** y **14**). Este proceso culmina en el
enfrentamiento entre Segismundo y Basilio (j. II, esc. VI), que, naturalmente, marca un clímax, no sólo en la experiencia vital del príncipe, sino
como inicio de la reeducación del rey. Este hecho se debe relacionar con la
preeminencia que tienen en esta etapa la metáfora del sol y el efecto de
claroscuro (cfr. **11**), cuyos valores serán distintos según el personaje que los
aplique y las circunstancias que los motiven.

   Nociones ya mencionadas en otras fases de la obra (la vida como sueño,
el hado y el albedrío, el poder y la tiranía) aparecen de nuevo. Es de notar,
sin embargo, que también se toca la faceta amorosa, en diálogos (los que
sostiene con Estrella y Rosaura) que nos muestran un Segismundo compla-
ciente con las normas de la corte (o con lo que él cree que son esas normas)‘

Con poco espanto[38] lo admiro,
con mucha duda lo creo.
 ¿Yo en palacios suntüosos?
¿Yo entre telas y brocados?
¿Yo cercado de criados   1230
tan lucidos y brïosos?
 ¿Yo despertar de dormir
en lecho tan excelente?
¿Yo en medio de tanta gente
que me sirva de vestir?   1235
 Decir que sueño es engaño;
bien sé que despierto estoy.
¿Yo Segismundo no soy?
Dadme, cielos, desengaño.
 Decidme: ¿qué pudo ser   1240
esto que a mi fantasía
sucedió mientras dormía,
que aquí me he llegado a ver?
 Pero, sea lo que fuere,
¿quién me mete en discurrir?   1245
Dejarme quiero servir,
y venga lo que viniere.

CRIADO 2.º ¡Qué melancólico está!
[aparte al Criado
1.º y a Clarín]
CRIADO 1.º Pues ¿a quién le sucediera
esto, que no lo estuviera?   1250

---

[38] *espanto*: admiración y asombro, no por miedo, sino en la consideración de alguna novedad.

hasta cierto punto. Es interesante comprobar el cambio producido en el lenguaje de Segismundo (¿existe en realidad ese cambio?: cfr. **11**), pero más significativo es que, tras el clímax citado, suceda la experiencia amorosa más intensa. Véase la función de la torre en este encuentro.

Por último, téngase en cuenta la función de los personajes secundarios en este bloque escénico, en cuanto a los aspectos de la personalidad de Segismundo que delatan, y la propia caracterización de Clarín y del criado.

CLARÍN   A mí.

CRIADO 2.º   Llega a hablarle ya.

CRIADO 1.º   ¿Volverán a cantar?
(a Segismundo)

SEGISMUNDO   No,
no quiero que canten más.

CRIADO 2.º   Como tan suspenso estás,
quise divertirte.

SEGISMUNDO   Yo   1255
no tengo de[39] divertir
con sus voces mis pesares;
las músicas militares
sólo he gustado de oír.

CLOTALDO   Vuestra Alteza, gran señor,   1260
me dé su mano a besar;
que el primero le ha de dar
esta obediencia mi honor.

SEGISMUNDO   [Clotaldo es: pues, ¿cómo así
[aparte]   quien en prisión me maltrata   1265
con tal respeto me trata?
¿Qué es lo que pasa por mí?]

CLOTALDO   Con la grande confusión
que el nuevo estado te da,
mil dudas padecerá   1270
el discurso y la razón.
     Pero ya librarte quiero
de todas, si puede ser,
porque has, señor, de saber
que eres príncipe heredero   1275
de Polonia. Si has estado
retirado y escondido,
por obedecer ha sido
a la inclemencia del hado,
que mil tragedias consiente[40]   1280

---

[39] *tengo de :* cfr. j. I, n. 65.   [40] *consiente :* permite, tácitamente pero con conocimiento, alguna cosa.

a[41] este imperio, cuando en él
el soberano laurel
corone tu augusta frente.

Mas, fiando a tu atención[42]
que vencerás las estrellas, 1285
porque es posible vencellas[43]
a un magnánimo[44] varón,

a palacio te han traído
de la torre en que vivías,
mientras al sueño tenías 1290
el espíritu rendido.

Tu padre, el Rey mi señor,
vendrá a verte, y dél sabrás,
Segismundo, lo demás.

SEGISMUNDO   Pues vil, infame y traidor, 1295
¿qué tengo más que saber,
después de saber quién soy,
para mostrar desde hoy
mi soberbia[45] y mi poder?

¿Cómo a tu patria le has hecho 1300
tal traición, que me ocultaste
a mí, pues que me negaste,
contra razón y derecho,
este estado?[46]

CLOTALDO   ¡Ay de mí triste!

SEGISMUNDO   Traidor fuiste con la ley, 1305
lisonjero con el Rey,
y cruel conmigo fuiste;
y así, el Rey, la ley y yo,
entre desdichas tan fieras,

---

[41] *a:* en. [42] *atención:* cuidado con que se hace alguna cosa; cfr. v. 2361. [43] *vencellas:* asimilación (propagación total o parcial de los movimientos articulatorios de un sonido a otro vecino) de la |r| del infinitivo a la |l| del pronombre personal. [44] *magnánimo:* animoso, que emprende y ejecuta las acciones peligrosas y arduas, no por soberbia y ambición, sino por la honra. [45] *soberbia:* 'arrogancia' y 'magnificencia' (esto último se dice sobre todo de edificios). [46] *estado:* el ser príncipe heredero.

	te condenan a que mueras	1310
	a mis manos.	
CRIADO 2.º	Señor...	
SEGISMUNDO	No	
	me estorbe nadie, que es vana	
	diligencia; y, ¡vive Dios!,	
	si os ponéis delante vos,	
	que os eche por la ventana.	1315
CRIADO 1.º	Huye, Clotaldo.	
CLOTALDO	¡Ay de ti,	
	qué soberbia vas mostrando,	
	sin saber que estás soñando! (23)	

Vase.

CRIADO 2.º	Advierte...	
SEGISMUNDO	Apartad de aquí.	
CRIADO 2.º	... que a su Rey obedeció.	1320
SEGISMUNDO	En lo que no es justa ley	
	no ha de obedecer al Rey;	
	y su príncipe era yo.	
CRIADO 2.º	El no debió examinar	
	si era bien hecho o mal hecho.	1325
SEGISMUNDO	Que estáis mal con⁴⁷ vos, sospecho,	
	pues me dais que replicar.	
CLARÍN	Dice el Príncipe muy bien,	
	y vos hicistes⁴⁸ muy mal.	
CRIADO 2.º	¿Quién os dio licencia igual?	1330

---

⁴⁷ *estar mal con :* estar desavenido con.   ⁴⁸ *hicistes :* la desinencia *-stes* corresponde a la latina *stis* (cfr. v. 1754).

(23) Comienza la serie de advertencias hechas a Segismundo sobre el sueño que se le quiere hacer creer que vive: cfr. vv. 1316-1318 (Clotaldo), 1432-1435 (Astolfo), 1528-1531 (Basilio) y 1677-1679 (Clotaldo), proceso que culmina en los vv. 1720-1723, pronunciados por el rey y anunciados en 678-679, así como lo había sido esta solución, si la prueba fracasaba, en los vv. 1146-1149. Sobre tal técnica, vid. **17.**

CLARÍN   Yo me la he tomado.

SEGISMUNDO   ¿Quién
eres tú?, di.

CLARÍN   Entremetido,[49]
y deste oficio soy jefe,
porque soy el mequetrefe[50]
mayor que se ha conocido.   1335

SEGISMUNDO   Tú solo en tan nuevos mundos
me has agradado.

CLARÍN   Señor,
soy un grande agradador
de todos los Segismundos.

[ESCENA IV]

Sale Astolfo.

ASTOLFO   ¡Feliz mil veces el día,   1340
oh Príncipe, que os mostráis,
sol de Polonia, y llenáis
de resplandor y alegría
todos estos horizontes
con tan divino arrebol;[51]   1345
pues que salís como el sol
de debajo de los montes!
Salid, pues, y aunque tan tarde
se corona vuestra frente
del laurel resplandeciente,   1350
tarde muera.[52]

SEGISMUNDO   Dios os guarde.[53]

---

[49] *Entremetido:* el que es bullicioso y se mete y entra donde no le llaman, y es de genio desembarazado y, a veces, importuno y pesado. [50] *mequetrefe:* el hombre entremetido, bullicioso y de poco provecho; por tanto, viene a ser sinónimo del *entremetido* del v. 1332. [51] *arrebol:* color rojo que toman las nubes traspasadas por el sol, lo que sucede al salir o al ponerse. [52] *tarde muera:* dure mucho. [53] *Dios os guarde:* Segismundo se comporta incorrectamente de acuerdo con la norma cortesana, puesto

ASTOLFO	El no haberme conocido
	sólo por disculpa os doy
	de no honrarme más. Yo soy
	Astolfo, duque he nacido 1355
	de Moscovia, y primo vuestro;
	haya igualdad en los dos.
SEGISMUNDO	Si digo que os guarde Dios,
	¿bastante agrado no os muestro?
	Pero ya que, haciendo alarde 1360
	de quien sois, desto os quejáis,
	otra vez que me veáis
	le diré a Dios que no os guarde.
CRIADO 2.º	Vuestra Alteza considere
[a Astolfo]	que como en montes nacido 1365
	con todos ha procedido.
[a Segismundo]	Astolfo, señor, prefiere...
SEGISMUNDO	Cansóme como llegó
	grave a hablarme; y lo primero
	que hizo, se puso el sombrero.⁵⁴ 1370
CRIADO 2.º	Es grande.⁵⁵
SEGISMUNDO	Mayor soy yo.
CRIADO 2.º	Con todo eso,⁵⁶ entre los dos
	que haya más respeto es bien
	que entre los demás.
SEGISMUNDO	¿Y quién
	os mete conmigo⁵⁷ a vos? 1375

que, según Fray Antonio de Guevara en sus *Epístolas Familiares*, lo correcto hubiera sido «Beso las manos de vuestra merced».   ⁵⁴ *se puso el sombrero:* los grandes de España tenían ese privilegio.   ⁵⁵ *grande:* noble español que, además del privilegio indicado en la nota anterior, tenía el de sentarse delante del rey en el banco llamado de grandes; Segismundo juega aquí con este sentido y el físico; cfr. vv. 2218-2219 y 2249.   ⁵⁶ *Con todo eso:* incluso (siendo) así.   ⁵⁷ *meterse con alguien:* darle motivo de inquietud y desazón.

[ESCENA V]

Sale Estrella.

ESTRELLA	Vuestra Alteza, señor, sea
	muchas veces bien venido
	al dosel,[58] que, agradecido,
	le recibe y le desea,
	adonde, a pesar de engaños, 1380
	viva augusto y eminente,
	donde su vida se cuente
	por siglos, y no por años.
SEGISMUNDO	Dime tú agora, ¿quién es
[a Clarín]	esta beldad soberana? 1385
	¿Quién es esta diosa humana,
	a cuyos divinos pies
	postra el cielo su arrebol?
	¿Quién es esta mujer bella?
CLARÍN	Es, señor, tu prima Estrella. 1390
SEGISMUNDO	Mejor dijeras el sol.
[a Estrella]	Aunque el parabién es bien
	darme del bien que conquisto,[59]
	de sólo haberos hoy visto
	os admito el parabién; 1395
	y así, del llegarme a ver
	con el bien que no merezco,
	el parabién agradezco,
	Estrella; que amanecer
	podéis, y dar alegría 1400
	al más luciente farol.

---

[58] *dosel:* mueble de adorno, fijo o portátil, que a cierta altura cubre o resguarda el sitial (por ejemplo, el trono) o el altar, adelantándose en pabellón horizontal y que cae por detrás a modo de colgadura; en este caso, símbolo de la realeza.   [59] *Aunque... conquisto:* la construcción es «Aunque es bien darme el parabién del bien que conquisto»; *parabién* significa 'expresión que se hace a otro para manifestar el gusto y placer que se tiene de que haya logrado un éxito; felicitación'; *del*, 'por el'.

¿Qué dejáis que hacer al sol,
si os levantáis con el día?
   Dadme a besar vuestra mano,
en cuya copa de nieve   1405
el aura[60] candores[61] bebe.

ESTRELLA   Sed más galán cortesano.[62]

ASTOLFO
[aparte]
           [Si él toma la mano, yo
soy perdido.]

CRIADO 2.º
[aparte]
                [El pesar sé
de Astolfo, y le estorbaré.]   1410
Advierte, señor, que no
   es justo atreverse así,
y estando Astolfo...

SEGISMUNDO   ¿No digo
que vos no os metáis conmigo?[63]

CRIADO 2.º   Digo lo que es justo.

SEGISMUNDO   A mí   1415
   todo eso me causa enfado.
Nada me parece justo
en siendo contra mi gusto.

CRIADO 2.º   Pues yo, señor, he escuchado
   de ti que en lo justo es bien   1420
obedecer y servir.

SEGISMUNDO   También oíste decir
que por un balcón, a quien
   me canse, sabré arrojar.

CRIADO 2.º   Con los hombres como yo   1425
no puede hacerse eso.

SEGISMUNDO   ¿No?
¡Por Dios, que lo he de probar!

Cógele en los brazos y éntrase, y todos tras él, y torna a salir.

---

[60] *aura:* aire leve y suave, brisa. [61] *candor:* blancura, no sólo como color, sino la que tiene resplandor en sí y arroja de sí una especie de luz. [62] *Sed... cortesano:* parece que el besar la mano a una mujer era una falta de galantería en la corte. [63] *meterse con alguien:* cf. n. 57.

ASTOLFO	¿Qué es esto que llego a ver?	
ESTRELLA	¡Llegad todos a ayudar!	

Vase.

SEGISMUNDO	Cayó del balcón al mar.[64]	1430
	¡Vive Dios que pudo ser!	
ASTOLFO	Pues medid con más espacio	
	vuestras acciones severas;	
	que lo que hay[65] de hombres a fieras	
	hay desde un monte a palacio.	1435
SEGISMUNDO	Pues en dando tan severo	
	en hablar con entereza,	
	quizá no hallaréis cabeza	
	en que se os tenga el sombrero.[66]	

Vase Astolfo y sale el Rey.

[ESCENA VI]

BASILIO	¿Qué ha sido esto?	
SEGISMUNDO	Nada ha sido.	1440
	A un hombre que me ha cansado	
	de ese balcón he arrojado.	
CLARÍN	Que es el Rey está[67] advertido.	
BASILIO	¿Tan presto una vida cuesta	
	tu venida el primer día?	1445
SEGISMUNDO	Díjome que no podía	
	hacerse, y gané la apuesta.	

---

[64] *mar:* aunque un poeta no está obligado a seguir la realidad al pie de la letra (son famosos los anacronismos de Shakespeare), Polonia tuvo salida al mar desde el año 1577; cfr. vv. 2995-2997. [65] *lo que hay:* la distancia, la diferencia. [66] *Pues... sombrero:* Segismundo amenaza de muerte a Astolfo. [67] Posiblemente, se trata de un caso de empleo de la segunda persona del plural con terminación en vocal acentuada, *está* por *estad.*

BASILIO	Pésame mucho que cuando,
	Príncipe, a verte he venido,
	pensando hallarte advertido,

Pésame mucho que cuando,
Príncipe, a verte he venido,
pensando hallarte advertido,
de hados y estrellas triunfando,   1450
    con tanto rigor te vea,
y que la primera acción
que has hecho en esta ocasión
un grave homicidio sea.   1455
    ¿Con qué amor llegar podré
a darte agora mis brazos,
si de sus soberbios lazos,[68]
que están enseñados sé
    a dar muertes? ¿Quién llegó   1460
a ver desnudo el puñal
que dio una herida mortal,
que no temiese? ¿Quién vio
    sangriento el lugar, adonde
a otro hombre dieron muerte,   1465
que no sienta? Que el más fuerte
a su natural[69] responde.
    Yo así, que en tus brazos miro
desta muerte el instrumento,
y miro el lugar sangriento,   1470
de tus brazos me retiro;
    y aunque en amorosos lazos
ceñir tu cuello pensé,
sin ellos me volveré,
que tengo miedo a tus brazos.[70]   1475

SEGISMUNDO   Sin ellos me podré estar
como me he estado hasta aquí;
que un padre que contra mí
tanto rigor sabe usar,
    que con condición ingrata   1480

---

[68] *sus soberbios lazos*: sus brazos arrogantes y poderosos (cfr. n. 45). [69] *natural*: el carácter propio de cada uno. [70] *tengo miedo a tus brazos*: los brazos podían ser signo de amistad o de venganza.

de su lado me desvía,
como a una fiera me cría,
y como a un monstruo me trata,
  y mi muerte solicita,
de poca importancia fue   1485
que los brazos no me dé
cuando el ser de hombre[71] me quita. [24]

BASILIO   Al cielo y a Dios pluguiera
que a dártele[72] no llegara;
pues ni tu voz escuchara,   1490
ni tu atrevimiento viera.

SEGISMUNDO   Si no me le hubieras dado,
no me quejara de ti;
pero una vez dado, sí,
por habérmele quitado;   1495
  que aunque el dar el acción[73] es
más noble y más singular,
es mayor bajeza el dar,
para quitarlo después.

BASILIO   ¡Bien me agradeces el verte,   1500
de[74] un humilde y pobre preso,
príncipe ya!

SEGISMUNDO   Pues en eso,
¿qué tengo que agradecerte?
  Tirano de mi albedrío,
si viejo y caduco estás,   1505
muriéndote, ¿qué me das?
¿Dasme más de lo que es mío?

---

[71] *el ser de hombre:* la naturaleza humana.   [72] *le:* se refiere a *ser hombre;* el referente es, por tanto, un abstracto, como en los vv. 2625, 2937 y otros.   [73] *dar el acción:* dar la vida.   [74] *de:* 'desde'; régimen desconocido actualmente.

[24] Como señala Morón, «este razonamiento de Segismundo está basado en la doctrina católica sobre los fines del matrimonio» definida en Trento: «si Basilio no hubiera engendrado a Segismundo, éste no se podría quejar, pero, una vez engendrado y nacido, no educarle era hacerle una fiera, un ser violentamente dislocado».

Mi padre eres y mi rey;
luego toda esta grandeza
me da la naturaleza   1510
por derechos de su ley.
    Luego, aunque esté en este estado,
obligado no te quedo,
y pedirte cuentas puedo
del tiempo que me has quitado   1515
    libertad, vida y honor;
y así, agradéceme a mí
que yo no cobre de ti,
pues eres tú mi deudor.

BASILIO   Bárbaro eres y atrevido;   1520
cumplió su palabra el cielo;
y así, para[75] él mismo apelo,
soberbio y desvanecido.[76]
    Y aunque sepas ya quién eres,
y desengañado[77] estés,   1525
y aunque en un lugar te ves
donde a todos te prefieres,
    mira bien lo que te advierto:
que seas humilde y blando,
porque quizá estás soñando,   1530
aunque ves que estás despierto.

Vase.

SEGISMUNDO   ¿Qué quizá soñando estoy,
aunque despierto me veo?
No sueño, pues toco y creo
lo que he sido y lo que soy.   1535
    Y aunque agora te arrepientas,
poco remedio tendrás:
sé quién soy, y no podrás,

---

[75] *para:* a.   [76] *desvanecido:* envanecido, altanero.   [77] *desengañado:* el que ha sido
sacado del error.

aunque suspires y sientas,
    quitarme el haber nacido   1540
desta corona heredero;
y si me viste primero
a las prisiones rendido,
    fue porque ignoré quién era.
Pero ya informado estoy   1545
de quién soy, y sé quién soy:
un compuesto de hombre y fiera.

[ESCENA VII]

Sale Rosaura, dama.

ROSAURA   [Siguiendo a Estrella vengo,
[aparte]   y gran temor de hallar a Astolfo tengo;
               que Clotaldo desea   1550
               que no sepa quién soy, y no me vea,
               porque dice que importa al honor mío;
               y de Clotaldo fío
               su efeto,[78] pues le debo, agradecida,
               aquí el amparo de mi honor y vida.] 1555
CLARÍN   ¿Qué es lo que te ha agradado
               más de cuanto hoy has visto y
                                      [admirado?
SEGISMUNDO   Nada me ha suspendido,
               que todo lo tenía prevenido;[79]
               mas, si admirar hubiera   1560
               algo en el mundo, la hermosura fuera
               de la mujer. Leía
               una vez en los libros que tenía

---

[78] *efeto:* aprecio, calidad, ser, estimación; es decir, 'confío en Clotaldo'.   [79] *prevenir:* prever, conocer de antemano algún daño o perjuicio; anticiparse a otro en algún juicio, discurso o acción.

que lo que a Dios mayor estudio debe
era el hombre, por ser un mundo breve.   1565
Mas ya que lo es recelo
la mujer, pues ha sido un breve cielo;
y más beldad encierra
que el hombre, cuanto va de cielo a tierra
y más si es la que miro. (25)   1570

ROSAURA   [El Príncipe está aquí; yo me retiro.]
[aparte]

SEGISMUNDO   Oye, mujer, deténte.
No juntes el ocaso y el oriente,
huyendo al primer paso;
que juntos el oriente y el ocaso,   1575
la lumbre y sombra fría,
serás sin duda síncopa del día. [80]

[aparte]   [Pero ¿qué es lo que veo?]

ROSAURA   [Lo mismo que estoy viendo,
[aparte]   [dudo y creo.]

SEGISMUNDO   [Yo he visto esta belleza   1580
[aparte]   otra vez.]

---

[80] En los vv. 1572-1577 Segismundo le pide a Rosaura que no una su salida (el *oriente*, lugar por donde aparece el Sol) con su retirada (el *ocaso*, punto en el que se pone), pues en ese caso el día (el tiempo que dura la claridad del Sol sobre el horizonte) quedará acortado (la *síncopa* es un fenómeno fonético que consiste en la desaparición de un sonido o de un grupo de sonidos en el interior de una palabra); no brillará, por tanto, Rosaura en su belleza, equiparada con la del Sol (cfr. j. I, nn. 120 y 131), como ocurre más abajo en los vv. 1593-1595.

(25) Encontramos aquí la tópica correspondencia entre el microcosmos, el hombre (y, por extensión, la sociedad), ambos en cuanto son susceptibles de tener un «buen orden», y, por otro lado, el macrocosmos, el universo, en el que reina el «concierto», es decir, la «armonía» entre sus partes componentes. Se llega incluso al juego de palabras, al comparar la superioridad del cielo sobre el mundo con la de la mujer sobre el hombre, por lo que aquélla puede ser mencionada como un «breve cielo».

ROSAURA   [Yo, esta pompa, esta grandeza
[aparte]   he visto reducida[81]
                     a una estrecha prisión.]
SEGISMUNDO   [Ya hallé mi vida.]
[aparte]   Mujer, que aqueste nombre
                     es el mejor requiebro para el hombre,   1585
                     ¿quién eres? Que sin verte
                     adoración me debes;[82] y de suerte
                     por la fe te conquisto
                     que me persuado a que otra vez te
                                              [he visto.
                     ¿Quién eres, mujer bella?   1590
ROSAURA   [Disimular me importa.] Soy de Estrella
[aparte]   una infelice dama.
SEGISMUNDO   No digas tal; di el sol, a cuya llama (26)
                     aquella estrella vive,
                     pues de tus rayos resplandor recibe.   1595
                     Yo vi en reino de olores
                     que[83] presidía entre comunes flores
                     la deidad de la rosa;
                     y era su emperatriz por más hermosa.
                     Yo vi entre piedras finas   1600
                     de la docta academia[84] de sus minas

---

[81] *reducida:* ejemplo de adjetivo referido a dos sustantivos que sólo concuerda con uno de ellos (cfr. vv. 2274-2275 y 2951-2953).   [82] *adoración me debes:* 'me tienes que agradecer mi adoración'.   [83] *que:* introduce una subordinada sustantiva, no de relativo.   [84] *academia:* dado el contexto, la metáfora puede basarse en cualquiera de los significados siguientes: 'junta o congreso de personas eruditas, que se dedican al estudio de las buenas letras' (se puede añadir 'de cualquier otra actividad científica o estética') y 'certamen literario que se realiza para celebrar algún acontecimiento señalado'; como se ve, se acentúa el rasgo 'reunión, asamblea'.

(26) Nueva correlación, de aquí hasta el v. 1617. Vid. **6**. Estúdiese la significación de la belleza femenina en la evolución de Segismundo (cfr. **22**).

preferir[85] el diamante,
y ser su emperador por más brillante.
Yo, en esas cortes[86] bellas
de la inquieta república[87] de estrellas,   1605
vi en el lugar primero
por rey de las estrellas el lucero.[88]
Yo, en esferas perfetas,
llamando el sol a cortes los planetas,
le vi que presidía   1610
como mayor oráculo del día.
Pues ¿cómo, si entre flores, entre
                                        [estrellas,
piedras, signos, planetas, las más
                                          [bellas
prefieren, tú has servido
la de menos beldad,[89] habiendo sido   1615
por más bella y hermosa,
sol, lucero, diamante, estrella y rosa?

[ESCENA VIII]

Sale Clotaldo.

CLOTALDO   [A Segismundo reducir[90] deseo,
[aparte]   porque, en fin, le he criado. Mas ¿qué
                                            [veo?]   1620
ROSAURA   Tu favor reverencio.
                Respóndate retórico el silencio;

---

[85] *preferir:* quizá signifique aquí 'exceder, sobresalir, aventajar' (vid. n. 10); cfr. v. 1614.   [86] *cortes:* en la época, 'el ayuntamiento de las ciudades y villas que tienen voto para proponer y decretar lo que parece convenir al reino y al rey, y para concederle los servicios ordinarios y extraordinarios'; el término se aplica en su significado lato de 'asamblea'; cfr. n. 76.   [87] *república:* cfr. j. I, n. 171, en su relación con las nn. 76 y 78 de este acto.   [88] *lucero:* la estrella que se llama de Venus, precursora del día en cuanto que antecede al Sol.   [89] *la de menos beldad:* Estrella.   [90] *reducir:* convencer, persuadir; apaciguar; cfr. v. 1667.

cuando tan torpe la razón se halla,
mejor habla, señor, quien mejor calla.

SEGISMUNDO No has de ausentarte, espera.
¿Cómo quieres dejar desa manera 1625
a escuras mi sentido?

ROSAURA Esta licencia a Vuestra Alteza pido.

SEGISMUNDO Irte con tal violencia
no es pedir, es tomarte la licencia.

ROSAURA Pues, si tú no la das, tomarla
[espero. 1630

SEGISMUNDO Harás que de cortés pase a grosero;
porque la resistencia
es veneno cruel de[91] mi paciencia.

ROSAURA Pues cuando[92] ese veneno,
de furia, de rigor y saña lleno, 1635
la paciencia venciera,
mi respeto[93] no osara, ni pudiera.[94]

SEGISMUNDO Sólo por ver si puedo,
harás que pierda a tu hermosura el
[miedo, 1640
que soy muy inclinado
a vencer lo imposible. Hoy he arrojado
dese balcón a un hombre que decía
que hacerse no podía;
y así, por ver si puedo, cosa es llana[95]
que arrojaré tu honor por la ventana. 1645

CLOTALDO [Mucho se va empeñando.[96]
[aparte] ¿Qué he de hacer, cielos, cuando
tras un loco deseo
mi honor segunda vez a riesgo veo?]

ROSAURA No en vano prevenía 1650

---

[91] *de:* para. [92] *cuando:* aunque. [93] *mi respeto:* cfr. j. I, n. 68. [94] *pudiera:* es preciso suponer que está elíptico el infinitivo *vencer*, cuyo objeto directo es *respeto*, en construcción paralela a «la paciencia venciera». [95] *cosa es llana:* es evidente, no es difícil de comprender. [96] *empeñarse:* insistir o porfiar en algún intento, pretensión o dictamen.

a este reino infeliz tu tiranía
escándalos tan fuertes
de delitos, traiciones, iras, muertes.
Mas ¿qué ha de hacer un hombre,
que no tiene de humano más que el
                [nombre,   1655
atrevido, inhumano,
cruel, soberbio, bárbaro y tirano,
nacido entre las fieras?

SEGISMUNDO   Porque tú ese baldón[97] no me dijeras,
tan cortés me mostraba,   1660
pensando que con eso te obligaba;
mas, si lo[98] soy hablando deste modo,
has de decirlo, ¡vive Dios!, por todo.
¡Hola!,[99] dejadnos solos, y esa puerta
se cierre, y no entre nadie.

Vase Clarín.

ROSAURA   [Yo soy muerta.]   1665
[aparte]   Advierte...
SEGISMUNDO   Soy tirano,
y ya pretendes reducirme en vano.
CLOTALDO   [¡Oh qué lance tan fuerte!
[aparte]   Saldré a estorbarlo, aunque me dé la
                  [muerte.]   1670
Señor, atiende, mira,
SEGISMUNDO   Segunda vez me has provocado a ira,
viejo caduco y loco.
¿Mi enojo y mi rigor tienes en poco?
¿Cómo hasta aquí has llegado?
CLOTALDO   De los acentos desta voz llamado,   1675

---

[97] *baldón*: ofensa, ultraje; palabra afrentosa con que se injuria y menosprecia a alguien y se le tiene en poco. [98] *lo*: se refiere a los calificativos contenidos en los vv. 1656-1658. [99] *¡Hola!*: cfr. j. I, n. 103.

a decirte que seas
más apacible, si reinar deseas;
y no, por verte ya de todos dueño,
seas cruel, porque quizá es un sueño.

SEGISMUNDO   A rabia me provocas,   1680
cuando la luz del desengaño tocas. [100]
Veré, dándote muerte,
si es sueño o si es verdad.

Al ir a sacar la daga, se la tiene[101] Clotaldo, y se arrodilla.[102]

CLOTALDO   Yo desta suerte
librar mi vida espero.
SEGISMUNDO   Quita la osada mano del acero.   1685
CLOTALDO   Hasta que gente venga,
que tu rigor y cólera detenga,
no he de soltarte.
ROSAURA   ¡Ay cielos!
SEGISMUNDO   Suelta, digo,
caduco, loco, bárbaro, enemigo,
o será desta suerte   1690

Luchan.

el darte agora entre mis brazos muerte.
ROSAURA   Acudid todos presto,
que matan a Clotaldo.

Vase.

Sale Astolfo a tiempo que cae Clotaldo a sus pies, y él se pone en medio.

---

[100] *cuando... tocas:* cuando pretendes detenerme con el pretexto del desengaño.
[101] *tiene:* sujeta. [102] *se arrodilla:* como súbdito de Segismundo, heredero del trono, que es.

[ESCENA IX]

ASTOLFO   Pues ¿qué es esto,
            Príncipe generoso?
            ¿Así se mancha acero tan brïoso[103]   1695
            en una sangre helada?[104]
            Vuelva a la vaina tu lucida espada.[105]
SEGISMUNDO   En viéndola teñida
            en esa infame sangre.
ASTOLFO   Ya su vida
            tomó a mis pies sagrado;[106]   1700
            y de algo ha de servirme haber llegado.
SEGISMUNDO   Sírvate de morir; pues desta suerte
            también sabré vengarme con tu muerte
            de aquel pasado enojo.
ASTOLFO   Yo defiendo
            mi vida; así la majestad no ofendo.[107]   1705
Sacan las espadas, y sale el Rey Basilio y Estrella.

[ESCENA X]

CLOTALDO   No le ofendas, señor.
BASILIO   Pues ¿aquí espadas?[108]
ESTRELLA   [Astolfo es. ¡Ay de mí, penas airadas!]
[aparte]

---

[103] *brioso:* esforzado, animoso, altivo.   [104] *sangre helada:* la de un anciano, que circula con mayor dificultad.   [105] *espada:* obsérvese que en la acotación, tras el v. 1683, decía *daga.*   [106] *sagrado:* 'lugar que sirve de recurso a los delincuentes y se ha permitido para su refugio, en donde están seguros de la justicia, en los delitos que no exceptúa el derecho'; metafóricamente, 'cualquier recurso o sitio que asegura de algún peligro, aunque no sea lugar sagrado'.   [107] *ofender:* hacer daño a otro fisicamente, hiriéndolo o maltratándolo.   [108] *¿aquí espadas?:* no se podía sacar la espada en presencia del rey.

BASILIO	Pues, ¿qué es lo que ha pasado?
ASTOLFO	Nada, señor, habiendo tú llegado.[109]

Envainan.

SEGISMUNDO   Mucho, señor, aunque hayas tú   1710
                                          [venido;
yo a ese viejo matar he pretendido.

BASILIO   ¿Respeto no tenías
a estas canas?

CLOTALDO   Señor, ved que son mías;
que no importa veréis.

SEGISMUNDO   Acciones vanas,
querer que tenga yo respeto a canas;   1715
pues aun ésas[110] podría
ser que viese a mis plantas algún día,
porque aún no estoy vengado
del modo injusto con que me has
                                    [criado.

Vase.

BASILIO   Pues antes que lo veas,   1720
volverás a dormir adonde creas
que cuanto te ha pasado,
como fue bien del mundo, fue soñado.

Vase el Rey y Clotaldo.

---

[109] Los vv. 1708-1709 constituyen un ejemplo de zeugma, esto es, la figura retórica que consiste en hacer intervenir en dos o más enunciados un término que sólo está expresado en uno de ellos.   [110] *ésas:* las canas de Basilio.

[ESCENA XI] (27)

Quedan Estrella y Astolfo.

ASTOLFO   ¡Qué pocas veces el hado
        que dice desdichas miente,   1725
        pues es tan cierto en los males
        como dudoso en los bienes!
        ¡Qué buen astrólogo fuera,
        si siempre casos crueles
        anunciara, pues no hay duda   1730
        que ellos fueran verdad siempre!
        Conocerse esta experiencia
        en mí y Segismundo puede,
        Estrella, pues en los dos
        hizo muestras diferentes.   1735
        En él previno rigores,

(27) Desde esta escena hasta la decimosexta existe otro bloque escénico, ligado a la acción secundaria. La oposición entre verdad y falsedad concurre aquí en los conceptos de engaño y decepción plasmados por la perversión del amor (cfr. j. I, esc. 5). La acción recuerda los enredos típicos de las comedias de capa y espada. En cuanto a la función de estas escenas, cfr. **9**. Compárense el ambiente y las ideas expresadas en los sucesivos diálogos de Segismundo y Rosaura, Astolfo y Estrella y, por último, Astolfo y Rosaura, que, teóricamente, versan sobre la misma materia, el amor.

En cuanto a las técnicas empleadas, citemos el hecho de que Rosaura se esconda para intentar escuchar el diálogo entre Estrella y Astolfo al comienzo de la escena XII. Más destacable es el motivo del retrato, presente ya en la primera jornada, y que, como concepto escenográfico general, es muy importante en el teatro calderoniano (cfr. la jornada tercera en su conjunto). En el pasaje que estamos analizando, conviene determinar las líneas de unión entre el significado del retrato en sí (podemos mencionar diversas posibilidades: revelar la identidad de un personaje, introducir la confusión entre distintos personajes...) y su función en la economía dramática.

Téngase también en cuenta el uso del aparte en estas escenas.

soberbias, desdichas, muertes,
y en todo dijo verdad,
porque todo, al fin, sucede.
Pero en mí, que al ver, señora, 1740
esos rayos[111] excelentes,
de quien[112] el sol fue una sombra
y el cielo un amago[113] breve,
que[114] me previno venturas,
trofeos,[115] aplausos, bienes, 1745
dijo mal y dijo bien;
pues sólo es justo que acierte
cuando amaga con favores
y ejecuta con desdenes.

ESTRELLA   No dudo que esas finezas 1750
son verdades evidentes;
mas serán por otra dama,
cuyo retrato pendiente
trujistes al cuello cuando
llegastis,[116] Astolfo, a verme; 1755
y siendo así, esos requiebros
ella sola los merece.
Acudid a que ella os pague,
que no son buenos papeles[117]
en el consejo de amor 1760
las finezas ni las fees[118]
que se hicieron en servicio
de otras damas y otros reyes.

---

[111] *rayos:* cfr. j. I, n. 120.   [112] *quien:* tiene como antecedente un nombre de cosa en esta ocasión.   [113] *amago:* copia, imitación, remedo.   [114] *que:* es pleonástico, es decir, se trata de una repetición innecesaria; reproduce el *que* del v. 1740; cfr. v. 2107.   [115] *trofeo:* 'insignia o señal expuesta al público para memoria del vencimiento'; figuradamente, 'la misma victoria o vencimiento conseguido'.   [116] *llegastis:* aquí, frente a lo visto en la n. 48, se mantiene la terminación latina (cfr. vv. 2257, 2272).   [117] *buenos papeles:* «son los memoriales de servicios. Se presentan en el Consejo de amor para recibir mercedes, como los memoriales se presentan en los Consejos del rey» (Morón).   [118] *fees:* 'palabra o promesa que se da de hacer alguna cosa; testimonio o certificación que se da de ser cierta alguna cosa' (este último significado justifica el uso de *papeles* en el v. 1759); para la primera significación, cfr. vv. 1776 y 2757.

[ESCENA XII]

Sale Rosaura al paño.

ROSAURA [aparte]	[¡Gracias a Dios que han llegado ya mis desdichas crueles al término suyo, pues quien esto ve nada teme!]	1765
ASTOLFO	Yo haré que el retrato salga del pecho, para que entre la imagen de tu hermosura. Donde entra Estrella no tiene lugar la sombra, ni estrella donde el sol; voy a traerle.	1770
[aparte]	[Perdona, Rosaura hermosa, este agravio, porque, ausentes, no se guardan más fe que ésta los hombres y las mujeres.]	1775

Vase.

ROSAURA [aparte]	[Nada he podido escuchar, temerosa que me viese.]	
ESTRELLA	Astrea.[119]	
ROSAURA	Señora mía.	1780
ESTRELLA	Heme holgado que tú fueses la que llegaste hasta aquí; porque de ti solamente fiara un secreto.	

---

[119] *Astrea:* nombre falso (cfr. vv. 1188-1189) adoptado por Rosaura al entrar al servicio de Estrella; coincide parcialmente, desde el punto de vista fonético, tanto con Astolfo como con Estrella, nombre con el que rima en asonante además; en la mitología grecolatina, diosa de la justicia que, habiendo abandonado la Tierra a causa de la maldad de los hombres, ocupó un lugar en el Zodíaco con la denominación de la Virgen —Virgo—.

ROSAURA	Honras,
	señora, a quien te obedece. 1785
ESTRELLA	En el poco tiempo, Astrea,
	que ha que te conozco, tienes
	de mi voluntad las llaves;
	por esto, y por ser quien eres,
	me atrevo a fiar de ti 1790
	lo que aun de mí muchas veces
	recaté.
ROSAURA	Tu esclava soy.
ESTRELLA	Pues para decirlo en breve,
	mi primo Astolfo (bastara
	que mi primo te dijese, 1795
	porque hay cosas que se dicen
	con pensarlas solamente),
	ha de casarse conmigo,
	si es que la fortuna quiere
	que con una dicha sola 1800
	tantas desdichas descuente.
	Pesóme que el primer día
	echado al cuello trujese
	el retrato de una dama.
	Habléle en[120] él cortésmente; 1805
	es galán y quiere bien;
	fue por él, y ha de traerle
	aquí. Embarázame[121] mucho
	que él a mí a dármele llegue.
	Quédate aquí, y cuando venga, 1810
	le dirás que te le entregue
	a ti. No te digo más.
	Discreta y hermosa eres;
	bien sabrás lo que es amor.

Vase.

---

[120] *en:* 'de'; régimen inexistente hoy.   [121] *Embarázame:* hace que me sienta cohibida o turbada.

[ESCENA XIII] (28)

ROSAURA   ¡Ojalá no lo supiese!   1815
             ¡Válgame el cielo! ¿Quién fuera
             tan atenta y tan prudente,
             que supiera aconsejarse [122]
             hoy en ocasión tan fuerte?
             ¿Habrá persona en el mundo   1820
             a quien el cielo inclemente
             con más desdichas combata
             y con más pesares cerque?
             ¿Qué haré en tantas confusiones,
             donde imposible parece   1825
             que halle razón que me alivie,
             ni alivio que me consuele?
             Desde la primer desdicha [123]
             no hay suceso ni accidente
             que otra desdicha no sea;   1830
             que unas a otras suceden,
             herederas de sí mismas.
             A la imitación del fénix [124]
             unas de las otras nacen,
             viviendo de lo que mueren;   1835
             y siempre de sus cenizas
             está el sepulcro caliente.

---

[122] *aconsejarse:* a sí misma (cfr. el verso anterior). [123] *primer desdicha:* a pesar de ser la forma femenina, en este caso sí hay apócope (cfr. j. I, n. 10), frente a lo que ocurre en «*primero* desperdicio», v. 649. [124] *fénix:* ave mítica de Arabia, semejante al águila, de plumas purpúreas y doradas, que, después de vivir quinientos años en el desierto, y tras ser consumida por el fuego, revivía de sus cenizas; símbolo de inmortalidad, se constituyó en auténtico tópico.

---

(28) Monólogo de Rosaura: cfr. **5** y **13**. ¿Para qué sirve el soliloquio en esta ocasión?

Que eran cobardes,[125] decía
un sabio, por parecerle
que nunca andaba una sola; 1840
yo digo que son valientes,
pues siempre van adelante,
y nunca la espalda vuelven.
Quien las llevare consigo,
a todo podrá atreverse, 1845
pues en ninguna ocasión
no haya miedo que le dejen.
Dígalo yo, pues en tantas
como a mi vida suceden,
nunca me he hallado sin ellas, 1850
ni se han cansado hasta verme,
herida de la fortuna,
en los brazos de la muerte.
¡Ay de mí! ¿Qué debo hacer
hoy en la ocasión presente? 1855
Si digo quién soy, Clotaldo,
a quien mi vida le debe
este amparo y este honor,
conmigo ofenderse puede,
pues me dice que callando 1860
honor y remedio espere.
Si no he de decir quién soy
a Astolfo, y él llega a verme,
¿cómo he de disimular?
Pues aunque fingirlo intenten 1865
la voz, la lengua y los ojos,
les dirá el alma que mienten.
¿Qué haré? Mas ¿para qué estudio
lo que haré, si es evidente
que por más que lo prevenga, 1870
que lo estudie y que lo piense,

---

[125] *cobardes:* se refiere a *desdichas;* en lo que sigue hay un sutil juego de conceptos basado en esta personificación.

en llegando la ocasión,
ha de hacer lo que quisiere
el dolor? Porque ninguno
imperio en sus penas tiene.   1875
Y pues a determinar
lo que he de hacer no se atreve
el alma, llegue el dolor
hoy a su término, llegue
la pena a su extremo, y salga   1880
de dudas y pareceres
de una vez; pero hasta entonces,
¡valedme, cielos, valedme!

[ESCENA XIV]

Sale Astolfo con el retrato.

ASTOLFO	Éste es, señora, el retrato;
	mas ¡ay Dios!
ROSAURA	¿Qué[126] se suspende 1885
	Vuestra Alteza? ¿Qué[126] se admira?
ASTOLFO	De oírte, Rosaura, y verte.
ROSAURA	¿Yo Rosaura? Hase engañado
	Vuestra Alteza, si me tiene
	por otra dama; que yo 1890
	soy Astrea, y no merece
	mi humildad tan grande dicha
	que esa turbación le cueste.
ASTOLFO	Basta, Rosaura, el engaño,
	porque el alma nunca miente; 1895
	y aunque como a Astrea te mire,
	como a Rosaura te quiere.
ROSAURA	No he entendido a Vuestra Alteza,
	y así, no sé responderle.

---

[126] *Qué:* de qué.

		1900

Sólo lo que yo diré
es que Estrella (que lo puede
ser de Venus)[127] me mandó
que en esta parte le espere,
y de la suya[128] le diga
que aquel retrato me entregue,
que está muy puesto en razón,
y yo misma se lo lleve.
Estrella lo quiere así,
porque aun las cosas más leves,
como sean en mi daño,
es Estrella[129] quien las quiere.

ASTOLFO   Aunque más esfuerzos hagas,
¡oh qué mal, Rosaura, puedes
disimular! Di a los ojos
que su música concierten
con la voz; porque es forzoso
que desdiga y que disuene
tan destemplado instrumento,
que ajustar y medir quiere
la falsedad de quien dice,
con la verdad de quien siente.[130]

ROSAURA   Ya digo que sólo espero
el retrato.

ASTOLFO   Pues que quieres
llevar al fin el engaño,
con él quiero responderte.
Dirásle, Astrea, a la Infanta
que yo la estimo de suerte
que, pidiéndome un retrato,
poca fineza parece

1900

1905

1910

1915

1920

1925

---

[127] *Estrella... Venus:* dilogía con *Venus,* como planeta —estrella por su luminosidad—
y como diosa del amor; se afirma que Estrella puede rivalizar con Venus en ambos
aspectos.   [128] *de la suya:* de su parte.   [129] *es Estrella:* equívoco entre *Estrella,* nombre
propio, y *estrella,* 'hado'.   [130] *tan destemplado... siente:* «el instrumento es destemplado
porque quiere poner a tono la falsedad de las palabras con la verdad de los sentimientos» (Valverde).

	enviársele; y así,	1930
	porque le estime y le precie,	
	le envío el original;	
	y tú llevársele puedes,	
	pues ya le llevas contigo,	
	como a ti misma te lleves.	1935
ROSAURA	Cuando un hombre se dispone,	
	restado,[131] altivo y valiente,	
	a salir con[132] una empresa,	
	aunque por trato le entreguen	
	lo que valga más, sin ella	1940
	necio y desairado vuelve.	
	Yo vengo por un retrato,	
	y aunque un original lleve	
	que vale más, volveré	
	desairada: y así, déme	1945
	Vuestra Alteza ese retrato,	
	que sin él no he de volverme.	
ASTOLFO	Pues ¿cómo, si no he de darle,	
	le has de llevar?	
ROSAURA	Desta suerte.	

Intenta quitarle el retrato.

	¡Suéltale, ingrato!	
ASTOLFO	Es en vano.	1950
ROSAURA	¡Vive Dios!, que no ha de verse	
	en manos de otra mujer.	
ASTOLFO	Terrible estás.	
ROSAURA	Y tú aleve.	
ASTOLFO	Ya basta, Rosaura mía.	
ROSAURA	¿Yo tuya, villano? Mientes.	1955

---

[131] *restado*: tiene el mismo sentido de *arrestado*, forma de *arrestarse*: 'determinarse, resolverse, y entrarse con arrojo a alguna acción ardua o empresa de gran riesgo'.
[132] *salir con*: conseguir lo que se desea o solicita.

[ESCENA XV]

Sale Estrella.

ESTRELLA	Astrea, Astolfo, ¿qué es esto?
ASTOLFO	Aquésta es Estrella.
ROSAURA [aparte]	[Déme, para cobrar mi retrato, ingenio el amor.] Si quieres saber lo que es, yo, señora, te lo diré.
ASTOLFO	¿Qué pretendes?
ROSAURA	Mandásteme que esperase aquí a Astolfo y le pidiese un retrato de tu parte. Quedé sola, y como vienen de unos discursos a otros las noticias fácilmente, viéndote hablar de retratos, con su memoria[133] acordéme de que tenía uno mío en la manga.[134] Quise verle, porque una persona sola con locuras se divierte. Cayóseme de la mano al suelo. Astolfo, que viene a entregarte el de otra dama, le levantó, y tan rebelde está en dar el que le pides que, en vez de dar uno, quiere llevar otro. Pues el mío

1960

1965

1970

1975

1980

---

[133] *su memoria:* el recuerdo de los retratos. [134] *manga:* puede tratarse de las mangas arrocadas o acuchilladas que llevaban las damas y que les servían de bolsillos, pero es más probable que esta palabra tenga el sentido de 'bolsa abierta por los dos extremos', que se empleaba en aquel tiempo.

	aún no es posible volverme[135]	
	con ruegos y persuasiones,	
	colérica y impaciente	
	yo se le quise quitar.	
	Aquél que en la mano tiene	1985
	es mío; tú lo verás	
	con ver si se me parece.	
ESTRELLA	Soltad, Astolfo, el retrato.	

Quítasele.

ASTOLFO	Señora...	
ESTRELLA	No son crueles	
	a la verdad los matices.[136]	1990
ROSAURA	¿No es mío?	
ESTRELLA	¿Qué duda tiene?	
ROSAURA	Di que aora te entregue el otro.	
ESTRELLA	Toma tu retrato, y vete.	
ROSAURA	[Yo he cobrado mi retrato;	
[aparte]	venga aora lo que viniere.]	1995

Vase.

[ESCENA XVI]

ESTRELLA	Dadme aora el retrato vos	
	que os pedí; que aunque no piense	
	veros ni hablaros jamás,	
	no quiero, no, que se quede	
	en vuestro poder, siquiera	2000
	porque yo tan neciamente	
	le he pedido.	

---

[135] *volver:* aquí es sinónimo de *devolver,* 'restituir lo que se le ha quitado a alguien'.
[136] *matices:* 'las mezclas o uniones de colores diversos, en pinturas, tejidos, borda-
dos...', de modo que la frase quiere decir que 'el retrato corresponde a la realidad'.

ASTOLFO ⌈¿Cómo puedo
[aparte] salir de lance tan fuerte?⌉
    Aunque quiera, hermosa Estrella,
    servirte y obedecerte, 2005
    no podré darte el retrato
    que me pides, porque...

ESTRELLA Eres
    villano y grosero amante.
    No quiero que me le entregues;
    porque yo tampoco quiero, 2010
    con tomarle, que me acuerdes[137]
    de que yo te le he pedido.

Vase.

ASTOLFO ¡Oye, escucha, mira, advierte!
    ¡Válgate Dios por Rosaura![138]
    ¿Dónde, cómo o de qué suerte 2015
    hoy a Polonia has venido
    a perderme y a perderte?

Vase.

---

[137] Obsérvese la utilización transitiva de *acordar*, 'recordar'. [138] *¡Válgate Dios por Rosaura!:* construcción que se utilizaba como exclamación de extrañeza o enfado; aquí equivale a '¡Qué Rosaura!'.

[ESCENA XVII] [29]

Descúbrese Segismundo como al principio, con pieles y cadena, durmiendo en el suelo. Salen Clotaldo, Clarín y los dos criados.

CLOTALDO	Aquí le habéis de dejar,	
	pues hoy su soberbia acaba	
	donde empezó.	
CRIADO 1.º	Como estaba,	2020
	la cadena vuelvo a atar.	
CLARÍN	No acabes de despertar,	
	Segismundo, para verte	
	perder, trocada la suerte,	
	siendo tu gloria fingida	2025
	una sombra de la vida	
	y una llama de la muerte.	

(29) La antinomia verdad —falsedad concreta la idea de que la vida es un sueño. El conflicto entre éste y la irascibilidad y la soberbia mostradas por Segismundo en palacio constituye un paso importante en la maduración del carácter del príncipe: el previo conocimiento de sí mismo (cfr. vv. 1546-1547) hace posible que ahora, sobre todo en el monólogo de la escena XIX, se pongan las bases del dominio sobre uno mismo necesario para la convivencia con los demás. Valórese la utilidad de imágenes como el monstruo o la fiera (que aparece en los vv. 1482-1487 y 1654-1658, en sendos momentos culminantes), el águila o el muerto viviente, en la transmisión de aquellas ideas, teniendo en cuenta que la violencia, al menos en un principio, no había desaparecido de su mente. Asimismo, es importante el análisis de la relación que la otra trama, la concerniente a Rosaura, guarda con la decisión de Segismundo. Sólo ella escapa de la fugacidad connatural a los bienes terrenos y el desengaño que ese hecho acarrea (idea ya tratada en las escenas VIII-X de esta jornada). Ya no hay, por lo tanto, vivencias meramente intelectuales, pero que no repercuten en la actuación de los personajes; a partir de ahora, para sobreponerse al desengaño, lo importante será «obrar bien». En cuanto al segundo monólogo de Segismundo, cfr. **5-7**: analícese la variación observada en el príncipe.

CLOTALDO	A quien sabe discurrir
	así, es bien que se prevenga
	una estancia donde tenga 2030
	harto lugar de argüir.[139]
[a los criados]	Éste es el que habéis de asir
	y en ese cuarto encerrar.
CLARÍN	¿Por qué a mí?
CLOTALDO	Porque ha de estar
	guardado en prisión tan grave 2035
	Clarín que secretos sabe,
	donde no pueda sonar.
CLARÍN	¿Yo, por dicha,[140] solicito
	dar muerte a mi padre? No.
	¿Arrojé del balcón yo 2040
	al Ícaro[141] de poquito?[142]
	¿Yo muero ni resucito?
	¿Yo sueño o duermo? ¿A qué fin
	me encierran?
CLOTALDO	Eres Clarín.
CLARÍN	Pues ya digo que seré 2045
	corneta, y que callaré,
	que es instrumento ruin.[143]

Llévanle.

---

[139] *argüir:* discutir, argumentar. [140] *por dicha:* por suerte, por ventura, por casualidad. [141] *Ícaro:* en la mitología griega, hijo de Dédalo, el diseñador del laberinto de Creta (cfr. j. I, n. 49); cuando huían de la isla gracias a unas alas de pluma y cera o cola, fabricadas por el padre, el joven, desobedeciendo las advertencias de aquél, se acercó demasiado al Sol; se derritió el material de las alas y murió al precipitarse en el mar. [142] *de poquito:* 'apodo que se da al que es pusilánime o tiene corta habilidad en lo que maneja'; se usaba esta expresión en la lengua familiar; aquí se refiere al criado que Segismundo arrojó por la ventana y lo considera como el hijo de Dédalo en pequeño. [143] *corneta... ruin:* la corneta era, en efecto, inferior al clarín, por tratarse de instrumento más para dirigir piaras de cerdos que para animar a la guerra; sin embargo, el desprecio de Clarín puede estar motivado por su asociación con los *cuernos* de un marido burlado; también podría referirse simplemente a su menor calidad sonora o musical, aunque es difícil saber a qué instrumento alude Calderón, pues la corneta moderna data de principios del siglo XIX (Rull).

[ESCENA XVIII]

Sale el Rey Basilio rebozado.[144]

BASILIO	¿Clotaldo?	
CLOTALDO	Señor, ¿así	
	viene Vuestra Majestad?	
BASILIO	La necia curiosidad	2050
	de ver lo que pasa aquí	
	a Segismundo, ¡ay de mí!,	
	deste modo me ha traído.	
CLOTALDO	Mírale allí reducido	
	a su miserable estado.	2055
BASILIO	¡Ay, príncipe desdichado,	
	y en triste punto[145] nacido!	
	Llega a despertarle ya,	
	que fuerza y vigor perdió	
	ese lotos[146] que bebió.	2060
CLOTALDO	Inquieto, señor, está,	
	y hablando.	
BASILIO	¿Qué soñará	
	agora? Escuchemos, pues.	
SEGISMUNDO	Piadoso príncipe es	
[en sueños]	el que castiga tiranos.	2065
	Muera Clotaldo a mis manos,	
	bese mi padre mis pies.[147]	
CLOTALDO	Con la muerte me amenaza.	
BASILIO	A mí con rigor y afrenta.	
CLOTALDO	Quitarme la vida intenta.	2070
BASILIO	Rendirme a sus plantas traza.	

---

[144] *rebozado*: embozado.   [145] *punto*: momento.   [146] *lotos*: planta que, según la leyenda, ocasionaba la pérdida de la memoria.   [147] En los vv. 2066-2067 hay una imprecación, la figura retórica en la que se desea un mal al prójimo.

SEGISMUNDO
[en sueños]

Salga a la anchurosa plaza
del gran teatro del mundo
este valor[148] sin segundo,
porque mi venganza cuadre;[149]   2075
vean triunfar de su padre
al príncipe Segismundo.

Despierta.

                    Mas, ¡ay de mí!, ¿dónde estoy?
BASILIO   Pues a mí no me ha de ver.
[a Clotaldo]   Ya sabes lo que has de hacer.   2080
[aparte]   [Desde allí a escucharte voy.]

Retírase.

SEGISMUNDO   ¿Soy yo por ventura? ¿Soy
el que preso y aherrojado
llego a verme en tal estado?
¿No sois mi sepulcro vos,   2085
torre? Sí. ¡Válgame Dios,
qué de cosas he soñado!
CLOTALDO   [A mí me toca llegar
[aparte]   a hacer la deshecha[150] agora.]
¿Es ya de despertar hora?   2090
SEGISMUNDO   Sí, hora es ya de despertar.
CLOTALDO   ¿Todo el día te has de estar
durmiendo? ¿Desde que yo
al águila que voló
con tarda vista seguí,   2095
y te quedaste tú aquí,
nunca has despertado?[151]

---

[148] *valor:* valía.   [149] *mi venganza cuadre:* al agravio recibido.   [150] *deshecha:* disimulo, fingimiento y arte con que se finge y disfraza alguna cosa.   [151] *¿Desde que... despertado?:* cfr. vv. 1034-1063.

SEGISMUNDO   No,
               ni aun agora he despertado;
               que según, Clotaldo, entiendo,
               todavía estoy durmiendo,   2100
               y no estoy muy engañado.
               Porque si ha sido soñado
               lo que vi palpable y cierto,
               lo que veo será incierto;
               y no es mucho que, rendido,   2105
               pues veo estando dormido,
               que sueñe estando despierto.

CLOTALDO   Lo que soñaste me di.

SEGISMUNDO   Supuesto[152] que sueño fue,
               no diré lo que soñé;   2110
               lo que vi, Clotaldo, sí.
               Yo desperté, y yo me vi
               —¡qué crueldad tan lisonjera!—
               en un lecho que pudiera,
               con matices y colores,   2115
               ser el catre de las flores
               que tejió la primavera.
                   Allí mil nobles, rendidos
               a mis pies, nombre me dieron[153]
               de su príncipe, y sirvieron   2120
               galas, joyas y vestidos.
               La calma[154] de mis sentidos
               tú trocaste en alegría,
               diciendo la dicha mía;
               que, aunque estoy desta manera,   2115
               príncipe en Polonia era.

CLOTALDO   Buenas albricias[155] tendría.

---

[152] *Supuesto:* aun suponiendo.   [153] *dar nombre:* llamar, denominar.   [154] *calma:* triste-
za, pesadumbre, melancolía.   [155] *albricias:* 'dádivas, regalo o dones que se hacen
pidiéndose, o sin pedirse, por alguna buena nueva o feliz suceso a la persona que lleva
o da la primera noticia al interesado'; nótese que Clotaldo se cita en la primera
persona del verbo *tendría.*

SEGISMUNDO	No muy buenas; por traidor,
	con pecho atrevido y fuerte
	dos veces te daba muerte.
CLOTALDO	¿Para mí tanto rigor?
SEGISMUNDO	De todos era señor,
	y de todos me vengaba.
	Sólo a una mujer amaba;
	que fue verdad, creo yo,
	en que todo se acabó,
	y esto sólo no se acaba.

2130

2135

Vase el Rey.

CLOTALDO [aparte]	[Enternecido se ha ido
	el rey de haberle escuchado.]
	Como habíamos hablado,
	de aquella águila, dormido,
	tu sueño imperios han sido;
	mas en sueños fuera bien
	entonces honrar a quien
	te crió en tantos empeños,
	Segismundo; que aun en sueños
	no se pierde el hacer bien.

2140

2145

Vase.

[ESCENA XIX]

SEGISMUNDO	Es verdad; pues reprimamos
	esta fiera condición,
	esta furia, esta ambición,
	por si alguna vez soñamos.
	Y sí haremos,[156] pues estamos

2150

---

[156] *Y sí haremos:* sí que lo haremos (lo dicho en los versos inmediatamente anteriores).

en mundo tan singular,
que el vivir sólo es soñar;
y la experiencia me enseña,   2155
que el hombre que vive sueña
lo que es hasta despertar.
  Sueña el rey que es rey, y vive
con este engaño mandando,
disponiendo y gobernando;   2160
y este aplauso, que recibe
prestado, en el viento escribe,[157]
y en cenizas le convierte
la muerte (¡desdicha fuerte!);
¡que hay quien intente reinar,   2165
viendo que ha de despertar
en el sueño de la muerte!
  Sueña el rico en su riqueza
que más cuidados le ofrece;
sueña el pobre que padece   2170
su miseria y su pobreza;
sueña el que a medrar empieza,
sueña el que afana[158] y pretende,
sueña el que agravia y ofende;
y en el mundo, en conclusión,   2175
todos sueñan lo que son,
aunque ninguno lo entiende.
  Yo sueño que estoy aquí
destas prisiones[159] cargado,
y soñé que en otro estado   2180
más lisonjero me vi.
¿Qué es la vida? Un frenesí.
¿Qué es la vida? Una ilusión,
una sombra, una ficción,[160]

---

[157] *en el viento escribe*: la fama, el poder, la gloria y todos los demás accidentes que nos afectan en esta vida son pasajeros, no permanecen. [158] *afanar* está usado intransitivamente. [159] *prisiones*: cadenas, grillos, ataduras. [160] En estos tres versos se comete la figura conocida como sujeción, en la cual el que habla o escribe formula preguntas que él mismo responde.

y el mayor bien es pequeño;   2185
que toda la vida es sueño,
y los sueños, sueños son. [161]

---

[161] Era muy conocida la canción popular «Soñaba que yo tenía / alegre mi corazón; / mas a la fe, madre mía, / que los sueños, sueños son.» Hay varias glosas de esta copla, una de ellas obra de don Juan de Tassis y Peralta, conde de Villamediana (1582-1622): «¡Oh costosos desengaños / en ilusivas quimeras, / bien mentido y ciertos daños / donde las burlas son veras / y las veras son engaños! / Quejas desveladas son, / mal fuerte y remedio tibio, / cuando induce mi opinión / alivio que no es alivio, / que los sueños, sueños son.»

TERCERA JORNADA

[ESCENA I]

Sale Clarín. [30]

CLARÍN   En una encantada torre,
                por lo que sé, vivo preso.
                ¿Qué me harán por lo que ignoro,   2190
                si por lo que sé me han muerto?
                ¡Qué un hombre con tanta hambre
                viniese a morir viviendo!
                Lástima tengo de mí.
                Todos dirán: "Bien lo creo",   2195

---

(30) Monólogo burlesco de Clarín (la palabra *burlesco* se toma para designar la actitud de quien se mofa de algo por no compartir los principios en que se asienta el objeto de la burla). Aparte de compararlo con otros soliloquios analizados con anterioridad, debe irse completando el retrato de este personaje, que, a diferencia de otros graciosos, no participa en la intriga amorosa de su señor (en este caso, señora, si es que verdaderamente cumple ese oficio), no se mantiene fiel a Rosaura (Clarín pasa de un amo a otro con total indiferencia, frente a lo normal) y no parece ofrecer la nobleza de carácter que presentan otros graciosos. Esta disección de su carácter se puede continuar en la escena inmediatamente posterior.

y bien se puede creer;
pues para mí este silencio
no conforma[1] con el nombre
Clarín, y callar no puedo.
Quien[2] me hace compañía   2200
aquí, si a decirlo acierto,
son arañas y ratones.
¡Miren qué dulces jilgueros!
De los sueños desta noche
la triste cabeza tengo   2205
llena de mil chirimías,[3]
de trompetas y embelecos,[4]
de procesiones, de cruces,
de disciplinantes;[5] y éstos,
unos suben, otros bajan;   2210
otros se desmayan viendo
la sangre que llevan otros;
mas yo, la verdad diciendo,
de no comer me desmayo;
que en una prisión me veo,   2215
donde ya todos los días
en el filósofo leo
Nicomedes, y las noches
en el concilio Niceno.[6]

---

[1] *conformar:* concordar, corresponder una cosa con otra.   [2] *Quien* tiene como referentes, en este caso, dos nombres de animales, *arañas y ratones.*   [3] *chirimía:* instrumento de viento, de la familia del oboe, con nueve o diez agujeros; en el extremo por donde se le introducía el aire con la boca, tenía una lengüeta de caña llamada pipa; frecuente en la época de Calderón.   [4] *embeleco:* embuste, fingimiento engañoso, mentira disfrazada con razones aparentes.   [5] *disciplinantes:* los que se van azotando para andar con más mortificación las estaciones y seguir las procesiones en Semana Santa y otras épocas. Comúnmente iban cubiertos con una túnica blanca, que dejaba desnudas las espaldas, que se herían, llagaban o azotaban con una disciplina (instrumento hecho de cáñamo, con varios ramales, cuyos extremos son más gruesos), y en la cabeza llevaban un capirote blanco, con el que se cubrían la cara.   [6] *en el filósofo... Niceno:* dos juegos de palabras; en el primero, con el nombre *Nicomedes* se alude, por un lado, a los filósofos de este nombre y, por otro, a su descomposición en *ni-comedes* (modernamente, *coméis*); lo mismo en *Niceno*, referencia

Si llaman santo al callar,[7]   2220
como en calendario nuevo,[8]
San Secreto es para mí,
pues le ayuno y no le huelgo;[9]
aunque está bien merecido
el castigo que padezco,   2225
pues callé, siendo criado,
que es el mayor sacrilegio.[10]

[ESCENA II]

Ruido de cajas y gente, y dicen dentro.

SOLDADO 1.º   Ésta es la torre en que está.
Echad la puerta en el suelo.
Entrad todos.

CLARÍN   ¡Vive Dios!,   2230
que a mí me buscan es cierto,
pues que dicen que aquí estoy.
¿Qué me querrán?

Salen los soldados que pudieren.[11]

SOLDADO 1.º   Entrad dentro.
SOLDADO 2.º   Aquí está.
CLARÍN   No está.
TODOS   Señor...

---

al concilio de Nicea del 325 y, además, susceptible de interpretarse como *ni-ceno*; el gracioso manifiesta sus tópicas preocupaciones por el sustento.   [7] El v. 2220 alude al refrán «al buen callar llaman *santo*», que presenta la variante *Sancho*.   [8] *calendario nuevo:* aquél en el que cambian los días de precepto y los de ayuno y abstinencia.   [9] *le huelgo:* 'ceso en el trabajo en su fiesta' y 'me alegro por su causa'.   [10] Cilveti, según Rull, aclara así el significado de los vv. 2220-2227: 'Clarín cree hallarse en la cárcel por no haber divulgado el secreto de Rosaura y Clotaldo, por lo que guarda el ayuno de San Secreto (juego de palabras con el proverbio de la n. 7) sin celebrar su fiesta, en lo que sigue un nuevo calendario que separa el ayuno del santo y su fiesta'.   [11] *que pudieren:* todos los actores que estén libres para este cometido.

CLARÍN [aparte]	[¿Si vienen borrachos éstos?]	2235
SOLDADO 2.º	Tú nuestro príncipe eres; ni admitimos ni queremos sino al señor natural, y no príncipe extranjero.[12] A todos nos da los pies.	2240
TODOS	¡Viva el gran príncipe nuestro!	
CLARÍN [aparte]	[¡Vive Dios, que va de veras! ¿Si es costumbre en este reino prender uno cada día y hacerle príncipe, y luego volverle a la torre? Sí, pues cada día lo veo: fuerza es hacer mi papel.]	2245
TODOS	Danos tus plantas.	
CLARÍN	No puedo, porque las he menester[13] para mí, y fuera defeto ser príncipe desplantado.	2250
SOLDADO 2.º	Todos a tu padre mesmo le dijimos que a ti solo por príncipe conocemos, no al de Moscovia.	2255
CLARÍN	¿A mi padre le perdistis el respeto? Sois unos tales por cuales.[14]	
SOLDADO 1.º	Fue lealtad de nuestros pechos,	
CLARÍN	Si fue lealtad, yo os perdono.	2260
SOLDADO 2.º	Sal a restaurar tu imperio. ¡Viva Segismundo!	

---

[12] Para interpretar los vv. 2236-2239, téngase en cuenta j. I, n. 187. El príncipe extranjero es Astolfo. [13] *las he menester:* 'las necesito, me hacen falta'; nótese el juego de palabras de los vv. 2249 y 2252. [14] *tales por cuales: tal por cual* era una 'expresión de desprecio, que equivale a cosa de poco más o menos o indigna'; aquí es un eufemismo que está en lugar de otra locución más fuerte.

TODOS	¡Viva!
CLARÍN	[¿Segismundo dicen? Bueno.
[aparte]	Segismundos llaman todos
	los príncipes contrahechos.[15]] 2265

Sale Segismundo.

[ESCENA III][31]

SEGISMUNDO	¿Quién nombra aquí a Segismundo?
CLARÍN	[¡Mas que soy[16] príncipe huero![17]]
[aparte]	
SOLDADO 2.º	¿Quién es Segismundo?
SEGISMUNDO	Yo.
SOLDADO 2.º	Pues ¿cómo, atrevido y necio,
	tú te hacías Segismundo? 2270
CLARÍN	¿Yo Segismundo? Eso niego.
	Vosotros fuistis quien
	me segismundasteis; luego

---

[15] *contrahecho:* imitado, fingido. [16] *¡Mas que soy...!:* ¡A que soy...! [17] *huero:* en general, 'vacío'; «salir *huera* una cosa» era 'desvanecerse lo que se esperaba y creía por cierto conseguir', de donde es posible, como afirma algún crítico, que *príncipe huero* sea 'el que resulta fracasado'.

---

(31) En esta escena y en la siguiente hallamos de nuevo la idea del desengaño, primero en su vertiente negativa, la caducidad de las cosas, luego en su lado positivo, aspirar a los bienes superiores que se han descubierto. Todavía, sin embargo, el juicio sobre lo que dicen los sentidos no es preciso: la trampa de Basilio y Clotaldo sigue surtiendo efecto. Es lógico que ello sea así, pues en la escena XVIII de la segunda jornada Segismundo se había despertado soñando lo que acababa de vivir en la realidad y ese hecho produjo en su espíritu el resultado conocido, la identificación de esos dos órdenes distintos. La solución que se le da a esta pregunta es, como ya se ha dicho, de orden moral. Gracias a eso, Segismundo consigue su primera victoria sobre sí mismo al llegar ante él Clotaldo. El itinerario de este triunfo continúa en las escenas novena, décima y decimocuarta de este mismo acto.

vuestra ha sido solamente
necedad y atrevimiento.   2275

SOLDADO 1.º   Gran príncipe Segismundo,
(que las señas que traemos
tuyas son, aunque por fe
te aclamamos señor nuestro),[18]
tu padre, el gran rey Basilio,   2280
temeroso que los cielos
cumplan un hado, que dice
que ha de verse a tus pies puesto,
vencido de ti, pretende
quitarte acción[19] y derecho   2285
y dársela a Astolfo, duque
de Moscovia. Para esto
juntó su corte, y el vulgo,
penetrando ya y sabiendo
que tiene rey natural,   2290
no quiere que un extranjero
venga a mandarle. Y así,
haciendo noble desprecio
de la inclemencia[20] del hado,
te ha buscado donde preso   2295
vives, para que, valido
de[21] sus armas y saliendo
desta torre a restaurar
tu imperial corona y cetro,
se la quites a un tirano.   2300
Sal, pues; que en ese desierto
ejército numeroso
de bandidos[22] y plebeyos

---

[18] Los vv. 2277-2279 significan: 'las señas que traemos se corresponden con las tuyas, pero te aclamamos en virtud de nuestra fe en ti, no por la coincidencia'.   [19] *acción:* aquí, tiene sentido jurídico: 'el derecho que uno tiene a alguna cosa, para pedirla en juicio, según y como le pertenece'.   [20] *inclemencia:* adversidad.   [21] *valido de:* favorecido, amparado o defendido por.   [22] *bandido:* sinónimo de *bandolero*, pero no de *malhechor;* significa aquí 'banderizo, miembro de un bando, banda, bandería o parcialidad'.

	te aclama. La libertad	
	te espera; oye sus acentos.	2305
VOCES	¡Viva Segismundo, viva!	
[dentro]		
SEGISMUNDO	¿Otra vez (¿qué es esto, cielos?)	

queréis que sueñe grandezas
que ha de deshacer el tiempo?
¿Otra vez queréis que vea   2310
entre sombras y bosquejos [23]
la majestad y la pompa
desvanecida [24] del viento?
¿Otra vez queréis que toque
el desengaño, o el riesgo   2315
a que el humano poder
nace humilde y vive atento?
Pues ¡no ha de ser, no ha de ser!
Miradme otra vez sujeto
a mi fortuna. Y pues sé   2320
que toda esta vida es sueño,
idos, sombras, que fingís
hoy a mis sentidos muertos
cuerpo y voz, siendo verdad
que ni tenéis voz ni cuerpo;   2325
que no quiero majestades
fingidas, pompas no quiero
fantásticas, ilusiones
que al soplo menos ligero
del aura han de deshacerse,   2330
bien como el florido almendro, [25]
que por madrugar sus flores,
sin aviso y sin consejo,
al primer soplo se apagan,

---

[23] *bosquejo:* 'la pintura que está en los primeros colores, que aún no se distingue bien'; metafóricamente, 'la cosa no acabada o no bien distinta'.   [24] *desvanecida:* cfr. j. II, n. 76.   [25] los vv. 2331-2337 consisten en una breve caracterización del almendro, símbolo de la locura por florecer en época que todavía es de heladas.

	marchitando y desluciendo	2335
	de sus rosados capillos[26]	
	belleza, luz y ornamento.	
	Ya os conozco, ya os conozco,	
	y sé que os pasa lo mesmo	
	con cualquiera que se duerme.	2340
	Para mí no hay fingimientos;	
	que, desengañado ya,	
	sé bien que la vida es sueño.	
SOLDADO 2.º	Si piensas que te engañamos,	
	vuelve a ese monte soberbio	2345
	los ojos, para que veas	
	la gente que aguarda en ellos	
	para obedecerte.[27]	
SEGISMUNDO	Ya	
	otra vez vi aquesto mesmo	
	tan clara y distintamente	2350
	como agora lo estoy viendo,	
	y fue sueño.	
SOLDADO 2.º	Cosas grandes	
	siempre, gran señor, trujeron	
	anuncios; y esto[28] sería,	
	si lo soñaste primero.	2355
SEGISMUNDO	Dices bien, anuncio fue;	
	y caso que[29] fuese cierto,	
	pues que la vida es tan corta,	
	soñemos, alma, soñemos	
	otra vez; pero ha de ser	2360
	con atención y consejo	

---

[26] *capillo:* en el lenguaje poético, 'capullo, botón de la rosa o de otra flor cuando aún está cerrado'. [27] *vuelve... obedecerte:* 'vuelve los ojos para ver a la gente que aguarda en ellos (los ojos) con objeto de obedecerte'; en esta interpretación, *aguardar en* podría significar 'mirar a', lo cual sería un italianismo (cfr. *guardare*, 'mirar'); si no entendemos así el párrafo, hay motivos para opinar, como Morón, que *ellos*, se refiere a *montes*, aunque el antecedente «ad sensum» fuera, en tal caso, el singular *monte*, construcción posible y debida a un descuido. [28] *esto:* nos remite a *anuncios*. [29] *caso que:* en (el) caso de que.

de que hemos de despertar
deste gusto[30] al mejor tiempo;[31]
que, llevándolo sabido,
será el desengaño menos;   2365
que es hacer burla del daño
adelantarle el consejo.[32]
Y con esta prevención
de que, cuando[33] fuese cierto,
es todo el poder prestado[34]   2370
y ha de volverse a su dueño,
atrevámonos a todo.
Vasallos, yo os agradezco
la lealtad; en mí lleváis
quien os libre, osado y diestro,   2375
de extranjera esclavitud.
Tocad al arma, que presto
veréis mi inmenso valor.
Contra mi padre pretendo
tomar armas y sacar   2380
verdaderos a los cielos;[35]
presto he de verle a mis plantas.

[aparte]   [Mas, si antes desto despierto,
                ¿no será bien no decirlo,
                supuesto que no he de hacerlo?]   2385

TODOS   ¡Viva Segismundo, viva!

---

[30] *gusto:* complacencia, deleite o deseo de alguna cosa.   [31] *al mejor tiempo:* cuando menos lo esperemos.   [32] *consejo:* 'cuidado, precaución', como en el v. 2361.   [33] *cuando:* incluso aunque.   [34] *prestado:* como en los vv. 2148-2187, Calderón distingue entre lo que nos es confiado (por ello, pasajero: cfr. v. 2162) y lo que somos (que es eterno).   [35] *sacar verdaderos a los cielos:* demostrar que tenían razón en sus malos presagios; cfr. v. 2483.

[ESCENA IV]

Sale Clotaldo.

CLOTALDO	¿Qué alboroto es éste, cielos?
SEGISMUNDO	Clotaldo.
CLOTALDO	Señor...
[aparte]	[En mí
	su crueldad prueba.]
CLARÍN	[Yo apuesto
[aparte]	que le despeña del monte.] 2390

Vase.

CLOTALDO	A tus reales plantas llego,
	ya sé que a morir.
SEGISMUNDO	Levanta,
	levanta, padre,[36] del suelo,
	que tú has de ser norte y guía
	de quien fíe mis aciertos; 2395
	que ya sé que mi crianza
	a tu mucha lealtad debo.
	Dame los brazos.
CLOTALDO	¿Qué dices?
SEGISMUNDO	Que estoy soñando, y que quiero
	obrar bien, pues no se pierde 2400
	obrar bien, aun entre sueños.
CLOTALDO	Pues, señor, si el obrar bien
	es ya tu blasón, es cierto
	que no te ofenda el que yo
	hoy solicite lo mesmo. 2405
	¿A tu padre has de hacer guerra?

---

[36] *padre:* repárese en el vocativo.

	Yo aconsejarte no puedo	
	contra mi Rey, ni valerte. [37]	
	A tus plantas estoy puesto;	
	dame la muerte.	

SEGISMUNDO   ¡Villano,   2410
                      traidor, ingrato!

[aparte]   [Mas, ¡cielos!,
                      reportarme me conviene,
                      que aún no sé si estoy despierto.]
                      Clotaldo, vuestro valor
                      os envidio y agradezco.   2415
                      Idos a servir al Rey,
                      que en el campo nos veremos.

[a los soldados]   Vosotros, tocad al arma.

CLOTALDO   Mil veces tus plantas beso.

Vase.

SEGISMUNDO   A reinar, fortuna, vamos;   2420
                      no me despiertes, si duermo,
                      y si es verdad, no me duermas.
                      Mas, sea verdad o sueño,
                      obrar bien es lo que importa.
                      Si fuere verdad, por serlo;   2425
                      si no, por ganar amigos
                      para cuando despertemos.

Vanse y tocan al arma.

---

[37] *valer:* ayudar.

[ESCENA V] [(32)]

Salen el Rey Basilio y Astolfo.

BASILIO ¿Quién, Astolfo, podrá parar,
                              [prudente,
la furia de un caballo desbocado?
¿Quién detener de un río la corriente, 2430
que corre al mar, soberbio y despeñado?
¿Quién un peñasco suspender, valiente,
de la cima de un monte, desgajado?
Pues todo fácil de parar ha sido,
y un vulgo no, soberbio y atrevido. 2435
    Dígalo en bandos el rumor partido,
pues se oye resonar en lo profundo
de los montes el eco repetido,
unos "*¡Astolfo!*" y otros "*¡Segismundo!*"
El dosel de la jura, [38] reducido 2440
a segunda intención, [39] a horror segundo,
teatro funesto es, donde, importuna,
representa tragedias la fortuna.

ASTOLFO Suspéndase, señor, el alegría,
cese el aplauso y gusto lisonjero 2445

---

[38] *dosel:* cfr. j. II, n. 53; aquí es metonimia por *trono; jura* se refiere al juramento de fidelidad. [39] *segunda intención:* Basilio dice que, al haberse rebelado Segismundo, el sitial que, en primera instancia, iba a servir para jurar fidelidad al heredero del trono, no tendrá ahora más utilidad que declarar la guerra (el segundo propósito); podría, asimismo, darse aquí una alusión al segundo reinado de Segismundo (cfr. «horror segundo» en este mismo verso, y «honor segundo» en el v. 2481).

(32) En las escenas quinta, sexta y séptima, surgen metáforas ya conocidas (el monstruo y el sepulcro) con nuevos valores. Contribuye este factor a acentuar la visión fatalista que se va adueñando de Basilio, quien, sin embargo, no ha encontrado todavía la verdad que lo libere de su orgullo.

que tu mano feliz me prometía;
que si Polonia (a quien[40] mandar espero)
hoy se resiste a la obediencia mía,
es porque la merezca yo primero.
Dadme un caballo, y de arrogancia
                              [lleno,   2450
rayo decienda[41] el que blasona trueno.[42]

Vase.

BASILIO   Poco reparo[43] tiene lo infalible,
y mucho riesgo[44] lo previsto tiene;
si ha de ser, la defensa[45] es imposible,
que quien la excusa[46] más, más la
                              [previene.[47]   2455
¡Dura ley! ¡Fuerte caso! ¡Horror
                              [terrible!
Quien piensa que huye el riesgo,
                              [al riesgo viene.
Con lo que yo guardaba me he
                              [perdido;
yo mismo, yo mi patria he destruido.

---

[40] *quien:* recoge un nombre propio de lugar tomado como designación del conjunto de individuos que forman un pueblo. [41] *decienda:* las dos formas, *decender* y *descender*, se usaban en la época. [42] *Dadme... trueno:* 'El caballo, que, con su inquietud, sus resoplidos y su cocear presume de trueno, conviértese en rayo con su rapidez y poder fulminante' (Riquer). [43] *reparo:* restauración, recuperación o remedio. [44] *mucho riesgo:* de convertirse en realidad. [45] *defensa:* reparo, resguardo con que se resiste o propulsa algún riesgo. [46] *excusar:* rehusar, huir la ocasión de que pueda resultar algún daño o perjuicio. [47] *prevenir:* preparar, aparejar y disponer con anticipación las cosas necesarias para algún fin.

[ESCENA VI]

Sale Estrella.

ESTRELLA   Si tu presencia, gran señor, no trata   2460
               de enfrenar el tumulto sucedido,
               que de uno en otro bando se dilata,
               por las calles y plazas dividido,
               verás tu reino en ondas de escarlata
               nadar, entre la púrpura teñido   2465
               de su sangre; que ya con triste modo,
               todo es desdichas y tragedias todo.
                    Tanta es la ruina de tu imperio,
                                                [tanta
               la fuerza del rigor duro y sangriento,
               que visto admira y escuchado
                                             [espanta.[48] 2470
               El sol turba y se embaraza el
                                              [viento;
               cada piedra un pirámide[49] levanta
               y cada flor construye un monumento;[50]
               cada edificio es un sepulcro altivo;[51]
               cada soldado, un esqueleto vivo.   2475

---

[48] *espantar:* 'admirar, producir asombro o entusiasmo'; cfr. j. II, n. 38. [49] *un pirámide:* como ocurre con muchos helenismos, fue ambiguo durante largo tiempo. [50] *monumento:* 'sepulcro', para cobijar a los muertos de la guerra. [51] *altivo:* hablando de cosas, 'elevado'.

[ESCENA VII]

Sale Clotaldo.

CLOTALDO   ¡Gracias a Dios que vivo a tus pies
                                    [llego!
BASILIO   Clotaldo, pues, ¿qué hay de
                                    [Segismundo?
CLOTALDO   Que el vulgo, monstruo despeñado y
                                    [ciego,
                la torre penetró,[52] y de lo profundo
                della sacó su príncipe, que luego   2480
                que vio segunda vez su honor
                                    [segundo,
                valiente se mostró, diciendo fiero
                que ha de sacar al cielo verdadero.
BASILIO   Dadme un caballo, porque yo en
                                    [persona
                vencer valiente a un hijo ingrato
                                    [quiero;   2485
                y en la defensa ya de mi corona,
                lo que la ciencia erró venza el acero.

                            Vase.

ESTRELLA   Pues yo al lado del sol seré Belona.[53]
                Poner ni nombre junto al suyo
                                    [espero;
                que he de volar sobre tendidas alas   2490
                a competir con la deidad de Palas.[54]

                    Vase, y tocan al arma.

_____

[52] Obsérvese el uso transitivo de *penetrar*.   [53] *Belona:* cfr. j. I, n. 127; acompaña a
Marte, el dios bélico, no al Sol, como dice este verso; no tenía alas (cfr. v. 2490);
Estrella quiere competir con Belona y con Palas.   [54] *Palas:* cfr. j. I, n. 129.

[ESCENA VIII] [33]

Sale Rosaura y detiene a Clotaldo.

ROSAURA   Aunque el valor que se encierra
                 en tu pecho desde allí
                 da voces, óyeme a mí;
                 que yo sé que todo es guerra.   2495
                 Ya sabes que yo llegué
                 pobre, humilde y desdichada
                 a Polonia, y amparada
                 de tu valor, en ti hallé
                 piedad; mandásteme, ¡ay cielos!,   2500
                 que disfrazada viviese
                 en palacio y pretendiese,
                 disimulando mis celos,
                 guardarme de Astolfo. En fin,
                 él me vio, y tanto atropella   2505
                 mi honor que, viéndome, [55] a Estrella
                 de noche habla en un jardín.

---

[55] *viéndome :* aunque me ve.

---

(33) Nuevo diálogo entre Rosaura y Clotaldo, también sobre el honor; júzguese de la capacidad razonadora de ambos personajes (cfr. **7**). ¿Sigue Rosaura sumida en la confusión? ¿Cuál es la función dramática de la escena? (Para ambas cuestiones, téngase presente j. III, esc. X). Obsérvese que Calderón dota a sus personajes, sobre todo a Rosaura, de cierta capacidad sofística, es decir, de la facultad consistente en llegar a demostrar (supuestamente) proposiciones que, como mínimo, son dudosas. Procúrese sopesar el valor de cada uno de los argumentos esgrimidos por el ayo de Segismundo y su hija. Nótese, además, cómo el dramaturgo se sirve de conocidos elementos de la filosofía aristotélica: en el terreno de la lógica, se alude a algunas categorías fijadas por el Estagirita (acción y pasión, en los vv. 2558-2559); aparecen también algunos conceptos morales suyos, a saber, que la virtud reside en el justo medio entre los extremos (cfr. vv. 2539-2543).

                    Déste la llave he tomado,
                    y te podré dar lugar
                    de[56] que en él puedas entrar   2510
                    a dar fin a mi cuidado.[57]
                        Aquí altivo, osado y fuerte,
                    volver por mi honor podrás,
                    pues que ya resuelto estás
                    a vengarme con su muerte.   2515
CLOTALDO   Verdad es que me incliné,
                    desde el punto que te vi,
                    a hacer, Rosaura, por ti
                    (testigo tu llanto fue)
                        cuanto mi vida pudiese.   2520
                    Lo primero que intenté
                    quitarte aquel traje fue,
                    porque, si Astolfo te viese,
                        te viese en tu propio traje,
                    sin juzgar a liviandad[58]   2525
                    la loca temeridad
                    que hace del honor ultraje.
                        En este tiempo trazaba
                    cómo cobrar[59] se pudiese
                    tu honor perdido, aunque fuese,   2530
                    (tanto tu honor me arrestaba)[60]
                        dando muerte a Astolfo. ¡Mira
                    qué caduco desvarío!
                    Si bien, no siendo rey mío,
                    ni me asombra ni me admira.[61]   2535
                        Darle pensé muerte, cuando[62]
                    Segismundo pretendió
                    dármela a mí, y él llegó,

---

[56] *dar lugar de:* facilitar, permitir.   [57] *cuidado:* recelo y temor de lo que puede sobrevenir.   [58] *liviandad:* cfr. j. II, n. 29.   [59] *cobrar:* 'adquirir y, en cierta manera, recuperar y recobrar lo perdido'; cfr. v. 2905.   [60] *arrestar:* cfr. j. II, n. 117.   [61] El v. 2535 indica que Clotaldo podía matar a Astolfo sin añadir a su crimen la agravante de atentar contra su rey.   [62] Igual que en los vv. 898-918, en 2536-2607 se produce un continuo juego de conceptos sobre la base de la expresión *dar vida*.

su peligro atropellando,
   a hacer en defensa mía   2540
muestras de su[63] voluntad,
que fueron temeridad,
pasando de valentía.
   Pues, ¿cómo yo agora, advierte,
teniendo alma agradecida,   2545
a quien me ha dado la vida
le tengo de[64] dar la muerte?
   Y así, entre los dos partido
el efeto[65] y el cuidado,
viendo que a ti te la he dado,   2550
y que dél la he recibido,
   no sé a qué parte[66] acudir,
no sé qué parte ayudar;
si a ti me obligué con dar,
dél lo estoy con recibir.   2555
   Y así, en la acción que se ofrece,
nada a mi amor satisface,
porque soy persona que hace
y persona que padece.

ROSAURA   No tengo que prevenir   2560
que en un varón singular,[67]
cuanto es noble acción el dar
es bajeza el recibir.
   Y este principio[68] asentado,
no has de estarle agradecido,   2565
supuesto que si él ha sido
el que la vida te ha dado,
   y tú a mí, evidente cosa
es que él forzó tu nobleza

---

[63] *su:* de Astolfo.   [64] *tengo de:* cfr. j. I, n. 65.   [65] *efeto:* cfr. j. II, n. 78.   [66] *parte:* metafóricamente, 'lado a que alguno se inclina en una riña o pendencia', es decir, 'parte legal' (cfr. v. 2552), por lo que *acción* adquiere también sentido jurídico (cfr. n. 17).   [67] *singular:* excelente.   [68] *principio:* 'premisa'; ese principio sirve de base para todo el razonamiento posterior, en el que lo importante es *dar* y *recibir* es humillante.

| | a que hiciese una bajeza, | 2570 |
| | y yo una acción generosa. | |

    Luego estás dél ofendido,
luego estás de mí obligado,
supuesto que a mí me has dado
lo que dél has recibido;   2575
    y así, debes acudir
a mi honor en riesgo tanto,
pues yo le prefiero[69] cuanto
va de dar a recibir.

CLOTALDO   Aunque la nobleza vive   2580
de la parte del que da,
el agradecerla está
de parte del que recibe;
    y pues ya dar he sabido,
ya tengo con nombre honroso   2585
el nombre de generoso.
Déjame el de agradecido,
    pues le puedo conseguir
siendo agradecido cuanto
liberal, pues honra tanto   2590
el dar como el recibir.

ROSAURA   De ti recibí la vida,
y tú mismo me dijiste,
cuando la vida me diste,
que la que estaba ofendida   2595
    no era vida.[70] Luego yo
nada de ti he recibido;
pues vida no vida ha sido
la que tu mano me dio.
    Y si debes ser primero   2600
liberal[71] que agradecido
(como de ti mismo he oído),
que me des la vida espero,

---

[69] *le prefiero:* cfr. j. II, n. 10.   [70] *no era vida:* cfr. j. I, n. 208.   [71] *liberal:* 'generoso'; cfr. vv. 2590 y 2609.

que[72] no me la has dado; y pues
el dar engrandece más,   2605
sé antes liberal; serás
agradecido después.

CLOTALDO   Vencido de tu argumento,
antes liberal seré.
Yo, Rosaura, te daré   2610
mi hacienda, y en un convento
vive; que está bien pensado
el medio que solicito;
pues huyendo de un delito,
te recoges a un sagrado;[73]   2615
que cuando, tan dividido,
el reino desdichas siente,
no he de ser quien las aumente,
habiendo noble nacido.
Con el remedio elegido   2620
soy con el reino leal,
soy contigo liberal,
con Astolfo agradecido;
y así escogerle te cuadre,[74]
quedándose entre los dos,[75]   2625
que no hiciera, ¡vive Dios!,
más, cuando[76] fuera tu padre.

ROSAURA   Cuando tú mi padre fueras,
sufriera esa injuria yo;
pero no siéndolo, no.   2630

CLOTALDO   Pues ¿qué es lo que hacer esperas?

ROSAURA   Matar al Duque.

CLOTALDO   Una dama

---

[72] *que:* 'pues' (hay otros varios ejemplos a lo largo de la obra).   [73] *sagrado:* cfr. j. II,
n. 106; se da un juego de palabras entre el significado metafórico citado en esa nota y
el de 'lugar sagrado'.   [74] *escogerle te cuadre:* según algún comentarista, se refiere a
convento (v. 2611); de acuerdo con otros, a *remedio* (v. 2620).   [75] *quedándose entre los dos:*
los dos pueden ser los dos remedios o las dos personas, Rosaura y Clotaldo.   [76] *cuando:*
'si'; 'incluso aunque' (cfr. j. II, n. 92); Rosaura no conoce la verdadera identidad de
Clotaldo, como se ve en el verso siguiente.

que padres no ha conocido,
¿tanto valor ha tenido?

ROSAURA   Sí.
CLOTALDO   ¿Quién te alienta?
ROSAURA   Mi fama.   2635
CLOTALDO   Mira que a Astolfo has de ver...
ROSAURA   Todo mi honor lo atropella.
CLOTALDO   ... tu rey, y esposo de Estrella.
ROSAURA   ¡Vive Dios que no ha de ser!
CLOTALDO   Es locura.
ROSAURA   Ya lo veo.   2640
CLOTALDO   Pues véncela.
ROSAURA   No podré.
CLOTALDO   Pues perderás...
ROSAURA   Ya lo sé.
CLOTALDO   ... vida y honor.
ROSAURA   Bien lo creo.
CLOTALDO   ¿Qué intentas?
ROSAURA   Mi muerte.
CLOTALDO   Mira
que eso es despecho.
ROSAURA   Es honor.   2645
CLOTALDO   Es desatino.
ROSAURA   Es valor.
CLOTALDO   Es frenesí.
ROSAURA   Es rabia, es ira.
CLOTALDO   En fin, ¿que no se da medio[77]
a tu ciega pasión?
ROSAURA   No.
CLOTALDO   ¿Quién ha de ayudarte?
ROSAURA   Yo.   2650
CLOTALDO   ¿No hay remedio?
ROSAURA   No hay remedio.
CLOTALDO   Piensa bien si hay otros modos...

---

[77] *medio*: 'remedio, solución'; puede estar en la mente de Calderón otro significado: 'la parte que en alguna cosa dista igualmente de sus extremos'.

ROSAURA   Perderme de otra manera.

                          Vase.

CLOTALDO   Pues si has de perderte, espera,
                 hija, y perdámonos todos.   2655

                          Vase.

[ESCENA IX] (34)

Tocan y salen marchando soldados, Clarín y Segismundo, vestido de pieles.

SEGISMUNDO   Si este día me viera
                 Roma en los triunfos de su edad
                                          [primera, 78
                 ¡oh, cuánto se alegrara
                 viendo lograr una ocasión tan rara
                 de tener una fiera   2660
                 que sus grandes ejércitos rigiera,
                 a cuyo altivo aliento
                 fuera poca conquista el firmamento!
                 Pero el vuelo abatamos,
                 espíritu. No así desvanezcamos 79   2665
                 aqueste aplauso incierto,
                 si ha de pesarme, cuando esté
                                          [despierto,
                 de haberlo conseguido
                 para haberlo perdido;

---

78 *edad primera*: edad de oro.   79 *desvanezcamos*: cfr. j. II, n. 76.

---

(34) Segismundo, todavía inmerso en la confusión (cfr. v. 2667), utiliza elementos conceptuales pertenecientes a las metáforas del águila y del sol: ¿cuál es su papel en este momento de la acción? En cuanto al caballo descrito por Clarín, nos ayuda a precisar la situación espiritual de Rosaura: ¿qué diferencias mantiene con el hipogrifo de la escena inicial? (cfr. 3).

pues mientras menos fuere,   2670
menos se sentirá si se perdiere.

Dentro un clarín.

CLARÍN   En un veloz caballo[80]
               (perdóname, que fuerza es el pintallo
               en viniéndome a cuento),
               en quien un mapa se dibuja atento,   2675
               pues el cuerpo es la tierra,
               el fuego el alma que en el pecho
                                             [encierra,
               la espuma el mar, el aire su suspiro,
               en cuya confusión un caos admiro,
               pues en el alma, espuma, cuerpo,
                                             [aliento, 2680
               monstruo es de fuego, tierra, mar y
                                             [viento,
               de color remendado,[81]
               rucio,[82] y a su propósito rodado[83]
               del que bate la espuela,
               y en vez de correr vuela,   2685
               a tu presencia llega
               airosa una mujer.
SEGISMUNDO   Su luz me ciega.
CLARÍN   ¡Vive Dios, que es Rosaura!

                        Vase.

SEGISMUNDO   El cielo a mi presencia la restaura.

---

[80] *En un veloz caballo...:* cfr. j. I, nn. 1 y 5.   [81] *remendado:* se aplica al animal que tiene la piel manchada.   [82] *rucio:* caballería de color parduzco.   [83] *rodado:* se juega con dos significados: 'movido por el jinete', y, en el caso de *rucio rodado,* 'caballo de color pardo claro, que comúnmente se llama tordo, y se llama rodado cuando sobre su piel aparecen a la vista ciertas ondas o ruedas, formadas con su pelo'; hay un juego de palabras en *propósito,* 'gusto' y 'objetivo'.

[ESCENA X][35]

Sale Rosaura, con vaquero,[84] *espada y daga.*

ROSAURA   Generoso Segismundo,   2690
cuya majestad heroica
sale al día de sus hechos
de la noche de sus sombras;
y como el[85] mayor planeta,[86]
que en los brazos de la aurora   2695
se restituye luciente
a las flores y a las rosas,
y sobre mares y montes,
cuando coronado asoma,
luz esparce, rayos brilla,[87]   2700
cumbres baña, espumas borda;

---

[84] *vaquero:* 'sayo o vestidura de faldas largas, por ser parecido a los que los pastores usan'; no obstante, Rosaura lleva espada y daga, como un hombre.   [85] *y como el:* aquí hay un anacoluto (fenómeno que se produce cuando se olvida la construcción gramatical que se viene siguiendo en una frase, para adoptar otra incoherente con respecto a la primera), ya que la conjunción *y* parece introducir un segundo predicado referido a *majestad*, pero en el v. 2702, después de la amplia comparación, Calderón abandona la construcción anterior.   [86] *el mayor planeta:* el Sol.   [87] *brillar*, normalmente intransitivo, está construido transitivamente.

---

(35) El honor (Rosaura) y el desengaño producido por el sueño de la vida (Segismundo) coinciden y se condicionan expresamente de aquí hasta el final. El problema de la llamada **31** se soluciona gracias a la historia contada por la joven: dos ideas contrastan en la mente de Segismundo en el largo aparte que nos muestra su meditación antes de contestar; son el sueño y el mundo exterior. Inténtese explicar cómo soluciona el príncipe ese conflicto y cuál es la función de la memoria en la respuesta a la que se llega. Por último, es de notar que, en boca de Rosaura, surgen otra vez figuras como el sol (aplicada a Segismundo) y el monstruo, además del efecto de claroscuro. Deberemos puntualizar el valor adquirido por todos esos factores en esta importante escena, así como el de la oposición *fama/eternidad* contenida en los vv. 2982-2983.

así amanezcas al mundo,
luciente sol de Polonia,
que a una mujer infelice,
que hoy a tus plantas se arroja,   2705
ampares por ser mujer
y desdichada; dos cosas
que, para obligar a un hombre
que de valiente blasona,
cualquiera de las dos basta,   2710
de las dos cualquiera sobra.
Tres veces son las que ya
me admiras, tres las que ignoras
quién soy, pues las tres me has visto
en diverso traje y forma.   2715
La primera me creíste
varón, en la rigurosa
prisión, donde fue tu vida
de mis desdichas lisonja. [88]
La segunda me admiraste   2720
mujer, cuando fue la pompa
de tu majestad un sueño,
una fantasma, una sombra.
La tercera es hoy, que, siendo
monstruo de una especie y otra,   2725
entre galas de mujer
armas de varón me adornan.
Y porque, compadecido,
mejor mi amparo dispongas,
es bien que de mis sucesos   2730
trágicas fortunas oigas.
De noble madre nací
en la corte de Moscovia,
que, según fue desdichada,
debió de ser muy hermosa. [89]   2735

---

[88] *lisonja:* metafóricamente, 'lo que agrada, deleita y da gusto a los sentidos'.
[89] Los vv. 2734-2735 aluden al proverbio según el cual la mujer hermosa debe ser desgraciada.

En ésta puso los ojos
un traidor, que no le nombra
mi voz por no conocerle,
de cuyo valor me informa
el mío; pues, siendo objeto 　　　　　2740
de su idea,[90] siento agora
no haber nacido gentil,[91]
para persuadirme, loca,
a que fue algún dios de aquéllos
que en metamorfosis[92] lloran, 　　　　2745
lluvia de oro, cisne y toro,
Dánae,[93] Leda[94] y Europa.[95]
Cuando pensé que alargaba,
citando aleves[96] historias,
el discurso, hallo que en él 　　　　　2750
te he dicho en razones pocas
que mi madre, persuadida
a finezas amorosas,
fue como ninguna bella,
y fue infeliz como todas. 　　　　　2755
Aquella necia disculpa
de fe y palabra de esposa
la alcanza[97] tanto que aún hoy
el pensamiento la cobra,[98]

---

[90] *de cuyo valor... su idea:* así como la idea es causa del objeto que la representa, del mismo modo el padre es causa del hijo.　[91] *gentil:* 'pagana'; su padre no puede ser un dios.　[92] *metamorfosis:* parece tratarse del concepto de 'transformación', aunque hay autores que ven aquí una alusión a las *Metamorfosis* del poeta romano Ovidio.　[93] *Dánae:* hija de Acrisios, rey de Argos, que había sido encerrada por su padre en una cámara subterránea; fue seducida por Zeus bajo la forma de lluvia de oro que caía por una hendidura de la techumbre hasta el pecho de la joven.　[94] *Leda:* diosa que, para escapar de Zeus, se transformó en oca; sin embargo, él la conquistó bajo la figura de cisne.　[95] *Europa:* bellísima muchacha a la que se unió Zeus, transformado en toro de blancura deslumbrante.　[96] *aleve:* normalmente, 'traidor' (cfr. v. 1953); aquí, aplicado el adjetivo a *historias*, da al sintagma el sentido de 'historias de traición'.　[97] *alcanzar:* afectar.　[98] *cobra:* 'repara'; el sentido de los versos es: 'la imaginación repara la injuria cometida contra el honor (es decir, el incumplimiento de la palabra)' (Riquer).

habiendo sido un tirano   2760
tan Eneas de su Troya
que la dejó hasta la espada. [99]
Enváinese aquí su hoja,
que yo la desnudaré
antes que acabe la historia.   2765
Deste, pues, mal dado nudo [100]
que ni ata ni aprisiona,
o matrimonio o delito, [101]
si bien todo es una cosa,
nací yo tan parecida,   2770
que fui un retrato, una copia,
ya que en la hermosura no,
en la dicha y en las obras;
y así, no habré menester
decir que, poco dichosa   2775
heredera de fortunas,
corrí con ella una propia. [102] [103]
Lo más que podré decirte
de mí es el dueño que roba

---

[99] *habiendo sido... espada:* Calderón confunde Troya con Cartago, hecho comprensible porque Eneas participó en episodios concernientes a las dos ciudades; en efecto, este héroe, tras huir de Troya, recaló en Cartago, en donde la reina Dido y él tuvieron unos célebres amores, rotos trágicamente cuando, al abandonar el troyano la ciudad, Dido se suicidó con la espada que le dejó aquél (cfr. la *Eneida* de Virgilio, libro IV); algunos críticos atribuyen el error a la influencia de unos versos del romance *Eneas y Dido,* incluido en el *Romancero General:* «Mientras se quejaba Dido, / la flota tanto se aleja / que apenas entre las olas / pudo discernir las velas... / Miraba una rica espada, / que del fugitivo fuera, / y tomándola en sus manos / vuelve a repetir la pena. / ... Oh dulces, mientras Dios quiso, / cuanto agora amargas prendas, / vos gozaréis de mi vida, / pues del alma triunfa Eneas! / ¡Oh dura Troya, fementida Elena, / primeras ocasiones de mi pena!»   [100] *mal dado nudo:* la promesa de matrimonio que se daban los amantes en secreto, sin ninguna otra persona presente, fue considerada matrimonio válido y lícito hasta el concilio de Trento; a partir de entonces fueron ilícitos, pero eso no quiere decir que dejaran de ser válidos.   [101] *o matrimonio o delito:* una mujer noble, soltera y sin virginidad, no podía contraer matrimonio; debía ingresar en un convento.   [102] *heredera... propia:* Rosaura juega con dos sentidos de la palabra *fortuna,* 'suerte' y 'tormenta', ya que *correr fortuna,* en el lenguaje de la náutica, era 'padecer tormenta la embarcación, peligrar en ella o llegar a perderse'.   [103] *propia:* misma.

los trofeos de mi honor, 2780
los despojos de mi honra.
Astolfo... ¡Ay de mí!, al nombrarle
se encoleriza y se enoja
el corazón, propio efeto
de que enemigo[104] se nombra. 2785
Astolfo fue el dueño ingrato,
que, olvidado de las glorias
(porque en un pasado amor
se olvida hasta la memoria),
vino a Polonia, llamado
de su conquista famosa,
a casarse con Estrella,
que fue de mi ocaso antorcha.[105]
¿Quién creerá que, habiendo sido
una estrella quien conforma 2795
dos amantes, sea una Estrella[106]
la que los divida agora?
Yo ofendida, yo burlada,
quedé triste, quedé loca,
quedé muerta, quedé yo, 2800
que es decir que quedó toda
la confusión del infierno
cifrada[107] en mi Babilonia;[108]
y declarándome muda
(porque hay penas y congojas 2805
que las dicen los afectos
mucho mejor que la boca),
dije mis penas callando,
hasta que una vez a solas,
Violante, mi madre, ¡ay cielos!, 2810
rompió la prisión, y en tropa

---

[104] *enemigo*: complemento directo de *nombra*. [105] *fue antorcha*: iluminó y, por extensión, anunció. [106] *Estrella*: juego de palabras entre el nombre propio y Venus, la diosa del amor, en cuanto estrella (cfr. j. II, n. 88). [107] *cifrada*: metafóricamente, 'compendiada, abreviada, reducida a una sola cosa'. [108] *Babilonia*: símbolo de confusión.

del pecho salieron juntas,
tropezando unas con otras.
No me embaracé en decirlas;
que, en sabiendo una persona   2815
que a quien sus flaquezas cuenta
ha sido cómplice en otras,
parece que ya le hace
la salva[109] y le desahoga;
que a veces el mal ejemplo   2820
sirve de algo. En fin, piadosa
oyó mis quejas, y quiso
consolarme con las propias.
Juez que ha sido delincuente,
¡qué fácilmente perdona!   2825
Y escarmentando en sí misma,
y por negar a la ociosa
libertad, al tiempo fácil,
el remedio de su honra,
no le tuvo en mis desdichas.[110]   2830
Por mejor consejo toma
que le siga y que le obligue,
con finezas prodigiosas,
a la deuda de mi honor;[111]
y para que a menos costa[112]   2835
fuese, quiso mi fortuna
que en traje de hombre me ponga.
Descolgó una antigua espada

---

[109] *le hace la salva*: 'le pide venia, permiso, licencia para hablar, contradecir o representar alguna cosa', aunque, en este caso, más que 'pedir permiso', parece tratarse de 'dar permiso'.   [110] *Y escarmentando... desdichas*: de acuerdo con varios críticos, sobre todo Morón, el sentido de estos versos puede ser: viendo su caso y no queriendo que se repita en mí, por no dejar a «la ociosa libertad» (la de Clotaldo en su caso —Rosaura está refiriendo la opinión de su madre—; la de Astolfo en el mío), «al tiempo fácil» (al tiempo que hace olvidar todas las promesas), «el remedio de su honra», esto es, el remedio de la deshonra que le había caído también a ella cuando me cayó a mí, «no le tuvo en mi desdicha», o sea, no quiso ella hacer nada, ni sola ni con mi ayuda.   [111] *le oblige... honor*: que Astolfo repare su falta.   [112] *a menos costa*: con menos trabajo.

que es ésta que ciño. Agora
es tiempo que se desnude, 2840
como prometí, la hoja,
pues, confiada en sus señas,
me dijo: "Parte a Polonia,
y procura que te vean
ese acero que te adorna 2845
los más nobles; que en alguno
podrá ser que hallen piadosa
acogida tus fortunas,
y consuelo tus congojas."
Llegué a Polonia en efeto. 2850
Pasemos,[113] pues que no importa
el decirlo, y ya se sabe,
que un bruto que se desboca
me llevó a tu cueva, adonde
tú de mirarme te asombras. 2855
Pasemos que allí Clotaldo
de mi parte se apasiona,
que pide mi vida al Rey,
que el Rey mi vida le otorga;
que, informado de quién soy, 2860
me persuade a que me ponga
mi propio traje, y que sirva
a Estrella, donde ingeniosa
estorbé el amor de Astolfo
y el ser Estrella su esposa. 2865
Pasemos que aquí[114] me viste
otra vez confuso, y otra
con el traje de mujer
confundiste entrambas formas;
y vamos a que Clotaldo, 2870
persuadido a que le importa
que se casen y que reinen
Astolfo y Estrella hermosa,

---

[113] *Pasemos*: por alto. [114] *aquí*: en el palacio; cfr. vv. 1548 y ss.

contra mi honor me aconseja
que la pretensión deponga.   2875
Yo, viendo que tú, ¡oh valiente
Segismundo!, a quien hoy toca
la venganza, pues el cielo
quiere que la cárcel rompas
desa rústica prisión,   2880
donde ha sido tu persona
al sentimiento una fiera,
al sufrimiento una roca,
las armas contra tu patria
y contra tu padre tomas,   2885
vengo a ayudarte, mezclando
entre las galas costosas
de Dïana[115] los arneses
de Palas,[116] vistiendo agora
ya la tela y ya el acero,   2890
que entrambos juntos me adornan.[117]
Ea, pues, fuerte caudillo,
a los dos juntos importa
impedir y deshacer
estas concertadas bodas: 2895
a mí, porque no se case
el que mi esposo se nombra,
y a ti, porque, estando juntos
sus dos estados, no pongan
con más poder y más fuerza   2900
en duda nuestra vitoria.
Mujer, vengo a persuadirte[118]
al remedio de mi honra,

---

[115] *Diana*: diosa romana de los rebaños y de la caza, al tiempo que encarnación de
la castidad. [116] *Palas*: cfr. j. I, n. 129; Rosaura va vestida con prendas de cazadora
(vaquero), como Diana, y con objetos de guerra (daga y espada), como Palas. [117] En
los vv. 2886-2891 hay un caso de prosopografía, es decir, se pintan los caracteres
físicos de una persona, aunque aquí no de una manera completa. [118] *Mujer, vengo...*:
en toda esta serie *mujer* es 'como mujer...', y *hombre*, 'como hombre...'.

y varón, vengo a alentarte
a que cobres tu corona. 2905
Mujer, vengo a enternecerte
cuando a tus plantas me ponga,
y varón, vengo a servirte
cuando a tus gentes socorra.
Mujer, vengo a que me valgas[119] 2910
en mi agravio y mi congoja,
y varón, vengo a valerte
con mi acero y mi persona.
Y así, piensa que si hoy
como a mujer me enamoras,[120] 2915
como varón te daré
la muerte en defensa honrosa
de mi honor; porque he de ser,
en su[121] conquista amorosa,
mujer para darte quejas, 2920
varón para ganar honras.

SEGISMUNDO   [Cielos, si es verdad que sueño,
[aparte]   suspendedme[122] la memoria,
que no es posible que quepan
en un sueño tantas cosas. 2925
¡Válgame Dios! ¡Quién supiera,
o saber salir de todas,
o no pensar en ninguna!
¿Quién vio penas tan dudosas?
Si soñé aquella grandeza 2930
en que me vi, ¿cómo agora
esta mujer me refiere
unas señas tan notorias?
Luego fue verdad, no sueño;
y si fue verdad, que es otra 2935
confusión y no menor,

---

[119] *valgas:* ayudes, auxilies.   [120] *enamoras:* cortejas.   [121] *su:* se refiere al *honor* del verso anterior.   [122] *suspendedme: suspender* podía valer 'arrebatar el ánimo y detenerlo con la admiración de lo extraño o lo inopinado de algún objeto o suceso'.

¿cómo mi vida le[123] nombra
sueño? Pues ¿tan parecidas
a los sueños son las glorias,
que las verdaderas son   2940
tenidas por mentirosas,
y las fingidas por ciertas?
¿Tan poco hay de unas a otras
que hay cuestión[124] sobre saber
si lo que se ve y se goza   2945
es mentira o es verdad?
¿Tan semejante es la copia
al original que hay duda
en saber si es ella propia?
Pues si es así, y ha de verse   2950
desvanecida[125] entre sombras
la grandeza y el poder,
la majestad y la pompa,
sepamos aprovechar
este rato que nos toca,   2955
pues sólo se goza en ella[126]
lo que entre sueños se goza.
Rosaura está en mi poder,
su hermosura el alma adora.
Gocemos, pues, la ocasión;   2960
el amor las leyes rompa
del valor y confianza
con que a mis plantas se postra.
Esto es sueño; y pues lo es,
soñemos dichas agora,   2965
que después serán pesares.
Mas con mis razones propias
vuelvo a convencerme a mí.

---

[123] *le*: se puede referir al *sueño* del v. 2934 o a la experiencia palaciega de Segismundo en su totalidad.   [124] *hay cuestión*: es discutible.   [125] *desvanecida*: 'envanecida'; se refiere a *grandeza*, en el verso siguiente.   [126] *ella*: creemos que también remite a *grandeza*, pero algunos críticos opinan que el referente es *verdad* (v. 2946).

Si es sueño, si es vanagloria,
¿quién por vanagloria humana   2970
pierde una divina gloria?[127]
¿Qué pasado bien no es sueño?
¿Quién tuvo dichas heroicas
que entre sí no diga, cuando
las revuelve en su memoria: 2975
"sin duda que fue soñado
cuanto vi"? Pues si esto toca[128]
mi desengaño, si sé
que es el gusto llama hermosa
que le[129] convierte en cenizas   2980
cualquiera viento que sopla,
acudamos a lo eterno;
que es la fama vividora,[130]
donde ni duermen las dichas,
ni las grandezas reposan.   2985
Rosaura está sin honor;
más a un príncipe le toca
el dar honor[131] que quitarle.
¡Vive Dios!, que de su honra
he de ser conquistador   2990
antes que de mi corona.
Huyamos de la ocasión,
[a un soldado] que es muy fuerte.] Al arma toca,
que hoy he de dar la batalla,
antes que las negras sombras   2995
sepulten los rayos de oro
entre verdinegras ondas.[132]
ROSAURA Señor, ¿pues así te ausentas?
¿Pues ni una palabra sola

---

[127] *una divina gloria:* la del cielo. [128] *toca:* sabe alguna cosa con certeza o por experiencia que ha tenido de ella. [129] *le:* parece referirse a *gusto*, aunque sería más lógico que remitiera a *llama*, sustantivo que requeriría *la*. [130] *vividora:* se aplica como adjetivo a las cosas que no son vivientes, pero duran largo tiempo. [131] *más... honor:* el orden más normal sería «A un príncipe le toca más el dar honor...». [132] *antes... ondas:* antes de que anochezca.

	no te debe mi cuidado,	3000
	no merece mi congoja?	
	¿Cómo es posible, señor,	
	que ni me mires ni oigas?	
	¿Aun no me vuelves el rostro?	
SEGISMUNDO	Rosaura, al honor le importa,	3005
	por ser piadoso contigo,	
	ser cruel contigo agora.	
	No te responde mi voz,	
	porque mi honor te responda;	
	no te hablo, porque quiero	3010
	que te hablen por mí mis obras;	
	ni te miro, porque es fuerza,	
	en pena tan rigurosa,	
	que no mire tu hermosura	
	quien ha de mirar tu honra.	3015

Vanse.

ROSAURA   ¿Qué enigmas, cielos, son éstas?
                 Después de tanto pesar,
                 ¡aún me queda que dudar
                 con equívocas respuestas!

[ESCENA XI] [36]

Sale Clarín.

CLARÍN   Señora, ¿es hora de verte?   3020
ROSAURA   ¡Ay, Clarín!, ¿dónde has estado?

---

(36) En las escenas XI-XIII de esta jornada, la muerte de Clarín reintroduce la cuestión del hado y, lo que es más significativo desde el punto de vista dramático, origina un avance considerable, junto con las amonestaciones de Clotaldo, en la metamorfosis de Basilio. Nótese igual-

CLARÍN

En una torre encerrado,
brujuleando[133] mi muerte,
   si me da, o no me da;
y a figura que me diera,[134]   3025
pasante[135] quínola[136] fuera
mi vida; que estuve ya
   para dar un estallido.[137]

ROSAURA   ¿Por qué?

CLARÍN   Porque sé el secreto
de quién eres, y en efeto,   3030

Dentro cajas.

Clotaldo... Pero ¿qué ruido
   es éste?

ROSAURA   ¿Qué puede ser?

CLARÍN   Que del palacio sitiado
sale un escuadrón armado
a resistir y vencer   3035
   el del fiero Segismundo.

ROSAURA   Pues ¿cómo cobarde estoy
y ya a su lado no soy

---

[133] *brujuleando: brujulear* era 'mirar y acechar con cuidado; en los juegos de cartas, descubrir poco a poco las cartas un jugador para conocer por las rayas o pintas de qué palo son'. [134] *dar figura:* el autor juega con los significados de *dar*, que, en este caso, es 'dar una mano, dar cartas'; sobre el sentido de *figura*, que es el de hoy en día, téngase en cuenta que «estar a la figura» era 'esperar la carta más baja, para con ella ganar al contrario'. [135] *pasante:* 'cierto modo de jugar a las quínolas, en que el jugador que gana dos tantos o piedras se lleva y tira lo que se juega, lo que gana más bien, si el juego o la quínola es *pasante* —es decir, si pasa— de este número, y vale cuatro piedras'. [136] *quínola:* 'juego de naipes en que el lance principal consiste en hacer cuatro cartas, cada una de un palo, y si las hacen dos, gana el que tiene más puntos'. [137] *estar para dar un estallido:* 'frase exagerativa con que se explica que se teme y espera que suceda algún gravísimo daño'; Clarín teme que le ocurra algo por saber que Rosaura es hija de Clotaldo.

---

mente que, frente a la oposición *fama/eternidad* vista en **35**, aquí se da la más simple y radical *vida/muerte*: ¿cuáles son los símbolos y circunstancias que aproximan a Clarín hacia la muerte?

un escándalo[138] del mundo,
    cuando ya tanta crueldad[139]   3040
cierra[140] sin orden ni ley?

Vase.

[ESCENA XII]

DENTRO UNOS   ¡Viva nuestro invicto Rey!
DENTRO OTROS ¡Viva nuestra libertad!
CLARÍN   ¡La libertad y el Rey vivan!
Vivan muy enhorabuena,   3045
que a mí nada me da pena,
como[141] en cuenta me reciban;
    que yo, apartado este día
en tan grande confusión,
haga el papel de Nerón,[142]   3050
que de nada se dolía.[143]
    Si bien me quiero doler
de algo, y ha de ser de mí;
escondido, desde aquí
toda la fiesta he de ver.   3055
    El sitio es oculto y fuerte
entre estas peñas; pues ya
la muerte no me hallará,
dos higas[144] para la muerte.

Escóndese.

---

[138] *escándalo:* por extensión, 'asombro, pasmo, admiración' (cfr. v. 308). [139] *crueldad:* la del ejército de Basilio. [140] *cerrar:* metafóricamente, 'embestir, acometer un ejército a otro'. [141] *como:* con tal que. [142] *Nerón:* emperador romano (37-68 d. C.), famoso por su afición a la música, su indiferencia y haber ordenado el incendio de Roma. [143] *haga... dolía:* referencia al conocido romance, incluido en el *Romancero General:* «Mira Nero de Tarpeya / a Roma cómo se ardía; / gritos dan niños y viejos, / y él de nada se dolía.» [144] *dos higas: hacer la higa,* es decir, 'la acción que se hace con la mano, cerrado el puño, mostrando el dedo pulgar por entre el dedo índice y el

[ESCENA XIII]

Suena ruido de armas, salen el Rey, Clotaldo y Astolfo, huyendo.

BASILIO	¿Hay más infelice rey?	3060
	¿Hay padre más perseguido?	
CLOTALDO	Ya tu ejército vencido	
	baja sin tino ni ley.[145]	
ASTOLFO	Los traidores vencedores	
	quedan.	
BASILIO	En batallas tales	3065
	los que vencen son leales;	
	los vencidos, los traidores.	
	Huyamos, Clotaldo, pues,	
	del cruel, del inhumano	
	rigor de un hijo tirano.	3070

Disparan dentro y cae Clarín, herido, de donde está.

BASILIO	¡Válgame el cielo!	
ASTOLFO	¿Quién es	
	este infelice soldado	
	que a nuestros pies ha caído	
	en sangre todo teñido?	
CLARÍN	Soy un hombre desdichado,	3075
	que, por quererme guardar	
	de la muerte, la busqué.	
	Huyendo della, topé	
	con ella, pues no hay lugar	
	para la muerte secreto;	3080

medio, con la cual se señalaba a las personas infames y torpes, o se hacía burla y desprecio de ellas'; también se usaba contra el mal de ojo; la higa antigua era 'una semejanza del miembro viril, extendiendo el dedo medio y encogiendo el índice y el anular'.   [145] *sin tino ni ley:* sin orden ni concierto.

de donde .claro se arguye[146]
que quien más su efeto huye
es quien se llega a su efeto.
    Por eso, tornad, tornad
a la lid sangrienta luego;[147]   3085
que entre las armas y el fuego
hay mayor seguridad
    que en el monte más guardado;
que no hay seguro camino
a[148] la fuerza del destino   3090
y a[148] la inclemencia del hado.
    Y así, aunque a libraros vais
de la muerte con huir,
mirad que vais a morir,
si está de Dios que muráis.   3095

                    Cae dentro.

BASILIO   Mirad que vais a morir,
si está de Dios que muráis.
    ¡Qué bien, ay cielos, persuade
nuestro error, nuestra ignorancia,
a mayor conocimiento   3100
este cadáver que habla
por la boca de una herida,
siendo el humor que desata[149]
sangrienta lengua que enseña
que son diligencias vanas   3105
del hombre cuantas dispone
contra mayor fuerza y causa!
Pues yo, por librar de muertes
y sediciones mi patria,

---

[146] *claro se arguye:* se deduce claramente. [147] *luego:* inmediatamente, en segui-
da. [148] *a:* contra. [149] *el humor que desata:* la herida es una boca (v. 3102), su lengua
es la sangre, el humor, es decir, el líquido derramado.

	vine a entregarla a los mismos	3110
	de quien pretendí librarla.	
CLOTALDO	Aunque el hado, señor, sabe	
	todos los caminos, y halla	
	a quien busca entre lo espeso	
	de las peñas, no es cristiana	3115
	determinación decir	
	que no hay reparo a su saña.	
	Sí hay, que el prudente varón	
	vitoria del hado alcanza;	
	y si no estás reservado	3120
	de la pena y la desgracia,	
	haz por donde te reserves.	
ASTOLFO	Clotaldo, señor, te habla	
	como prudente varón	
	que madura edad alcanza;	3125
	yo, como joven valiente.	
	Entre las espesas ramas	
	dese monte está un caballo,	
	veloz aborto[150] del aura;[151]	
	huye en él, que yo entre tanto	3130
	te guardaré las espaldas.	
BASILIO	Si está de Dios que yo muera,	
	o si la muerte me aguarda	
	aquí hoy, la quiero buscar,	
	esperando cara a cara.	3135

[ESCENA XIV]

Tocan al arma y sale Segismundo y toda la compañía.

| SEGISMUNDO | En lo intrincado del monte, |
| | entre sus espesas ramas, |

---

[150] *veloz aborto:* cfr. j. I, n. 52; el caballo es hijo del viento por su velocidad. [151] *aura:* cfr. j. II, n. 60.

	el Rey se esconde. Seguilde,	
	no quede en sus cumbres planta	
	que no examine el cuidado,[152]	3140
	tronco a tronco y rama a rama.	

CLOTALDO   ¡Huye, señor!
BASILIO   ¿Para qué?
ASTOLFO   ¿Qué intentas?
BASILIO   Astolfo, aparta.
CLOTALDO   ¿Qué quieres?
BASILIO   Hacer, Clotaldo,

                  un remedio que me falta.   3145
[a Segismundo]   Si a mí buscándome vas,
[se arrodilla]   ya estoy, príncipe, a tus plantas;
                  sea dellas blanca alfombra
                  esta nieve[153] de mis canas.

                  Pisa mi cerviz y huella[154]   3150
                  mi corona; postra, arrastra
                  mi decoro[155] y mi respeto;
                  toma de mi honor venganza;
                  sírvete de mí cautivo;
                  y tras prevenciones tantas,   3155
                  cumpla el hado su homenaje,[156]
                  cumpla el cielo su palabra. [(37)]

---

[152] *que no examine el cuidado:* es el cuidado el que examina (metáfora); es decir, 'que se examine con mucho cuidado'. [153] *nieve:* la blancura. [154] *huella:* del verbo *hollar*. [155] *decoro:* honor, respeto; punto, estimación. [156] *homenaje:* 'promesa, pacto', en sentido figurado; cfr. j. I, n. 112.

~~~~~~

(37) Basilio cede y con ello se difumina el enfrentamiento padre-hijo, pero también Segismundo, en el discurso en que reprocha a su padre la educación que le ha dado (cfr. **16**, aunque la situación del príncipe importa más que los contenidos de la instrucción que se le ha proporcionado), muestra el cambio que ha experimentado; a Basilio le ha llegado el desengaño: ¿qué características ofrece en esta nueva etapa? El desengaño, la Providencia (el orden de las cosas mundanas según la mente divina, distinto del hado y de la fortuna, que también concurren en este final) y el amor confluyen en una conclusión armoniosa. Interesa que se determinen

SEGISMUNDO   Corte ilustre de Polonia,
que de admiraciones[157] tantas
sois testigos, atended,   3160
que vuestro príncipe os habla.
Lo que está[158] determinado
del cielo, y en azul tabla
Dios con el dedo escribió,
de quien son cifras y estampas   3165
tantos papeles azules
que adornan letras doradas,
nunca mienten, nunca engañan;
porque quien miente y engaña
es quien, para usar mal dellas,   3170
las penetra y las alcanza.[159]
Mi padre, que está presente,
por excusarse[160] a la saña
de mi condición, me hizo
un bruto, una fiera humana;   3175
de suerte que, cuando yo
por mi nobleza gallarda,
por mi sangre generosa,
por mi condición bizarra,
hubiera nacido dócil   3180
y humilde, sólo bastara
tal género de vivir,

---

[157] *admiración*: maravilla, prodigio. [158] *Lo que está... alcanza*: cfr. j. I. nn. 155 y 156. [159] *alcanzar*: metafóricamente, 'saber, entender, comprender'. [160] *excusarse*: 'negarse uno a hacer lo que se le pide, no querer condescender ni venir en ello'.

con claridad las semejanzas y diferencias entre la Providencia y el hado, tanto en su naturaleza como en sus efectos, a la luz de los acontecimientos que se suceden en las dos últimas escenas y de las declaraciones de cada uno de los personajes implicados. Por último, repárese en la intervención del soldado rebelde: vuelve a plantear la cuestión de la tiranía y la justicia, es decir, la pregunta sobre cuál sea el uso legítimo del poder. ¿Qué se puede decir de la actitud de Segismundo? ¿Es coherente con la trayectoria anterior del ya heredero oficial?

tal linaje de crianza,
a hacer fieras mis costumbres.
¡Qué buen modo de estorbarlas!   3185
Si a cualquier hombre dijesen:
"Alguna fiera inhumana
te dará muerte", ¿escogiera
buen remedio en despertallas
cuando estuviesen durmiendo?   ·   3190
Si dijeran: "Esta espada
que traes ceñida ha de ser
quien te dé la muerte", vana
diligencia de evitarlo
fuera entonces desnudarla   3195
y ponérsela a los pechos. [161]
Si dijesen: "Golfos [162] de agua
han de ser tu sepultura
en monumentos de plata", [163]
mal hiciera en darse al mar,   3200
cuando, soberbio, levanta
rizados montes de nieve, [164]
de cristal crespas montañas. [165]
Lo mismo le ha sucedido
que a quien, porque le amenaza   3205
una fiera, la despierta;
que a quien, temiendo una espada,
la desnuda; y que a quien mueve
las ondas de una borrasca;
y cuando [166] fuera, escuchadme,   3210
dormida fiera mi saña,

---

[161] *ponérsela a los pechos*: frase hecha que vale 'amenazar con un arma, cara a cara y como para herir con ella en el pecho'.   [162] *Golfo*: parece que aquí se tienen en cuenta dos significados; por un lado, 'multitud, abundancia' (en este caso, de agua), como parecen dar a entender los vv. 3202-3203; por otro, 'lo profundo del río, por donde se va calando y revolviendo el agua', como sugieren los vv. 3198-3199.   [163] *monumentos de plata*: 'el agua del mar' (también de un río; *monumento* se entiende como 'sepulcro, panteón'.   [164] *rizados montes de nieve*: la espuma del mar.   [165] *crespas montañas*: las olas.   [166] *cuando*: aun cuando.

templada espada mi furia,
mi rigor quieta bonanza,
la fortuna no se vence
con injusticia y venganza,   3215
porque antes se incita más.
Y así, quien vencer aguarda
a su fortuna, ha de ser
con prudencia y con templanza.
No antes de venir el daño   3220
se reserva ni se guarda
quien le previene; que, aunque
puede humilde (cosa es clara)
reservarse[167] dél, no es
sino después que se halla   3225
en la ocasión, porque aquésta
no hay camino de estorbarla.
Sirva de ejemplo este raro
espectáculo, esta extraña
admiración,[168] este horror,   3230
este prodigio; pues nada
es más que llegar a ver,
con prevenciones tan varias,
rendido a mis pies a un padre
y atropellado a un monarca.   3235
Sentencia del cielo fue;
por más que quiso estorbarla
él, no pudo. ¿Y podré yo,
que soy menor en las canas,[169]
en el valor y en la ciencia,   3240
vencerle?[170] —Señor, levanta,
dame tu mano; que, ya
que el cielo te desengaña
de que has errado en el modo

---

[167] *reservar:* cfr. j. I. n. 188.   [168] *admiración:* cfr. n. 157.   [169] *menor en las canas:* más joven.   [170] *vencerle:* el referente de *le* puede ser *cielo,* aunque más lógico resultaría *sentencia,* que exigiría *la.*

	de vencerle, humilde aguarda	3245
	mi cuello a que tú te vengues:	
	rendido estoy a tus plantas.	
BASILIO	Hijo, que tan noble acción	
	otra vez en mis entrañas	
	te engendra, príncipe eres.	3250
	A ti el laurel y la palma	
	se te deben. Tú venciste;	
	corónente tus hazañas.	
TODOS	¡Viva Segismundo, viva!	
SEGISMUNDO	Pues que ya vencer aguarda	3255
	mi valor grandes vitorias,	
	hoy ha de ser la más alta	
	vencerme a mí. —Astolfo dé	
	la mano luego a Rosaura,	
	pues sabe que de su honor	3260
	es deuda[171] y yo he de cobrarla.	
ASTOLFO	Aunque es verdad que la[172] debo	
	obligaciones, repara	
	que ella no sabe quién es;	
	y es bajeza y es infamia	3265
	casarme yo con mujer...	
CLOTALDO	No prosigas, tente, aguarda;	
	porque Rosaura es tan noble	
	como tú, Astolfo, y mi espada	
	lo defenderá en el campo;	3270
	que es mi hija, y esto basta.	
ASTOLFO	¿Qué dices?	
CLOTALDO	Que yo hasta verla	
	casada, noble y honrada,	
	no la quise descubrir.	
	La historia desto es muy larga;	3275
	pero, en fin, es hija mía.	

---

[171] *Pues... deuda:* Astolfo se ve obligado a casarse con Rosaura en reparación de su honor, mancillado por él.   [172] *la:* caso de laísmo.

ASTOLFO	Pues siendo así, mi palabra
	cumpliré.
SEGISMUNDO	Pues, porque Estrella
	no quede desconsolada,
	viendo que príncipe pierde
	de tanto valor y fama,
	de mi propia mano yo
	con esposo he de casarla
	que en méritos y fortuna,
	si no le[173] excede, le iguala.
	Dame la mano.
ESTRELLA	Yo gano
	en merecer dicha tanta.
SEGISMUNDO	A Clotaldo, que leal
	sirvió a mi padre, le aguardan
	mis brazos, con las mercedes
	que él pidiere que le haga.
UNO	Si así a quien no te ha servido
	honras, ¿a mí, que fui causa
	del alboroto del reino,
	y de la torre en que estabas
	te saqué, qué me darás?
SEGISMUNDO	La torre; y porque no salgas
	della nunca hasta morir,
	has de estar allí con guardas;
	que el traidor no es menester,
	siendo la traición pasada.[174]
BASILIO	Tu ingenio a todos admira.
ASTOLFO	¡Qué condición tan mudada!
ROSAURA	¡Qué discreto y qué prudente!
SEGISMUNDO	¿Qué os admira? ¿Qué os espanta,
	si fue mi maestro un sueño,
	y estoy temiendo en mis ansias
	que he de despertar y hallarme
	otra vez en mi cerrada

Líneas numeradas: 3280, 3285, 3290, 3295, 3300, 3305

---

[173] *le:* a Astolfo.   [174] *que el traidor... pasada:* tópico muy anterior a Calderón.

prisión? Y cuando[175] no sea,   3310
el soñarlo sólo basta;
pues así llegué a saber
que toda la dicha humana,
en fin, pasa como sueño.
Y quiero hoy aprovecharla   3315
el tiempo que me durare,
pidiendo de nuestras faltas [38]
perdón, pues de pechos nobles
es tan propio el perdonarlas.

---

[175] *cuando:* aunque.

[38] El personaje habla como actor y se dirige al público, en otra de las convenciones de la «comedia», para pedir perdón por las muchas faltas cometidas al representarla.

Documentos y juicios críticos

«Primeramente pido y suplico a la persona o personas que piadosas me asistan que, luego que mi alma, separada de mi cuerpo, le desampare dejándole a la tierra, bien como restituida prenda suya, sea interiormente vestido del hábito de mi seráfico padre San Francisco, ceñido con su cuerda y con la correa de mi también padre San Agustín, y, habiéndole puesto al pecho el escapulario de Nuestra Señora del Carmen, y sobre ambos sayales sacerdotales vestiduras, reclinado en la tierra sobre el manto capitular del señor Santiago, es mi voluntad que en esta forma sea entregado al señor capellán mayor y capellanes que son o fueren de la venerable Congregación de sacerdotes naturales de Madrid, sita en la parroquial de señor San Pedro, para que, usando conmigo, en observancia de sus piadosos institutos, la caridad que con otro cualquiera pobre sacerdote, me reciban en su caja (y no en otra) para que en ella sea llevado a la parroquial Iglesia de San Salvador de esta villa; y suplico así al señor capellán mayor y capellanes como a los señores albaceas que adelante irán nombrados, dispongan mi entierro, llevándome descubierto, por si mereciese satisfacer en parte las públicas vanidades de mi mal gastada vida con públicos desengaños de mi muerte; y, asimismo, les suplico que para mi entierro no conviden más acompañamiento que doce religiosos de San Francisco y a su Tercera Orden de hábito descubierto, doce sacerdotes que acompañen la cruz, doce niños de la Doctrina y doce de los Desamparados.»

Calderón, Pedro, *Testamento*, otorgado el 20 de mayo de 1681.

2.

HOMBRE

Pues ¿por qué,
si ese hermoso luminar
(que a un tiempo ver y cegar
hace) otra criatura fue,
apenas nacer se ve,
cuando con la majestad
de su hermosa claridad
azules campos corrió,
teniendo más alma yo,
tengo menos libertad?

¿Por qué, si es que es ave
[aquélla
que, ramillete de pluma,
va con ligereza suma
por esa campaña bella,
nace apenas, cuando en ella
con libre velocidad
discurre la variedad
del espacio en que nació,
teniendo más vida yo,
tengo menos libertad?

¿Por qué, si es bruto el que
[a bellas
manchas salpica la piel
(gracias al docto pincel
que aun puso primor en ellas),
apenas nace y las huellas

estampa, cuando a piedad
de bruta capacidad,
uno y otro laberinto
corre, yo, con más instinto,
tengo menos libertad?

¿Por qué, si es pez el que en
[frío
seno nace y vive en él,
siendo argentado bajel,
siendo escamado navío,
con alas que le dan brío
surca la vaga humedad
de tan grande inmensidad
como todo un elemento,
teniendo yo más aliento,
tengo menos libertad?

¿Qué mucho, pues, si se ve
torpe el hombre en su creación,
que tropiece la razón
donde ha tropezado el pie?
Y pues hasta ahora no sé
quién soy, quién seré, quién fui,
ni más de que vi y oí,
¡vuelva a sepultarme dentro
ese risco, en cuyo centro
se duela mi autor de mí!

Calderón, Pedro, *La vida es sueño* (auto sacramental) (1673), vv.
662-771.

3.   «En estas comedias que me mandó ver V. A., y que escribió don Pedro
Calderón de la Barca, cuyo ingenio es de los de la primera clase, en la
novedad de las trazas, en lo ingenioso de los conceptos, en lo culto de las
voces y en lo sazonado de los chistes, sin que haya ninguna que no encierre
mucha doctrina moral para la reformación, muchos avisos para los riesgos,
muchos escarmientos para la juventud, muchos desengaños para los incau-

tos y muchas sales para los señores, y basta su nombre para su mayor aprobación, pues en los teatros se las ha merecido de justicia.»

> Valdivielso, José de, «Aprobación» de la *Primera Parte de Comedias de don Pedro Calderón de la Barca*, Madrid, 1636.

4.   «Después de cenar, él y el señor de Barrière me vinieron a recoger para ir a una antigua comedia que se había representado nuevamente, la cual no valía nada, aunque fuese de don Pedro Calderón. También fui a ver a este autor, que es el mayor poeta y el mayor ingenio que tengan actualmente. Es caballero de la Orden de Santiago y capellán de la Capilla de los Reyes de Toledo, pero en su conversación observé perfectamente que no sabía gran cosa, a pesar de no tener sino canas. Discutimos un poco sobre las reglas de la dramática, que no conocen en ese país y de las cuales se burlan.»

> Bertaut, François, señor de Fréauville, *Journal du Voyage en Espagne*, París, 1659.

5.   «Sin agravio de tantos insignes poetas como han ilustrado, e ilustran, el teatro del mundo, y de esta corte, me han de permitir que diga que sólo nuestro don Pedro Calderón bastaba para haber calificado la comedia y limpiado de todo escrúpulo el teatro. Este grande juicio, estudio e ingenio pisó con tal valentía y majestad la cumbre de lo cómico que sólo ha dejado a la envidia capacidad para desearle imitar; no lo dice mi amor y respeto, sus comedias lo dicen.

¿Quién ha casado lo delicadísimo de la traza con lo verosímil de los sucesos? Es una tela tan delicada que se rompe al hacerla, porque el peligro de lo muy sutil es la inverosimilitud. Alargue la admiración los ojos a todos sus argumentos, y los verá tan igualmente manejados que anden litigando los excesos. Las comedias de santo son de ejemplo; las historiales, de desengaño; las amatorias, de inocente diversión, sin peligro. La majestad de los afectos, la claridad de los conceptos, la pureza de las locuciones, la mantiene tan tirante que aun la conserva dentro de las sales de la gracia. Nunca se desliza en puerilidades, nunca se cae en bajeza de afectos. Mantiene una tan alta majestad en el argumento que sigue que, si es de santo, le ennoblece las virtudes; si es de príncipe, le enciende a las más heroicas acciones; si es de particular, le purifica los afectos. Cuando escribe de santo, le ilustra el trono; cuando de príncipe, le enciende el ánimo; cuando de particular, le limpia el afecto.

Este monstruo de ingenio dio en sus comedias muchos imposibles vencidos. Noten cuántos. Casó con dulcísimo artificio la verosimilitud con el engaño, lo posible con lo fabuloso, lo fingido con lo verdadero, lo amatorio con lo decente, lo majestuoso con lo tratable, lo heroico con lo inteligible, lo grave con lo dulce, lo sentencioso con lo corriente, lo conceptuoso con lo claro, la doctrina con el gusto, la moralidad con la dulzura, la gracia con la discreción, el aviso con la templanza, la reprehensión sin herida, las advertencias sin molestia, los documentos sin pesadez; y, en fin, los desengaños tan caídos y los golpes tan suavizados que sólo su entendimiento pudo dar tantos imposibles vencidos.

Lo que más admiro y admiré en este raro ingenio fue que a ninguno imitó; nació para maestro, y no discípulo. Rompió senda nueva al Parnaso, sin guía escaló su cumbre; ésta es para mí la justa admiración, porque bien saben los eruditos que han sido rarísimos en los siglos los inventores [...].

Sólo el singular ingenio de nuestro don Pedro pudo conseguir hacer caminos nuevos, sin pisar los pasos antiguos; los miró no para seguirlos, sino para adelantarlos; voló sobre todos.»

Guerra y Ribera, Fray Manuel, «Aprobación» de la *Quinta Parte de Comedias de don Pedro Calderón de la Barca*, Madrid, 1682.

6. «Es verdad que a Calderón le levantaron altares como a un dios del teatro y que su ingenio superior tropezaba algunas veces con cosas inimitables; pero acompañadas con otras tan poco nobles que se puede dudar si la bajeza de ellas ensalza lo sublime o si el sublime hace menos tolerable su bajeza. A nadie imitó cuando escribía de propósito: todo lo sacaba de su propia imaginación; abandonó sus obras al cuidado de la fortuna, sin elegir las circunstancias nobles y necesarias de sus asuntos y sin descartar las inútiles. Despreció el estudio de las antiguas comedias: sus personas vagan desde el oriente al occidente y obliga a los oyentes a que vayan con ellas ahora a una parte del mundo, ahora a la otra. La ufanía, el punto de honor, la pendencia y bravura, la etiqueta, los ejércitos, los sitios de plazas, los desafíos, los discursos de estado, las academias filosóficas y todo cuanto ni es verisímil ni pertenece a la comedia, lo pone sobre el teatro. No hace retratos, espejos ni modelos, si no decimos que lo son de su fantasía. Es verdad que, para disculparle, quieren decir que retrata la nación, como si toda ella fuese de caballeros andantes y de hombres imaginarios. Pues ¿qué diré de las mujeres? Todas son nobles, todas tienen una fiereza a los principios que infunden, en lugar de amor, miedo; pero luego pasan de este extremo, por medio de los celos, al extremo contrario, representando al pueblo pasiones violentas y vergonzosas [...].

Hace hablar a sus personas una lengua seduciente, con metáforas ensartadas unas en otras, y tan atrevidas y fuera del modo que los sueños de los calenturientos de Horacio serían menos desvariados. No hablan ciertamente así las gentes a quienes no falta del todo el juicio, ni aun las más apasionadas, siendo cierto que les repugnan del todo las que llaman discreciones, y aún más las erudiciones afectadas fuera de tiempo y sazón, equivocadas y traídas de los cabellos; y de todo esto viste y engalana Calderón sus comedias [...].

No supo Calderón que los autores de las comedias, conociendo la utilidad de ellas, se deben revestir de una autoridad pública para instruir a sus conciudadanos, persuadiéndose que la patria les confía tácitamente el oficio de filósofos y de censores de la multitud ignorante, corrompida o ridícula [...].

El enredo hace toda la esencia de sus comedias: el carácter está absolutamente despreciado; rara vez se contenta con una materia simple y única; parece que, al contrario, quiere sostener su genio con la variedad de acciones, que toma de dos o tres asuntos. Parecióle tal vez que éste, que es verdadera pobreza, era riqueza de imaginación. Mezcla, no liga los asuntos, pero de modo tan infeliz que parece se ven representar de una vez dos comedias, en tanto una escena de la una y en tanto de la otra, lo que es tan contrario a las leyes del teatro como a las del juicio.»

> [Nasarre, Blas], «Prólogo» a los *Entremeses y Comedias de Cervantes*, Madrid, 1749.

7. «Esto de olvidar la naturaleza, y en vez de retratarla desfigurarla, es muy frecuente en don Pedro Calderón. El principio de su comedia *La vida es sueño* lo acredita. Yo quisiera saber si una mujer que cae despeñada por un monte con un caballo, en vez de quejarse donde le duele y pedir favor, le dice aquellas impropias pedanterías, que las entiende el auditorio como el caballo. Si algún su apasionado cayese por las orejas, llámele Hipogrifo violento, y verá cómo se alivia.»

> Fernández de Moratín, Nicolás, *Desengaños al teatro español*, Madrid, 1762.

8. «Hablamos de las obras de Calderón, y Goethe dijo:
—En Calderón hallamos la misma perfección teatral [que en Molière]. Sus obras son teatrales de pies a cabeza; no hay nada en ellas que no esté

calculado para producir el efecto que se busca; Calderón es el genio que ha tenido más ingenio.»

> Goethe, Johann Wolfgang, *Conversaciones con Eckermann* —diálogo del miércoles 20 de julio de 1826—, en *Obras completas*, tomo II, Madrid, Ed. Aguilar, 1968, 5.ª edic., p. 1120b.

9. «Calderón, que, siguiendo las pisadas de Lope, había de poner en escena competencias de amor siempre que manejara asuntos profanos, miró alrededor de sí, miróse a sí propio, y no viendo en sí, ni en el resto de la sociedad española, más elementos sociales y dramáticos que honor y galantería, tomó lo más bello de aquél y lo más brillante de ésta, y abrió en el teatro cátedra pública de galantería y honor, proponiendo por modelos un caballero y una dama típicos, que reprodujo continuamente. El caballero está allí fiel y maravillosamente delineado; la dama aparece con más esplendor que verdad, porque en el caballero español todo lo bello era dramático, y en la mujer principal española no era dramático todo lo bello [...].

Quede sentado, pues, que en las obras dramáticas de Calderón hay doctrina, hay un fin social o político, generalmente hablando, fin que se observa aun hasta en algunas de sus fiestas reales o comedias de espectáculo, de magia y música, donde no se deben pedir al autor maravillas: en las comedias devotas, indisputable es que hay un fin piadoso. Los críticos nada píos del siglo pasado se enfurecieron contra lo que no acertaban a comprender; anatematizaron en folletos y periódicos a Calderón como escritor perjudicial a la fe y a las costumbres (no siendo aquélla muy ardiente, ni éstas muy ejemplares a la sazón), y, prohibidos ya los autos, obtuvieron a principios de este siglo que se prohibiese también la representación de varias comedias suyas, entre ellas las de *El príncipe constante*, *El príncipe de Fez* y *¡La vida es sueño!* Sueño parece, porque alguna de esas composiciones, como otras varias de Calderón, había sido escrita con determinado objeto moral y filosófico. En la de *Hombre pobre todo es trazas* y en *El astrólogo fingido* reprendió la estafa y la impostura; en *Agua mansa*, la mojigatería; en *La dama duende* y *El galán fantasma*, la credulidad supersticiosa; en *Cuál es mayor perfección* y *No hay burlas con el amor* escarmentó a las damas necias y bachilleras y a los galanes presumidos de indiferentes o de muy dueños de sí. Añádase a estas obras el pensamiento admirable de *La vida es sueño*, con el cual nada hay comparable en Corneille ni en Molière...»

> Hartzenbusch, Juan Eugenio, «Prólogo» a la edición de las *Obras* de Calderón, I, Madrid, Rivadeneyra, 2.ª edic., 1851 («Biblioteca de Autores Españoles», núm. 7), pp. VII y IX-X.

10.   «Después de la última carta que te escribí, he leído otro drama de
      Calderón, *La vida es sueño*. Es una de las concepciones dramáticas más
      grandiosas que conozco. Reina allí una energía salvaje, un desdén profundo
      y sombrío de la vida, una gallardía de pensamientos sorprendentes, junto al
      fanatismo católico más inflexible. El Segismundo de Calderón (el personaje
      principal) es el Hamlet español, con toda la diferencia que hay entre el sur
      y el norte. Hamlet es más reflexivo, más sutil, más filosófico; el carácter de
      Segismundo es simple, desnudo y penetrante como una espada; el uno se
      inhibe a fuerza de irresolución, de duda, de reflexión; el otro actúa —pues
      su sangre meridional lo empuja a la acción—, pero, aun actuando, sabe
      muy bien que la vida no es más que un sueño.»

      Turgeniev, Iván, «Carta a la Sra. Viardot» (25-XII-1847), en
      Durán, Manuel y González Echevarría, Roberto (eds.), *Calderón y la
      crítica : historia y antología*, tomo I, Madrid, Ed. Gredos, 1976, p. 74.

11.   «*La vida es sueño* es obra de tal fama, tal crédito y de tal importancia, que
      casi aterra el hablar de ella. Afortunadamente, si en otras cosas hemos
      podido parecer duros y secos con Calderón, aunque también aquí tengamos
      que notar algunos pormenores defectuosos, todavía la grandeza de la
      concepción es tal, que no existe en teatro del mundo (por lo menos en lo
      que nosotros hemos alcanzado a conocer), no existe, digo, en teatro del
      mundo idea más asombrosa que la que sirve de forma sustancial a esta
      obra; y tal, que si se le quitara la parte pegadiza, y fueran más naturales,
      más sencillos y más nacidos de las entrañas del asunto algunos de los
      recursos que para desarrollar este pensamiento se emplearon, no tendría-
      mos reparo en decir que era una obra perfecta, dentro siempre de las
      condiciones un poco amaneradas y convencionales de la ejecución caldero-
      niana. En un arte que estudiase, profundizase y ahondase más los caracte-
      res, el de Segismundo sería incompleto. Sobre todo, hay un cambio de
      carácter violentísimo, y no bastante motivado, en el momento en que
      vuelve a su prisión y a su estado antiguo. Aquella mansedumbre súbita de
      Segismundo, aquel convencimiento suyo de que todo es vanidad y sueño,
      viene demasiado pronto para que haga todo su efecto [...].

      El simbolismo de *La vida es sueño* es bastante complicado, hay dos o tres
      ideas que están íntimamente enlazadas entre sí, pero que pueden distin-
      guirse cuando un poco despacio se examinan. En primer lugar, la obra es
      antifatalista, con algunas manchas todavía de superstición astrológica; pero
      no cabe duda que uno de los pensamientos de la obra pudiera compendiar-
      se en aquella antigua sentencia: *Vir sapiens dominabitur astris*.[1]

      ---
      [1] El hombre sabio mandará sobre los astros.

Aparte de esta condenación del fatalismo sideral y de la influencia astrológica, que es indudablemente una de las ideas que la fábula viene a demostrar, hay otras dos [...]. Se ha dicho —y parece a primera vista— que la tesis del drama es escéptica [...]. Hay, realmente, una tesis escéptica en el drama; pero no es más que preparación para la tesis dogmática que se plantea luego: el escepticismo no es más que un estado transitorio del alma de Segismundo antes de llegar a la purificación final de sus pasiones, de sus afectos y de sus odios con que termina el drama. En suma, el escepticismo está en el camino y el dogmatismo en el término de la jornada.

Además, la tesis escéptica —dado que exista— se refiere sólo a los fenómenos, a las apariencias sensibles, al mundo de los sentidos, nunca al mundo de las ideas puras; así es que Segismundo jamás duda de la realidad de la verdad, ni de la realidad del bien y de la virtud, y eso es de notar hasta en los trozos que tienen más sabor escéptico, si ligeramente se los examina [...].

Es la obra, más que otra cosa, un símbolo de la vida humana. El autor se ha cuidado de descorrer el velo en un Auto que después compuso con el mismo título de *La vida es sueño*.

Allí el protagonista no es un hombre llamado Segismundo, sino el hombre en general, el hombre creado por Dios, colocado en el paraíso; que despeña luego, ayudado por el albedrío a su entendimiento; el hombre caído, y finalmente rescatado, merced a la Divina Misericordia y al beneficio de la sangre de Cristo.

La idea, que está formulada de este modo impersonal y abstruso en el Auto, ha tomado las formas vivas del arte dramático en *La vida es sueño*, comedia [...].

A la grandeza del pensamiento de este drama corresponde, en general, el desembarazo y sencillez de la ejecución. El único defecto que puede ponérsele, aparte de la violencia que hay en el cambio de carácter de Segismundo, es una intriga extraña, completamente pegadiza y exótica, que se enreda a todo el drama como una planta parásita, y que fácilmente pudo sustituir el autor con algún recurso de mejor ley, y más enlazado con el propósito de la obra: me refiero a la venganza de Rosaura, doncella andante, especie de Bradamante o Pantasilea, que va a Polonia a vengarse de un agravio, personaje inverosímil y cuyas aventuras están fuera de toda realidad.»

Menéndez Pelayo, Marcelino, *Calderón y su teatro*, en *Estudios y discursos de crítica histórica y literaria*, III, Santander, CSIC, 1941, pp. 223-230.

2.   «Si nos asomamos al drama del sueño y de la realidad, podemos observar que en él son siete los personajes importantes. Cinco hombres: Segismundo, Clotaldo, Basilio, Astolfo y Clarín, y dos mujeres: Rosaura y Estrella. Su análisis permitirá advertir cómo se da en su agrupación y significación la ley barroca de la subordinación y del contraste [...]. Segismundo es tan superior a los personajes que le circundan, que el eje de dos momentos capitales de su razón dramática está precisamente en monólogos o soliloquios [...].

Basilio y Clotaldo —los dos «barbas»— ocupan papeles de indudable semejanza, dentro de su peculiar matiz. Son el padre y el ayo, o, pudiera extremarse: padre natural y padre espiritual. Basilio, el Rey, le dio el ser; pero Clotaldo ha formado el espíritu de Segismundo desde niño. La actitud del joven al viejo es análoga a la de hijo respecto a padre, ya sea de rebelión o de sometimiento [...].

Los dos jóvenes se hallan en posición típica respecto al protagonista. Astolfo, el duque, es el rival de Segismundo, por lo tanto, el segundo galán del drama. Clarín, que comienza por ser el criado de Rosaura, ya pasa a ser el adulador y el compañero del personaje central [...].

Igualmente se percibe la ley del barroco en las figuras de las damas de la comedia. Equilibrio inestable, como los ademanes de rival y gracioso, en los personajes masculinos. Rosaura y Estrella giran en torno a Segismundo en vaivén de atracciones y repulsiones de amor.»

> Valbuena Prat, Ángel, «El orden barroco en *La vida es sueño*», en Durán, Manuel, y González Echevarría, Roberto, *op. cit.*, I, pp. 252-255, 257. El original es de 1942.

3.   «Segismundo es víctima de las pasiones, hasta que se ve obligado a dominarlas y a reconocer la inutilidad del orgullo en un mundo en el que todo es confusión. Entonces trata de regirse por normas morales, al principio por interés, luego por motivos infinitamente más elevados. Clarín es listo y está orgulloso de su listeza; por tener éxito en un principio llega a creer que con ingenio se puede todo. Desdeña las enseñanzas que podía sacar de su encarcelamiento y, por estar seguro de sí mismo, muere tratando de evitar la muerte. Basilio tiene el orgullo de su falsa ciencia; cree poder alterar lo dispuesto por las estrellas, prescindiendo del albedrío de la única persona que podría alterarlo; es derrotado en una batalla, pierde su reino y despierta al ver la muerte de Clarín. Astolfo confía en lo meramente temporal para eludir el cumplimiento de su promesa; pero la rebelión que depone a Basilio le pone en situación de tener que cumplir lo

que había prometido. Todos ellos cayeron en el mismo pecado: en el de confiar demasiado en sí mismos, en su talento o habilidad; todos consideran como reales las grandezas del mundo, que son ilusorias, y todos creyeron que podrían hacer que el futuro se conformara con sus deseos; en una palabra, todos soñaron.

Clotaldo y Rosaura, por el contrario, están movidos por ciertos principios y se dan cuenta de las dificultades que habrá que dominar a fuerza de constancia, de prudencia y desinterés. Ellos veían la confusión del mundo y trataban de orientarse en ella. Por estas razones su suerte es diversa de la de los demás personajes.

La acción principal y la secundaria nos muestran por tanto dos aspectos distintos de una misma realidad. Ambas están unidas por el papel que Rosaura tiene en el proceso de conversión del protagonista. Creemos por tanto que resulta claro el error en que incurrió Menéndez y Pelayo al afirmar que la acción secundaria era como una planta parásita que se enredaba en la principal.

La estructura de la obra es compleja. No hay en ella detalles inútiles, pero ningún detalle ni ninguna escena de las que más la crítica ha elogiado puede entenderse sino en relación con la totalidad del conjunto.»

Wilson, Edward M., «*La vida es sueño*», en *Revista de la Universidad de Buenos Aires*, 3.ª época, año IV, núm. 1 (enero-mayo de 1946), pp. 61-78. Citamos por Durán, Manuel, y González Echevarría, Roberto, *op. cit.*, I, pp. 327-328.

14. «Puesto que *La vida es sueño* de Calderón está compuesta de dos acciones bastante diferentes, el vigor de su estructura depende de su combinación y entrelazamiento. Acción principal y acción secundaria están perfectamente mezcladas. Rosaura no sólo hace posible la conversión de Segismundo, sino que proporciona la prueba suprema de su conversión. A su vez, Segismundo es responsable de la reparación del honor de Rosaura [...].

Las dos acciones están tan urdidas a un tiempo que puede ser erróneo hablar de dos acciones. Desde la primera escena hasta la última, Rosaura está íntimamente unida con las peripecias de Segismundo, y Clarín, Clotaldo y Astolfo intervienen tanto en la acción principal como en la secundaria. Los dos episodios, tan distintos en su naturaleza, han sido ajustados cuidadosamente para formar un movimiento dramático; su culminación en la aceptación de la mano de Rosaura por parte de Astolfo significa al mismo tiempo la reparación del honor de Rosaura y la prueba final de la conversión de Segismundo.»

> Sloman, Albert E., «The Structure of Calderón's *La vida es sueño*», en Wardropper, Bruce W. (ed.), *Critical Essays on the Theatre of Calderón*, Nueva York, New York University Press, 1965, pp. 98-99, 100. El original es de 1953.

5. «Mientras que el alma racional tiene los atributos de razón y voluntad, Calderón sigue la concepción tradicional al situar la razón por encima de la voluntad, que había sido considerada por un tipo de hombre renacentista como el supremo instrumento de virtud. Calderón comienza la obra con el retrato de Segismundo como un heredero al trono indeseable por su imprudencia, crueldad, impetuosidad, intemperancia y tiranía. Su conducta está gobernada por su pasión desenfrenada. Se hunde en la humilde categoría de la bestia. Se detecta en las acciones de Segismundo una repugnante inclinación maquiavélica que desconoce la base moral de la conducta política y aboga por la conveniencia. Basilio, el rey, concluye que la predicción de crueldad y tiranía hecha por el horóscopo es válida y devuelve a su hijo a la prisión. Al despertar Segismundo experimenta un *desengaño* y un cambio en su corazón. La habilidad para aplicar la razón al control de su conducta moral —una facultad latente, de la que hay destellos ya en el acto I— es agudizada y desarrollada en el resto del drama. Se somete a Segismundo a varias pruebas en las que debe usar su razón y sus facultades de discernimiento en la elección entre lo justo y lo injusto. Vemos emerger al príncipe cristiano ideal, cuya conducta está basada en los principios cristianos, con la esperanza de la bienaventuranza eterna como recompensa de una vida virtuosa. Vemos también la tendencia antimaquiavélica en la última parte de la obra y la unión de la filosofía senequista y las virtudes cardinales, especialmente prudencia y templanza tal como son explicadas por Santo Tomás de Aquino en su *Suma Teológica* y en el *De regimine principum*.[1] La felicidad del hombre, y desde luego la del

---

[1] La *Suma Teológica* es la obra cumbre de Santo Tomás de Aquino (1224-1274), máximo exponente de la Escolástica, sistema filosófico-teológico de los autores cristianos, que se cultivó en las universidades medievales. El *De regimine principum* es un tratado para la educación de los futuros reyes, escrito por Egidio Colonna (1247-1316), miembro de la famosa familia romana de ese apellido, conocido también por Egidio Romano, profesor de la Universidad de París y general de la Orden de los agustinos; el texto fue traducido al castellano con el título *Regimiento de príncipes* por fray Juan García de Castrojeriz hacia 1345.

gobernante, proviene de la vida virtuosa, que está diseñada, racionalmente, según la naturaleza, y cuya última fuente es Dios.

> Hesse, Everett W., «Calderón's Concept of the Perfect Prince in *La vida es sueño*», en Wardropper, Bruce W. (ed.), *op. cit.*, pp. 132-133. El original es de 1953.

16.   «Partiré del supuesto, para los fines de este estudio, de que la conversión del príncipe es el resultado del conocimiento logrado acerca de sí mismo y acerca del mundo. Lo que debe aprender acerca del mundo es que éste ofrece placeres efímeros, irreales, y valores eternos, entre los cuales no pueden sus sentidos por sí solos establecer las debidas distinciones [...].

En el primer acto, entonces, cuando Segismundo está sumergido en las sombras de su noche espiritual, Rosaura despierta en él el deseo de ver. En el segundo acto trata él de conservar la luz que la presencia de ella le proporciona, pero es incapaz de lograrlo basándose, como lo hace, no en la razón, sino en la fuerza física. En el tercer acto, cuando él «llega al día de sus hazañas desde la noche de sus sombras», la luz que recibe de Rosaura tiene allí fuerza cegadora [...].

Hasta ahora [j. III, esc. 10] él [Segismundo] ha pensado en el episodio del palacio como en un sueño (dentro del sueño de la vida). En cuanto a su conducta con respecto a Rosaura, él ha procedido noblemente en su prisión y bajamente en el palacio. Ahora el objeto de las manifestaciones de sus dos naturalezas ha quedado identificado como una sola persona y él se da cuenta en este momento de que ambas naturalezas existen juntas en él, en un mismo plano de existencia. No están, como él había creído, separadas por la línea divisoria entre la vigilia y el sueño. La combinación de las dos naturalezas de Segismundo está simbolizada, y se manifiesta claramente en el acto final, en la persona de Rosaura, quien con acierto se refiere a sí misma como «monstruo de una especie y otra".

> Whitby, William M., «El papel de Rosaura en la estructura de *La vida es sueño*», en Durán, Manuel, y González Echevarría, Roberto (eds.), *op. cit.*, II, 630-631, 637, 645. El original es de 1960.

17.   «¿Qué tipo de hombre era? Mediocre de carácter, ocultó con vergüenza su vida íntima, ciertamente poco ejemplar. Su violencia natural, su ego-centrismo, el odio que tiene a la autoridad familiar —la del padre o la del hermano mayor—, su instinto de rebeldía o de dominio, su desprecio por

las mujeres, su manía de grandezas, su afición a lo fastuoso y su "comiquería", que en su vida real no pasan de ser tendencias reprimidas, se reflejan en la escena como manifiestas obsesiones, que ciertamente condena algunas veces, pero con mucha indulgencia; en general, revela sus sentimientos más profundos, en el más brillante de los estilos, y a través de personajes que enmascaran su personalidad y que a nosotros nos la desenmascaran. Era, sin duda, un hombre de honor; no era un hombre honrado.

Pero, como escritor, es genial. Busca casos límite, que rayan en lo inverosímil, y tiene cuidado de enraizarlos en la realidad más concreta, o sea, en la menos discutible; los trata entonces al modo filosófico y hace florecer su esplendente significación intelectual. Nos estábamos divirtiendo y he aquí que nos vemos cogidos; estamos encausados, estamos comprometidos. Nuestro mundo se nos presenta como un gran teatro (ese es el título de uno de sus autos); los actores, con su lenguaje «paralelo» y su mímica histórica, nos describen nuestra naturaleza, nos representan a nosotros mismos, y también nos sugieren un papel que desempeñar e influyen en nuestras actitudes a lo largo de toda nuestra vida.

Sin duda, Calderón se apoya en la teología. Pero no por ello es teólogo. El catolicismo del que se hace paladín está singularmente desprovisto de espíritu evangélico: carece de humildad o de verdadera contrición, no tiene caridad ni amor al prójimo. La virtud espiritual de Calderón es otra: está en la creación, en el reinvento e ilustración dramática de mitos que sirven de esquemas para la conducta de los hombres.»

Aubrun, Charles V., *La comedia española (1600-1680)*, Madrid, Ed. Taurus, 1968, pp. 167-168.

8. «Una consideración de lo que ocurre en *La vida es sueño* permite llegar a la consecuencia de que la vida es una escuela de costumbres y de que sus experiencias contienen una lección. El *hombre sabio* considera —hay una huella senequista en la reflexión ante las tribulaciones— cuál es la naturaleza de Dios, qué destino espera al alma y dónde vamos cuando la naturaleza nos desata de los cuerpos...

La providencia divina es... más poderosa que el hado y el hombre tiene ocasión de ejercer su libre albedrío aun en las circunstancias más adversas.

Puede ofrecerse otra interpretación de la obra de acuerdo con las intenciones del autor. *La vida es sueño* se sitúa dentro de una corriente platónica espiritualista, que defiende la teoría del orden y la armonía como de origen divino frente a la fuerza del hado que arrastra hacia la destrucción...

Un lector moderno puede observar otros factores de interés que pudieran formar una tercera interpretación. *La vida es sueño* pudiera entenderse como la tragedia íntima del príncipe Segismundo, que arruina su felicidad al atenerse a la conveniencia social por temor a perder su *status*.»

Valbuena Briones, Ángel, *Perspectiva crítica de los dramas de Calderón*, Madrid, Ed. Rialp, 1965, pp. 172-176.

19.   «La estructura lógica de la *Vida* queda caracterizada en las siguientes afirmaciones: 1. "La vida es sueño" es una proposición de valor universal obtenida por inducción de los casos particulares (personajes); 2. tiene significado metafórico, tomada en sentido literal; 3. cada personaje participa propiamente del significado de la metáfora del sueño, que es la confusión y el esfuerzo racional por dominarla. Este significado común a todos los personajes funda la argumentación analógica propia de la obra, que se manifiesta en la inducción y en la deducción.»

«En conclusión, el discurso lógico muestra que "lo racional" interviene de forma decisiva en el papel de Segismundo desde el comienzo al fin de la obra. Descubre la ideología que explica el proceso de sus experiencias como víctima del horóscopo y al liberarse de él.»

«La dificultad de reconocer el orden de la Providencia en la vida del hombre constituye el primer plano de la acción de Basilio, Rosaura y Clotaldo. Es el presupuesto ideológico de su conducta, como lo era en Segismundo y se manifiesta en el curso de la acción: apriorismo y falta de prudencia de Basilio, concepto del honor del vasallo, del honor para el matrimonio y falta de prudencia de Clotaldo y Rosaura.»

«La confianza manifestada por Clarín es "excesiva" si su proceder se pasa de prudente. Pero el hecho de que lo mata una bala perdida hace ver que la prudencia no sirve para evitar lo imprevisible, y esta es la idea que aquí se dramatiza. Tal vez Clarín se soñó "discreto", pero, con toda seguridad, se portó discretamente y por eso murió: la bala perdida, por definición, está fuera de la prudencia de su víctima. También sobre Clarín gravita un horóscopo invisible que lo conduce a la muerte por el camino de la prudencia.»

«... a semejanza de los otros personajes, Estrella se encuentra prisionera de su difícil circunstancia, la cual supera en buena medida sus decisiones y recursos, muy femeninos, por cierto. Es heredera al trono, dependiendo de los problemas de Basilio, Astolfo, Rosaura y Segismundo. Sabemos, finalmente, que la Providencia le concede por medio de Segismundo lo que apetecería y no sabía ni podía lograr por sí misma.»

«En cuanto a Astolfo, sus rasgos principales son dos: a la irresponsabilidad de un Don Juan añade la ambición política. Se explican por las ideas del honor de la sangre y de la razón de estado, y se ponen de manifiesto, sobre todo, en sus retóricos razonamientos.»

«El hipogrifo proporciona la caracterización fundamental de Rosaura. Simboliza la violencia sexual que arroja a Rosaura en la confusión y el dolor de su vida de dos maneras: por la unión ilegítima de Violante con Clotaldo y por la suya propia con Astolfo. La primera determina su nacimiento y la fortuna que le espera, y la segunda las circunstancias de su dolorosa existencia. La intervención de los hombres en el simbolismo del hipogrifo transforma el matrimonio en delito, mientras que Rosaura y su madre participan en él por amor del matrimonio. El "caballo" representa el dominio del hipogrifo por Rosaura con vistas al matrimonio. Los tres se caracterizan por su relación recíproca dependiente de experiencias diferentes de Rosaura. El hipogrifo no es aplicable a Segismundo, pues la conducta de éste con Rosaura está condicionada por la razón y el amor.»

«La torre representa el encierro, el castigo de haber nacido que Segismundo expresó en el primer monólogo. Cada hombre comete de manera particular el delito común a la especie humana, naciendo como hijo de un astrólogo (Segismundo); hija natural (Rosaura); criado leal (Clotaldo); criado prudente (Clarín); seductor irresponsable y aspirante fortuito al trono (Astolfo y Estrella); apriorista (Basilio). Y cada cual paga el delito en la torre respectiva de la circunstancia en que ha sido arrojado y en el carácter. La torre encadena su espíritu, engendra la noche, que es ausencia del sentido cristiano de la vida: razón, prudencia, virtudes naturales, pasiones, no bastan para disipar la tiniebla de la confusión. Mas al sueño de la noche sigue el despertar del día.»

«Desde el punto de vista del simbolismo del sol, hemos visto que el sol de la fe transforma la "noche" de las sombras de Segismundo en el "día" de sus hechos, fuente de claridad en la noche de todos los personajes... En unos, como en Estrella, es participando en el atributo de la belleza; en Rosaura como vida, belleza, amor y fuente de luz para Segismundo; en Segismundo en todos estos atributos y como luz de la prudencia cristiana que irradia sobre los otros; en todos, como desengaño de su modo de vivir e iluminación del orden de la Providencia.

Que esto acaezca por el camino de la razón de estado de la monarquía absoluta es consecuencia necesaria del escenario social en que Calderón ha planteado el drama de la vida humana a escala universal. El protagonista es el "hombre"... Y el día del "hombre" príncipe es más brillante que el día del hombre vasallo, porque para la mentalidad del xvii la monarquía está más próxima al Sol Supremo que el vasallo. Éste vive de la luz del príncipe.»

Cilveti, Ángel L., *El significado de «La vida es sueño»*, Valencia, Albatros Ediciones, 1971, pp. 84, 121, 133, 136, 139, 140, 184, 201-202, 222-223.

20.   «Entre la situación inicial de la comedia, en la que vemos a Basilio arreglando casamientos y manteniendo a uno encerrado en la torre para que no alborote el reino, y la escena final en la que vemos a Segismundo haciendo lo mismo, no hay ninguna diferencia, a excepción de que al final podemos ver con claridad la completa arbitrariedad de la expulsión de la víctima propiciatoria, no porque esta víctima no sea culpable, sino porque es completamente arbitrario, ilusorio e ineficaz expulsar a un determinado individuo cuando todos los individuos son culpables. Ese "Uno" del final, innominado, carente de identidad, fantasmático, nos revela la verdadera "identidad" del culpable que Basilio mantenía aherrojado en la torre.»

Bandera, Cesáreo, *Mímesis conflictiva. Ficción literaria y violencia en Cervantes y Calderón*, Madrid, Ed. Gredos, 1975, p. 258.

21.   «El máximo virtuoso del formalismo teatral en su época, Calderón, puede serlo porque está compenetrado con la gravedad reflexiva del espíritu de su tiempo, como tardío miembro de la Contrarreforma, en la fase ya fatigada y desalentada que se centra en la Paz de Westfalia (1645) [sic]. Calderón, como todo el Barroco, es, a la vez, el final fracasado de la gran esperanza renacentista, y el comienzo de otra navegación del espíritu europeo: el racionalismo, tanto en su preparación crítica cuanto en su posterior desembocque en la ética, camino del idealismo romántico. Esto puede quedar muy oscuro, dicho así, en términos generales, pero se expresa muy bien precisamente en *La vida es sueño* —estrenado en 1635, y publicado en 1636, es decir, anterior al *Discurso del método*, de Descartes (1637)—: el príncipe Segismundo, como Descartes junto a la estufa, no se cree capaz de resolver si sueña o si está despierto, pero mientras que el filósofo francés conquista —o recupera— todas las certidumbres necesarias para superar la "duda" metódica, a partir del Yo pensante y de un Dios sacado del propio pensamiento, Segismundo no sale de su duda, y sólo encuentra sentido para la vida en la conciencia moral; es decir, anticipando ya siglo y medio en la historia del pensamiento, lo mismo que el Kant de la *Crítica de la razón*

práctica: "Mas sea verdad o sueño, / obrar bien es lo que importa: / si fuera verdad, por serlo; / si no, por ganar amigos / para cuando despertemos."»

Valverde, José María, «Introducción» a su edición de *La vida es sueño*, Barcelona, Ed. Planeta, 1981, pp. XII-XIII.

2.   «Con motivo del tricentenario de Calderón se ha dicho que el mensaje del dramaturgo carece de actualidad. No lo creo. En primer lugar porque es válida para todos los tiempos su afirmación de que, cualesquiera que sean los acontecimientos exteriores, el hombre tiene en su fuero interno la llave de su propio destino. Esta proclamación de suprema libertad podrá no ser compartida por adeptos a otras ideologías, pero sigue ofreciendo sentido a la existencia humana. Especial valor tiene para los españoles, proclives a atribuir nuestros defectos al peso de adversidades históricas y cruzarnos de brazos sin intentar remediarlos. Mucho nos dice —y más ahora— esa serie de inicuos cautiverios y arrebatos defenestradores superada por una voluntad de justicia y mesura. Además, la historia de Segismundo no termina con su apoteosis al final del drama: queda abierta a las grandes empresas que anuncia como continuación a la suprema victoria sobre sí mismo. No nos dejemos llevar por el fatalismo histórico: recobrados su libertad y sus derechos, España —como nos ha dicho Julián Marías— está en nuestras manos. Desoigamos vaticinios siniestros y levantémosla unidos en las grandes tareas comunes. Hagamos de Segismundo nuestro mito salvador.»

Lapesa, Rafael, «Consideraciones sobre *La vida es sueño*», en *Boletín de la Real Academia Española*, tomo LXII, cuaderno CCXXV, enero-abril de 1982, pp. 101-102.

Orientaciones para el estudio de *La vida es sueño*

Suponemos que las diversas partes de esta edición habrán contribuido a comprender lo que Calderón intentó expresar con *La vida es sueño*. En esta sección acometeremos la empresa de ir sistematizando paso a paso los distintos juicios y observaciones que se hayan producido en el curso de la lectura. Por ello, se aconseja tener muy en cuenta todo lo dicho sobre aspectos generales o particulares en la introducción y en las llamadas que acompañan al texto.

1. El tema y el argumento. La estructura

Según la escuela inglesa, el *tema* es un «lugar común revitalizado dramáticamente»; en otros términos, «un juicio importante sobre algún aspecto de la vida humana». Por el contrario, la *tesis* de un drama es la «finalidad moral inherente al tema», lo que se quiere demostrar. Una de las significaciones del vocablo *motivo* es 'idea que adquiere relevancia en un determinado pasaje de una composición para desarrollar un tema'; hasta cierto punto, puede hacerse equivalente de *subtema*. Por último, la *trama* es el conjunto de medios verbales y mecánicos que sirven para dar forma al tema, para convertirlo en una obra teatral. Definidos así estos elementos, conviene diseñar un cuadro o redactar una exposición en los que se manifiesten las interrelaciones entre esos diversos factores conceptuales tal como se presentan en *La vida es sueño*. Para ello pueden tenerse en cuenta las siguientes puntualizaciones:

a) Se deben clasificar los temas presentes en la obra según su importancia en ella.

b) Hay que determinar la estructuración de cada tema en la comedia; por ejemplo, mediante el reconocimiento de los motivos y los tópicos o lugares comunes que contribuyen a su formulación. Naturalmente, ello llevará posteriormente a fijar las correspondencias y desemejanzas existentes entre las formas de expresión del mismo tema y de los diferentes temas.

Los tres primeros principios del crítico inglés Alexander A. Parker sobre nuestro drama áureo son:

a) Primacía de la acción (esto es, la trama) sobre el desarrollo de los personajes.

b) Primacía del tema sobre la acción (por lo que no puede darse la verosimilitud realista).

c) La unidad de la obra dramática radica en el tema y no en la trama. Una vez estudiadas todas las relaciones que irán surgiendo a lo largo de estas páginas, deberá comprobarse si esos principios se cumplen o no en *La vida es sueño*.

Se ha hablado ya de las dos acciones que constituyen la trama de esta «comedia». ¿Se condicionan mutuamente esas dos acciones tratadas en el drama? ¿Son absolutamente independientes? ¿Es posible otra explicación de las relaciones que mantienen?

Similarmente, partiendo de los resultados obtenidos en la contestación de buena parte de este cuestionario, debe establecerse si se da una contraposición sistemática —en cuanto a métrica, lugar, tono, acción...— entre las diversas jornadas o entre la primera y la segunda, de modo que la tercera cumpla la función de síntesis de las otras dos.

A partir de lo dicho en la llamada **1** se aislarán los pasajes expositivos: ¿qué efecto consigue el dramaturgo con tal orden en el planteamiento de los hechos? Paralelamente, es conveniente considerar el bloque escénico que constituye el desenlace: ¿cómo se anudan en él las diferentes líneas temáticas presentes en el drama?

En cuanto a la naturaleza de la trama, puede ser, según Hesse, orgánica (en la que cada escena se deriva de la anterior en virtud de la causalidad) y episódica (en la cual existen varias acciones ligadas por una idea común); en la manera de desarrollar esa trama, el mismo autor distingue entre la forma desplegante, ya que semeja un abanico que se va abriendo, para plantear elementos decisivos que ya existen antes del comienzo del drama, el cual se sitúa muy cercano al clímax, y la creciente («in crescendo»), en la que la acción parte en ocasiones de un incidente cualquiera, cuyas consecuencias, por vía acumulativa, llevan al clímax o punto culminante. Caracterícese esta obra de acuerdo con los conceptos señalados e indíquese qué importancia tiene en el planteamiento la forma elegida por el autor.   ¿Está gobernada la estructura de la trama por el principio de la semejanza y el paralelismo entre las dos acciones o entre distintos momentos en la evolución de cada una o por las ideas de oposición y contraste? ¿Coexisten ambas clases de estructuración?

Por último, especifíquese cuál es el sentido global (puede haber muchos significados parciales) que se puede deducir de la combinación de los factores temáticos y estructurales que hayan aparecido en el curso del análisis.

2. Los personajes

En primer lugar, como es lógico, habrá que esbozar los retratos de cada uno de los personajes que participan en la obra, en sus aspectos físico, psicológico y social. Para ello deberá tomarse en consideración lo que dice un personaje (y a quién lo dice), lo que hace (y en qué circunstancias) y lo que se dice de él (y quién lo afirma). Ha de procurarse delinear claramente el curso de su evolución, si ésta existe. Igualmente, conviene saber cuál es el grado de desarrollo de un personaje, es decir, si nada más queda esbozado o se logra darnos de él una visión completa o, por lo menos, tan amplia como para permitirnos imaginar lo que no aparece en escena. Otra cuestión de importancia es la determinación de los procedimientos básicos utilizados por el autor para caracterizar a los personajes: se deben analizar la naturaleza y el encadenamiento de las ideas, sentimientos, pasiones, actitudes, formas de percibir la realidad, tanto sensorial como intelectualmente..., en un mismo personaje; posteriormente, se procederá a comparar la importancia de cada uno de esos elementos en las diversas figuras y en sus diferentes apariciones en el escenario (será conveniente distinguir entre las acciones voluntarias y las involuntarias, así como establecer con justeza las etapas, si las hay, en la intervención de un personaje en la trama y las relaciones entre éste y los demás, en cada escena y globalmente: ¿cómo afectan el comportamiento de un individuo o las intrigas en que se ve mezclado a otro o a otros?).

En el análisis de los factores mencionados ha de observarse detenidamente si en todos los casos hay correspondencia entre lo que es o hace un personaje y lo que los demás opinan acerca de él, a la vez que se obtendrán las oportunas conclusiones sobre el modo en que Calderón explota esta posibilidad. Además, en relación con el concepto de perspectiva, destacado ya en la introducción, se aconseja examinar las diferentes maneras que tienen los personajes de reflejar a los demás, junto con los efectos derivados de los enfoques particulares (ironía del autor, finalidad didáctica, oposición violenta...). Considérese también si éste puede ser un procedimiento útil para entrar en la intimidad del personaje que emita el juicio al que nos refiramos.

Para acabar con los elementos propiamente psicológicos, deberemos afrontar otra serie de cuestiones: ¿Cómo contribuye un personaje a su propia suerte? ¿Hay en todos ellos, o en algunos, enfrentamiento entre una lógica racional, o racionalista, y la espontaneidad en la manifestación de sus afectos y pasiones? ¿Se deriva de ahí la grandeza trágica de alguno de ellos? ¿Son humanos estos caracteres que pinta Calderón? Todas estas valoraciones se harán siempre en función del contexto vital en que se mueven los personajes.

Se tendrán presentes otros elementos en la definición de cada una de las figuras. Así, por ejemplo, los símbolos que se le atribuyen a lo largo de la obra o los que emplea para referirse a la realidad. Deberán distinguirse los valores que adquiere un mismo símbolo según las situaciones en que aparece y los personajes a los que se aplica. ¿Qué relaciones se trenzan entre los diversos tipos por este camino? ¿Cómo actúa cada una de esas imágenes en el retrato moral y psicológico de los diferentes caracteres?

Objetivo parecido se puede conseguir mediante el examen del tipo de lengua utilizado por cada personaje (conceptista, culterano, llano, vulgar...) y del momento en que emplea cada uno de ellos, si es que hay en él varios estilos o registros: ¿Hay diferencias en un mismo personaje entre una escena y otra según su interlocutor? Si éste no varía, ¿las hay de acuerdo con la situación?

Según Ruiz Ramón, en todo drama hay dos clases de relaciones, las que se dan entre los puntos de vista diferentes, no necesariamente opuestos, de los distintos personajes, y, hacia fuera de la obra, la que existe entre esos puntos de vista parciales y el general o universal del espectador. ¿Se puede afirmar tal cosa de *La vida es sueño*? ¿Existen tales distinciones o hay coincidencia, por ejemplo, entre el panorama global del que disfruta el público y la perspectiva que goza alguno de los personajes?

Indíquese, finalmente, cuál es el grado de responsabilidad de los diversos caracteres en el desarrollo de cada acción y, a partir de ahí, fíjese si el drama está construido sobre la base de la subordinación a una de las figuras participantes, a un protagonista, o si se dan dos esferas en oposición o contraste, cada una con su cabeza de filas.

Pasando de lo general a lo particular, estudiaremos algunos casos concretos. En primer lugar, ¿cómo oscilan las relaciones entre Basilio y Segismundo en el curso de la obra? ¿Se influyen mutuamente o sólo uno de ellos provoca cambios en la actitud del otro? ¿Son esas variaciones de la misma naturaleza o tienen el mismo sentido en padre e hijo o se orientan de maneras distintas? ¿Cómo escapa Segismundo del abismo de la soberbia y la ambición?

En cuanto a Basilio y Rosaura, ¿por qué no hablarán nunca directamente a lo largo del drama? ¿Representan actitudes mutuamente excluyentes? ¿Es Rosaura, como ha sostenido parte de la crítica, un personaje de naturaleza exaltada, sin relación con la racionalidad?

¿Es Clarín un gracioso prototípico? ¿Dónde están sus diferencias con respecto al modelo usual? ¿Qué consecuencias se pueden inferir de las contestaciones a las dos cuestiones anteriores?

Por último, hay que hacer una pregunta contestada por los críticos de modos muy diversos: ¿Cómo se puede explicar la actitud de Segismundo ante el soldado rebelde en la escena final? ¿Por la imparcialidad propia de un juez? ¿Por pragmatismo interesado, al que contribuye el miedo al porvenir? ¿En virtud de la traición que el soldado ha llevado hasta el fin, con lo que se convierte en un delito actual, mientras que Segismundo estaba en la cárcel al principio de la obra sólo por la posibilidad de que cometiera ese delito? ¿Para demostrar el autor la repetición cíclica de las experiencias y las situaciones humanas?

3. La técnica. La lengua y el estilo; la métrica

Hágase un inventario de todos los recursos técnicos empleados por Calderón y discrimínese con qué intención se usan en cada ocasión. ¿Es obra compleja *La vida es sueño* desde este punto de vista? (Repárese en que la «teoría de los espacios reducidos» de que habla el profesor Valbuena Briones —con sus secuelas de entradas y salidas, idas y venidas, que a veces dan la impresión de un ballet— no parece aplicarse en el drama, como tampoco se da la situación de que se representen simultáneamente dos escenas que ocurren en lugares distintos.)

Tradicionalmente, se afirma que en el teatro español del siglo XVII no se respeta la unidad de lugar, como se ha visto anteriormente. En los últimos tiempos, diversos investigadores han señalado en Calderón cierta observancia de esta norma. En *La vida es sueño* hay claras variaciones de lugar. ¿Son esas mutaciones pura aplicación mecánica del principio de total libertad escénica o adquieren en esta obra un sentido específico?

En cuanto a la unidad de tiempo, según la cual la acción no debía sobrepasar el lapso de veinticuatro horas, parece evidente que resulta vulnerada en este drama. Sin embargo, conviene determinar, con mayor o menor exactitud, los períodos de tiempo abarcados por cada jornada y, principalmente, los transcurridos en cada entreacto, para verificar, en primer término, si la «comedia» está muy separada o no de la teoría clasicista y, en segundo lugar, cuál es la concepción del tiempo subyacente en la obra (la aristotélica —el tiempo es una magnitud mensurable—, la cristiana —que nos proyecta hacia la eternidad—, la psicologista —el fluir del tiempo depende de la impresión subjetiva que deja en la conciencia, la duración—).

En *La vida es sueño* resulta particularmente importante la contraposición entre realidad y apariencia. Deberá efectuarse la distinción pertinente entre aquellos casos en que tal enfrentamiento aparezca como simple procedimiento técnico y los incidentes en que tal contraste se trata como tema central o secundario del pasaje.

Dentro de la misma esfera de la oposición entre dos aspectos o dos formas de presentar un tema, y en el terreno del método conocido como suspensión (vid. **10**), ¿qué efecto consigue Calderón con las sucesivas amenazas de Segismundo (vv. 720-725 y 1716-1717) frente a los avisos de Clotaldo, Basilio y Astolfo?

Respecto a la construcción de las escenas, ¿cómo las desarrolla Calderón? ¿Influye la naturaleza de la escena en su estructura y disposición? ¿Existe correspondencia entre el ritmo, lingüístico y dramático, y el tono empleado por los personajes, de un lado, y el asunto de una escena, de otro? ¿Se da la mezcla de subgéneros teatrales en una misma escena? ¿Y en un mismo acto? ¿Qué intención guiará al autor en el uso de tales procedimientos? En otro terreno, ¿de qué medios se sirve el dramaturgo para describir un sentimiento —a lo largo de una escena y, también, respecto a un solo personaje en toda la obra— o para presentar una táctica o una actitud? ¿Cómo utiliza Calderón todos estos métodos para interesar al espectador estética y psicológicamente?

Ya dentro de las cuestiones estilísticas, ¿se pueden clasificar las escenas por la relación entre su contenido y el estilo —conceptista, culterano o cualquier otro— usado en ellas? ¿Se indica así la falsedad, naturalidad, sinceridad u otra característica del personaje que ofrece ese rasgo de estilo?

Según Flasche, son particularmente definitorios de Calderón el uso abundante de sustantivos abstractos y la tendencia a pluralizarlos, la omisión del artículo, el frecuente empleo del adjetivo como predicativo, la predilección por las construcciones absolutas de gerundio (con o sin *en*) y de participio, la sustantivación de infinitivos, adjetivos y subordinadas de relativo mediante diversos procedimientos, el predominio de oraciones largas con numerosos incisos... ¿Qué efectos logra el autor gracias a tales empleos de las posibilidades que brinda el sistema gramatical?

Aunque se han formulado serias reservas a la concepción para la cual los tiempos verbales están relacionados «directamente» con el tiempo real, conviene analizar las formas verbales que aparecen en la obra y determinar su posible conexión con la perspectiva adoptada por el autor en el planteamiento de su tesis.

Desde el punto de vista léxico, están bien representados, como indica Sesé, el vocabulario del honor y el del amor cortés (*bajeza, baja acción, agravio, baldón, villano, valor, ruin, etc.; fineza, guardar la fe, querer bien, ingrato, requiebro, etc.*), además de los términos morales, afectivos y alegóricos. Es de destacar también el uso de términos técnicos pertenecientes a la astrología (*signos, influjo, pronosticar...*), a la vida militar (*alcaide, escuadrón...*), a la lógica (aparte ciertas partículas, palabras como *razones, principio, probar*) y al derecho (*parte, acción*). En la descripción del léxico de una lengua se habla de palabras-testimonio, esto es, vocablos, generalmente neologismos, cuya presencia es síntoma de una actitud ante la vida o de una forma de pensar. ¿Es posible obtener una idea sobre esos aspectos en Calderón a partir de la terminología utilizada por él en esta obra, tal como ha sido descrita anteriormente?

Dentro de las palabras-testimonio se incluyen las palabras-clave, es decir, términos muy importantes, a cuyo alrededor se agrupan otros muchos. De acuerdo con un criterio meramente cuantitativo, se pueden considerar como palabras-clave del drama las siguientes: *muerte, sueño, honor/honra, desdicha, piedad, acción, confusión* (y *confuso*), *prevenir, ley, libertad, verdad, fortuna, desengaño, razón, albedrío, ocasión, admiración, experiencia, delito.* ¿Nos da algún indicio este criterio acerca de la ideología calderoniana?

Debemos señalar igualmente la presencia de cultismos *(pompa, acción*, *áspid* y, entre otros, los citados en **4** y **11**); términos propios del lenguaje rústico, como *mesmo*; y vulgarismos, como *naide* (una vez en boca de Clotaldo, v. 294). También se da el latinismo semántico: *piedad*, 'respeto filial', v. 129; *suave*, 'dulce, grato', v. 169; *importuna*, 'amarga, cruel', vv. 267 y 2442... ¿Qué función cumplen estos elementos? Estúdiense los términos que designan particularidades o elementos afectos a cada uno de los sentidos corporales, sobre todo la vista y el oído. ¿Qué conclusiones se obtienen de ese análisis?

La ironía (como se ve, por ejemplo, en los vv. 359-360, 898-899 y 1126-1137) desempeña un importante papel en la obra. Analícese detenidamente y establézcase su cometido en la formulación de la tesis contenida en el drama.

En su *Arte nuevo de hacer comedias* dice Lope de Vega: «Las décimas son buenas para quejas; / el soneto está bien en los que aguardan; / las relaciones piden los romances, / aunque en octavas lucen por extremo. / Son los tercetos para cosas graves, / y para las de amor, las redondillas.» ¿Se adapta Calderón a estos preceptos o introduce alguna variación? Estúdiese la oscilación del metro según cambie el contenido.

Se ha dicho que Calderón emplea la rima aguda en las escenas especialmente trágicas, de ambiente tenso y oscuro. ¿Se cumple en *La vida es sueño* esa tendencia? ¿Qué efectos consigue el autor al abandonar la rima grave, normal en español? Examínense tanto los casos de rima aguda como los de rima esdrújula.

Para concluir esta sección de métrica, deberá indicarse si, de acuerdo con el carácter de la escena, hay un cambio correlativo en la longitud del verso, largo (preferentemente, endecasílabo) o corto (sobre todo, octosílabo). ¿Qué objetivos se cumplen con esas variaciones?

4. Sentido y alcance de *La vida es sueño*

De acuerdo con lo visto en la «Introducción» y en la primera sección de este capítulo, distínganse los sentidos social, literal y alegórico presentes en *La vida es sueño*: ¿Cómo son los ideales expresados en la obra según ella misma?

De este drama se han dado diversas interpretaciones: moral, social, política, metafísica y teológica. El vencimiento de sí mismo, el mantenimiento del orden monárquico, la defensa del prudencialismo en la actuación política frente a los impulsos de la razón de Estado, la acentuación de la libertad sobre la predestinación, el subrayar el deber que tienen los padres de educar a sus hijos, etc., son factores que se han mencionado al intentar la explicación del sentido de nuestra obra. Habrá que indicar la viabilidad de cada una de tales explanaciones. ¿Es posible defender que sólo existe un sentido moral y que no hay ninguna doctrina ontológica encerrada en la obra? ¿Se puede sostener justamente lo contrario, esto es, que *La vida es sueño* tiene una pretensión doctrinal y no moralizadora? ¿Qué tipo de monarquía se defiende en el drama: la feudalizante o señorial o la antinobiliaria? ¿Es igual el orden con que comienza la «comedia» a aquél con que termina? Se pueden formular otras muchas preguntas sobre todas esas interpretaciones. La final, lógicamente, será: ¿Se excluyen total o parcialmente esos enfoques o es factible su combinación armónica en lo que se puede llamar «el sentido global de la obra»?

Frecuentemente, se ha hablado del platonismo de Calderón. Un ejemplo que se enarbola con cierta energía es la utilización de la Belleza como camino hacia la consecución del verdadero conocimiento. A la vista de lo que ya se ha dicho aquí sobre esta cuestión y de lo que se sepa sobre las ideas de Platón, ¿se puede afirmar que en *La vida es sueño* hay una vena platónica, sea cual sea su importancia?

La misma pregunta se puede formular en lo referente al estoicismo. En el siglo XVII hay una poderosa corriente neoestoica, uno de cuyos representantes más destacados fue Quevedo. Sabiendo que, al menos, pueden distinguirse dos clases de estoicismo (el activo, a lo Séneca, que se esfuerza por librarse de los deseos y pasiones que impiden al hombre desligarse de las cosas exteriores, y el pasivo, como el de Cicerón, que acepta imperturbable el cumplimiento del hado), examínese la presencia de conceptos y actuaciones relacionados con este sistema de pensamiento en *La vida es sueño*.

Dentro de la esfera del platonismo, al que ya se ha hecho referencia, y teniendo en cuenta datos ya mencionados, indíquese la función de Rosaura dentro de la obra según la apreciación personal. Tómense en consideración, además de las características que le hayan sido atribuidas en otras secciones, hechos tales como la alusión de Astolfo a su origen desconocido, con la consiguiente reacción de Clotaldo, en la escena final, y su autorretrato de naturaleza hermafrodita en la décima escena de la jornada tercera.

Por último, deberá señalarse la función desarrollada por la mitología en este drama. Téngase presente que prácticamente en ninguna comedia calderoniana falta este elemento: era, por tanto, un elemento constitutivo de la fórmula del autor (llega a componer autos sacramentales de inspiración mitológica), como, en general, de toda la poesía barroca.

5. Juicio crítico sobre *La vida es sueño*

De acuerdo con todos los factores que han ido apareciendo en el curso del análisis, ¿cuál es la definición de la obra que parece más satisfactoria de entre todas las que se han dado sobre su género dramático? ¿Se le puede aplicar la denominación de «tragedia de final feliz»? ¿Cuáles son las fuentes de lo trágico y lo cómico en el drama? En otro terreno y con los mismos datos: si se tuviera que planear una representación de esta obra, ¿en qué punto se situaría el entreacto? ¿Por qué? (Cuéntese con la posibilidad de que no haya intermedio.) Un paso más: ¿Se puede deducir de *La vida es sueño* la actitud de Calderón ante el teatro? En caso afirmativo, ¿cuál es? Entrando en una cuestión relacionada, ¿es admisible, a la vista de la obra, la opinión según la cual Calderón, aun situando los hechos en Polonia, escribe como si se desarrollaran en Madrid y refleja la vida y las costumbres de la corte? ¿Tiene algo que ver esa supuesta técnica con el alcance universal que se concede a este drama? Generalizando: ¿Nos encontramos ante una obra absolutamente simbólica o hay elementos de otra naturaleza? Si se opina que se cumple la segunda hipótesis, demuéstrese con los oportunos razonamientos sobre situaciones concretas. (Téngase en cuenta, por ejemplo, que la acción se desarrolla en una época indeterminada, a pesar de ciertos rasgos característicos, como la existencia de la ley del homenaje, v. 432.)

En el terreno de los principios que ya han sido explicados en la «Introducción» (causalidad, ironía dramática, justicia poética, responsabilidad difusa), ¿cuál de ellos es el que gobierna realmente la intriga? ¿Se cree, por el contrario, que actúa más de uno en la evolución dramática? En otras palabras, ¿son contradictorios o complementarios esos principios?

Examinaremos, por último, algunas cuestiones más restringidas. Hay críticos que hablan del complejo de Edipo (es decir, la situación en que el hijo considera un rival al padre en la consecución del afecto materno, al dirigirse hacia la madre sus primeras inclinaciones sexuales) como uno de los factores que rigen la conducta de Segismundo. ¿Se puede admitir esa opinión? De modo más general, es posible creer que la personalidad autoritaria del padre de Calderón influyera en la caracterización de algunas figuras paternas, aunque no se debiera al complejo de Edipo. ¿Es admisible tal teoría?

En el mismo plano de las comparaciones, se debe plantear si hay en Calderón una disposición intelectual parecida a la de Descartes en lo que respecta al problema del conocimiento. ¿Cómo se debe interpretar la alusión del v. 2350 a las ideas «claras y distintas», concepto utilizado por el pensador francés? Desde otro punto de vista, el cristiano, ¿se puede equiparar el delito mencionado en el primer monólogo al pecado original? Por último, ¿es asimilable la concepción subyacente en la obra a una especie de «eterno retorno», en el que periódicamente se repiten los mismos hechos y situaciones, doctrina que en el siglo XIX encontrará uno de sus más destacados adalides en Nietzsche?

Para terminar, por peligrosas que sean las valoraciones y por mucho que ciertas corrientes de la crítica contemporánea se nieguen a dar ese paso, deberá enjuiciarse la dramática calderoniana en cuanto sistema teatral, teniendo en cuenta su plasmación en *La vida es sueño*. ¿Responde a lo exigido por sus propios planteamientos y orientaciones? Con otras palabras: ¿Triunfa Calderón en su empeño?

ESTE LIBRO
SE TERMINÓ DE IMPRIMIR
EL DÍA 6 DE SEPTIEMBRE DE 1993

LAUS  DEO